KB235746

변하고 있는 日本
잘난 日本人

변하고 있는 日本
잘난 日本人

문 승 국 지음

화산문화

　최근 일본에 관한 책들 중 《일본은 있다》, 《일본은 없다》를 비롯하여 생각 밖의 제목들이 베스트셀러가 되어 국민적인 논쟁거리를 제공한 적이 있다. 우리가 피부로 느낄 수 있는 일상적이며 현실적인 실체를 파악하기보다는 추론적 사고와 주관이 너무 강하고 일본에 대한 우리 국민들의 역사적 감정과 자존심을 자극하거나 이를 에스컬레이트시키는 유도적 기법이 주류를 이루고 있다. 그래서 더 재미있었는지 모르지만 솔직이 필자로서는 저자들의 관점에 선뜻 동의하기 어려운 부분들이 많았다. 일본인들 그리고 일본 사회의 현상이 우리들의 일상생활에서 피부로 느낄 수 있도록 보다 알기 쉽고 구체적이며 사실적으로 묘사되었더라면 좋았을 텐데 하는 아쉬움을 떨칠 수 없었다.

　진짜 일본인은 누구이며 진짜 일본 사회는 어떠한가에 대한 논점은 제각기 다를 수 있겠으나, 중요한 것은 일반론과 특수론이 어느 한쪽에 치우쳐서 '개(個)'가 '전체(全體)'를 대변하는 오류를 피해야 한다고 생각한다. 국가 또는 민족이란 실로 다양하게 구성되어 있으며 이런 사람, 저런 사람, 이런 면, 저런 면이 다같이 공존하고 있기 때문이다.

　일본인들은 친절하고 상냥하며 정직하고 근면한 민족이라고 생각하는 사람도 있는 반면, 교활하고 잔인하며 부도덕하다고 생각하는 사람도 있다. 또 자기 쪽을 '내(內)'로, 상대를 '외(外)'로 엄격히 구별하여 내와 외에 대한 언행, 규범, 모럴을 달리하는 양면성을 가진 민족이라고 말하는 사람도 있다.

이에 대하여 필자는 어느 쪽도 맞고 어느 쪽도 틀리다는 유치한 대답밖에 할 수가 없다. 각각 개성이 다르고 사고가 다른 1억 2천만 명이나 되는 일본인들을 한마디로 단정 짓는 것은 경솔한 짓이라고 생각하기 때문이다.

어떤 외국인 바이어가 우리나라 공무원들은 뇌물을 주지 않으면 허가가 안 나온다고 얘기했다면, 그런 경우도 있을 수 있으나 그렇지 않은 공무원들이 더 많이 존재하고 있으며, 서류가 미비되어 안 나오는 허가를 뇌물을 주지 않았기 때문이라고 책임전가를 하는 경우도 있을 것이다. 그러나 외국인 바이어의 말만 들은 주위 사람들은 '공무원＝허가＝뇌물'이라는 공식을 뇌리에 간직하게 되는 것이다.

이 책을 쓰면서 가장 염려했던 것은, 어떤 방식으로 일본인과 일본 사회의 진면목이나 다양성을 파악하고 전달할 수 있을 것인가 하는 점이었다. 잘한 것은 잘했고 못한 것은 못했다, 있는 것은 있고 없는 것은 없다는 판정을 나의 자의적 관점과 선입견에 따라 내리고 있지는 않은가? 그리고 더욱 중요시한 것은 일본인들을 다양하게 비교·조명함으로써 우리나라 국민들의 사회교육을 위한 한 권의 참고서로 기여할 수 있는 길은 없겠는가 하는 것이었으며, 그러기 위해서는 '경우의 다양성'이 객관성 확보를 위해 무엇보다 중요한 열쇠라고 생각했다. 그래서 필자는 일본에서 2년 반 동안 대학원과정의 유학생활과 2년 동안 도쿄도청에서 일본 공무원들과 함께 보낸 주재관

생활, 그리고 1년간의 서울특별시 도쿄사무소 소장 근무를 통하여 실제로 접하여 보고 듣고 느끼고 체험한 일본인들의 언어, 사고, 행동특성들 그리고 일본 사회의 틀과 관습, 행동규범 등을 정리하기 위하여 그때그때 꾸준히 메모를 해왔다. 또 이의 객관성에 관한 검증을 위해 내외의 많은 사람들과 의견 교환을 하거나 자문을 구했다.

이 책은 총 6부로 구성되어 있다.

제1부 개인은 약하나 집단은 강하다 — 일본 사회의 구조, 일본인들의 생존방식이자 신앙이라 일컬어지고 있는 집단주의의 특성, 처세술 등을 한국인의 그것과 비교하여 기술하고, 일본인들의 눈에 비쳐진 한국인의 모습을 조사·정리하였다.

제2부 일본어 속에 일본인이 있다 — 언어 특성을 통하여 일본인들의 내면을 들여다보고자 하는 시도다. 언어란 그 시대, 그 사회, 그 민족의 생리를 분석할 수 있는 좋은 도구이기 때문이다.

제3부 일본인들의 행동 패턴과 룰 — 일본인들의 일상생활 속에서 펼쳐지는 개인적·사회적 행동특성과 특히 일본 사회에 존재하는 묵시적인 규범과 룰에 대하여 주로 필자의 체험을 바탕으로 기술하였다. 여기에는 일상생활에 관한 사항뿐만 아니라 음주문화, 성풍속, 결혼식과 장례식 풍경 그리고 필자의 딸이 직접 체험한 이지메 등 일본 사회의 구석구석을 현장을 중심으로 다양하게 소개하고 있다.

제4부 일본 속의 한국 여행객들 — 필자가 주재관 근무중 한국으로부터의 방문객들을 안내하면서 느낀 점, 잘못된 매너, 고쳐야 할 부끄러운 습관들을 기술하였다.

제5부 관료가 움직이는 나라 — 일본의 관료들에 대한 일본인들 스스로의 인식과 필자의 관점을 연계시켜 구성하였다. 관료국가 일본의 실체를 이해하는 데 조금은 도움이 될 것이다.

제6부 일본이 변하고 있다 — 일본인들의 우월의식과 외국인 특히 한국인에 대한 차별의식을 고발하고 정치대국, 경제대국에서 군사대국으로 치닫고 있는 변해가는 일본에 대한 실태와 우려를 기술하였다.

이 책은 일본 사회와 관련하여 지금까지 출판된 어느 책보다도 다양하고 현실적이며 사례를 중심으로 현장감 있게 구성하고자 노력하였다.

아무쪼록 이 책이 일본인과 일본 사회를 알고자 하는 분들, 청소년, 대학생, 직장인 및 일본 유학이나 여행을 하고자 하는 분들에게 다소나마 참고가 될 수 있다면 더없는 보람으로 여기고자 한다.

1997년 3월

문 승 국

제 3 부 일본인들의 행동 패턴과 룰

제 5 부 관료가 움직이는 나라

제 6 부 일본이 변하고 있다

고등학교만 졸업하면 사회인이 된다

일본의 청소년들은 우리나라 청소년들 이상으로 발랄하고 밝으며 기이한 유행에 심취해 있다. 바지는 부러 갈기갈기 찢거나 바지 자락을 땅바닥에 질질 끌고 다니는가 하면, 요즈음에는 팬티가 보이도록 배꼽으로부터 반 뼘 정도 아래까지 내려서 입는 게 유행이다.

여성들은 가슴만 살짝 가리고 배꼽과 허리부분을 드러내 놓고 다니며, 스커트가 짧아 계단을 오르면 팬티가 들여다보여서 고개를 위로 쳐들기가 민망스럽다. 이런 여성들의 옷차림은 식당이나 길거리 상점에서도 약간만 머리를 숙여도 속이 다 들여다보이는데, 사실인즉 이 경우는 들여다보이는 게 아니라 드러내 놓는다는 말이 맞을지도 모른다.

중·고교 여학생들도 교복치마가 고학년이 될수록 짧아져 2학년이나 3학년쯤 되면 미니 스커트나 다름없다. 또한 여고생들은 립스틱이 허용되어 있어 교복을 입고 있어도 학생같지 않다. 많은 남녀 학생들이 교복을 입은 채로 길거리에서 포옹하고 키스도 한다.

귓불에는 다섯 군데 정도의 구멍을 뚫어 형형색색의 귀걸이를 하고, 이것도 부족한지 입술걸이, 코걸이, 배꼽걸이가 한창 유행이며, 내 눈으로 직접 본 적은 없으나 성기에도 링을 건다는 얘기를 자주 듣는다. 머리는 남녀 할 것 없이 빨강, 노랑, 파랑, 보라로 물들이고 젤을 발라 삐쭉삐쭉 세우거나 코만도형으로 한가운데만 남기고 빡빡 밀어버린다. 물론 아예 반드르르하게 면도기로 밀어버리는 젊은이들도 많다. 담배꽁초는 사람들이 있든 없든, 설사 경찰관이 서 있더라도 전혀 신경 쓰지 않고 스스럼없이 길거리에 버린다.

담배꽁초를 길거리에 버리는 것은 공중도덕심과는 별개로 치는 매우 당연한 행동이다. 최근 일부 지방자치단체들에서 담배꽁초 버리기를 자제하자는 조례를 제정하는 등 문제를 제기하고 있으나 벌칙금이 없어서인지 성과가 전혀 없다. 아마도 이런 점은 이들이 서울에 와서 경범죄에 해당되어 꽁초 한 개에 몇만 원씩의 벌과금을 물어야 고쳐질 것이다.

남녀간의 성문화도 매우 개방적이어서 사람들이 북적이는 길거리에서나 전철역 개찰구 앞에서 진하게 포옹하고 키스하는 것은 이제 구경거리로 치지 않는다.

중·고등학교 여학생들이 그것도 교복을 입고 가방을 든 채로 텔리폰 클럽(남자가 외부에서 전화를 걸어 약속장소를 정하여 밤 데이트를 즐기는 풍속영업)이나 소프랜드(창녀촌) 등에서 몸을 팔거나, 중년 남성들과 한 달에 몇 차례씩 정기적으로 데이트 계약을 하여 용돈을 마련한다.

성을 자극하고 유혹하는 각종 정보가 도처에서 범람하여 이젠 웬만한 얘기를 듣거나 보아도 무감각해진다. 휴대폰이나 포켓벨을 안 가지고 다니는 청소년들이 드물며, 전철 안에서든 길거리에서든 상점에서든 간에 청소년들이 셋만 모여 있으면 요란스럽다. 도쿄는 그야말로 젊은이들의 천국인 것이다.

이와 같은 일들을 한 마디로 나쁘다고 평하는 것은 삼가는 게 좋을 성싶다. 왜냐 하면 우리는 미국이나 유럽의 청소년들의 생활을 책이나 TV를 통해 보아왔고 이들에 대하여는 매우 관대히 평가해주고 있기 때문이다. 또한 일본의 청소년들 역시 그들의 문화를 받아들였든 자신들 스스로의 변화든 간에 현실적으로 일본에 맞는 그 나름의 청소년 문화로서 존재하고 있기 때문이다. 이러한 것들이 사회 속에 부작용 없이 소화되고 인정되어 양립한다면, 그리고 사회가 이에 대한 여과기능과 흡수기능을 가지고 있다면 큰 문제가 될 것은 없지 않느냐는 것이다. 바로 이 점이 내가 매우 궁금해 하던 수수께끼였던 것이다.

젊은이들의 이러한 분위기와는 달리 기성세대들은 전체적으로 매우 질서정연하고 조용하며 안정되어 있고 젊은이들과 기성세대의 두 세대간에는 어느 시점, 어느 과정에서인가 '흐름의 단절'이라는 것이 존재하고 있음이 틀림없다고 생각했기 때문이다.

기성세대 역시 발랄한 청소년 시절이 있었음에도 이들을 격렬과 자유로부터 정적이고 질서 있는 인간으로 변신케 하는 그 단절선이자 터닝 포인트는 과연 무엇이며 언제인가.

나는 이 숙제를 줄곧 머리에 담고 다니면서 기성세대뿐만 아니라 젊은 직장인, 공무원, 학생들, 그리고 식당이나 술집 등의 종업원들의 성장과정에 대하여 기회가 있을 때마다 관찰을 계속하였다.

이를 통하여 내가 내린 결론은 일본 사회는 '3중적 구조'로 되어 있으며 이 3중으로 된 터널을 거치면서 일본인들은 변신에 변신을 거듭하고 있다는 것이다.

일본의 사회교육체계라고도 할 수 있고 사회의 시스템적 구조라고도 할 수 있는 이 3중적 구조란 ① 고등학교까지의 과정, ② 대학과정, ③ 직장과정과 그 계층 내부의 메커니즘을 말한다.

고등학교까지는 학교와 가정과 부모의 보호 속에서 '개(個)'의 입장에서 사고하고 행동한다. 따라서 책임의식이 약하고 조직의 논리에 공감하지 않기 때문에 자유스러울 수 있고 자기표현과 뚜렷한 개성을 추구한다. 책임은 선생님과 부모에게 있으며 자신에게 있어 사회란 무척이나 다양하고 자유스럽고 재미있는 것이라는 생각을 가지고 있다.

그러나 고등학교를 졸업하면 다르다. 우선 부모로부터 매달 받아쓰던 용돈이 한푼도 지원되지 않는다. 일본의 부모들은 자식이 고등학교를 졸업하면 그 순간부터 한 사람의 성인이자 사회인으로 취급하며 자립할 것을 요구한다.

자식들도 이를 잘 알고 있으며 이미 각오가 되어 있는 상태다. 그래서 고등학교를 졸업하자마자, 아니 졸업하기 몇 개월 전부터 아르바이트 자리를 물색하느라 매우 분주하다. 이것은 대학을 진학하는 학생이건 그렇지 않은 학생이건 예외가 없다. 우리나라 학생들보다 4년이나 빨리 경험하는 것이다.

그러나 이것이 일본의 현실이며 우리 사회와 특히 다른 점인 것이다. 일본의 대학생들 중에 아르바이트를 하고 있지 않은 학생은 찾아보기 어려울 것이다. 아르바이트를 하지 않고 부모에게 용돈을 받아가며 학교를 다니는 학생은 친구들로부터 선망의 대상이 될 것으로 생각하겠지만 실은 오히려 그 반대이니 아마도 짐작이 갈 것이다.

아르바이트는 오전, 오후, 야간, 심야, 평일, 휴일 등으로 구분되어 있으며, 급료는 열심히 하면 대학을 졸업하고 직장에 갓 취직한 사람

(14만~18만 엔 정도)보다 적지 않다.

일본 사회는 아르바이트생으로 움직여지고 있다고 해도 과언이 아닐 만큼 아르바이트 제도가 정착되어 있다. 이것은 아르바이트 대상에 따라 약간씩의 차이는 있겠으나 평등하고 일률적이라고 보아 틀림없으며, 우리나라 유명대학의 학생들이 과외로 수백만 원을 벌어들이는 것처럼 왜곡되고 특수한 경우는 존재하지 않는다.

여기에서 내가 강조하고자 하는 것은 아르바이트 자체가 아니라, 고등학교를 졸업한 학생들이 대학과정에서 아르바이트를 통하여 사회인 즉 기성세대들과 접하면서 자연스럽게 사회를 배워간다고 하는 사실이다.

아르바이트란 반(半)학생 반(半)사회인, 즉 '개(個)'로부터 '조직(組織)'으로 옮아가는 중간과정이자 중첩의 과정인 것이며, 일본인이면 누구나가 경험하는 '국민적 사회교육의 장(場)'인 것이다. 여기서 그들은 사회적 윤리와 조직의 논리를 체험으로 배우게 되며 평범한 사회인, 정상적인 일본인이 되어가는 연습을 하게 된다.

이 과정을 거친 이들이 대학을 졸업하고 취직을 하여 직장인이 되면 지금까지와는 또 다른 별천지의 세계를 경험하게 된다. 직장의 세계이자 조직의 세계인 것이다. 이 세계는 조용하다, 무겁다, 질서정연하다, 위계가 있다, 차고 엄하다, 모두 바쁘다, 한눈 팔 여가가 없다. 이 곳은 연습이 아니라 바로 실전의 장인 것이다.

지금까지 경험했던 '사회(社會)'의 윤리는 '회사(會社)'의 윤리로, 주인과 점원 간의 평등한 '계약(契約)' 관계에서 회사와 조직에의 '충복(忠僕)' 관계로, '개(個)'와 '사(私)'의 사고는 완전히 소멸되고

‘조직(組織)’과 ‘공존(共存)’의 세계로 돌입하게 된다. 이는 바로 두 번째의 국민적 사회교육의 장인 것이다.

비로소 이들은 과거에서 탈피한다. 변신하는 것이다. 놀랍게도 이들은 짧은 기간에 기존의 사회조직에 적응해 간다. 백화점의 상냥스럽고 친절한 여점원도, 창구에 앉아 방문객을 맞는 젊은 공무원과 은행원도, 그리고 공사장에서 안전모를 쓰고 작업을 하는 노동자도 모두 이렇게 하여 다시 태어난다.

일본 사회의 ‘3중적 구조’, 그리고 두 번에 걸친 ‘국민적 사회교육의 장’을 통하여 일본인들은 현실과 조직에 순응하는 기성인으로서 변화와 변신을 도모하는 것이다.

우리나라에서도 최근에 이러한 일본의 직장 모럴을 철저히 원용하여 성공하고 있는 얘기를 많이 들을 수 있다.

집단이 아니면 살아 남을 수 없다

일본인들을 가리켜 집단주의자들이라고 한다. 이 집단주의는 일본인들에게 있어서 하나의 신앙인 것이며 숙명적 생존방식이라고까지 한다.

한국인과 비교하여 개개인은 약하나 조직이 되면 강한 것이 일본인이라고 한다. 때로는 한국의 개인은 부자이나 국가는 가난한 데 비해 일본은 개인은 가난하나 국가는 부자라고 한다.

이것은 내가 어릴 적부터 어른들로부터 귀 아프게 들어왔고, 성인이 된 지금도 '일본인＝집단주의' 라는 공식에는 조금도 변함 없다.

그러나 다들 그렇게 애기하니까 그런가 보다라든지, 일본인들은 어릴 때부터 사회와 조직을 철저히 교육받기 때문에 세뇌된 것일 거라든지, 또는 섬나라 사람들이니까 올데 갈데 없어 자기들끼리 뭉치지 않으면 살아갈 수 없기 때문에 그들의 단결은 숙명적이었을 거라고 막연히 생각해왔을 뿐, 왜 그렇고 본질이 무엇인가에 대하여는 접할 기회가 적었던 것 같다.

나의 궁금증은 1994년 초 도쿄도청에 주재관으로 파견되면서 급작스레 에스컬레이트되었고 체재기간 내내 이것을 정확히 알아보기 위하여 세심한 주의와 관찰을 계속해왔다.

특히 관료들의 조직이란 적어도 일본 사회에서는 가장 정예화된 조직이라 할 수 있기 때문에 관찰하기에는 이 이상 더 좋은 기회가 없을 것이라고 생각하였다.

　나의 의문은 대략 다음과 같은 것들이었다.

　일본인들에게 있어 개인과 집단은 어떠한 상관관계가 있는 것인가? 인간의 본능이라고 할 수 있는 '개(個)'가 철저히 배제된 일본 사회 속의 일본인들이란 과연 스스로 '개(個)'를 포기한 것인가? 아니면 조직으로부터 '개(個)'의 포기를 강요당하고 있는 것인가? 제각기 다른 이상과 성격 그리고 행동 패턴을 갖고 있는 개인들이 집단에 입문하게 되면 동질적으로 동화되고 마는 그 집단의 메커니즘과 속성은 무엇인가? 일본인들의 타고난 국민성은 과연 무엇인가? 그리고 한국인들, 한국 사회 집단과 비교하여 어떤 점이 다른 것인가?

일본인들의 처세술의 뿌리 '선제방어'

일본인들은 개개인으로서의 자기 자신을 '약한 존재'로 생각한다. 타인으로부터의 공격이나 비난을 매우 두려워하며 그렇기 때문에 타인에 대한 공격을 억제하는 것이다. 공격은 공격을 낳고 감정은 감정을 야기시키므로 현명한 자기보호 방법은 남을 공격하지 않는 것이라고 생각하고 있다.

일본인들이 가정, 학교, 직장 등의 대인관계에서 또는 사회교육을 할 때 가장 자주 쓰고 중요시하는 용어가 '오모이야리(思いやり)'라는 말이다. 이 말은 상대방을 배려한, 상대방의 입장에 선, 상대방을 존중하는 그러한 사고나 행동, 감정 등을 일컫는 것으로서 일본인들의 사회교육의 핵심이라고 해도 과언이 아니다.

일본에서 생활하고 있는 외국인들에게 일본인들이 가장 잘 쓰는 말이 무엇인가고 물으면 십중팔구는 이 '오모이야리'를 들고 있다.

'오모이야리'의 마인드를 가진 사람이라면 타인에게 상처를 주거나 불이익을 줄 염려가 없으므로 주위로부터 호감을 받게 되는 것이며, 그렇기 때문에 '오모이야리'를 표출함으로써 상대가 자신을 쉽게 받아들이도록 온정주의를 유발하고 자신이 무해무악하다는 것을 상대에게 은연중에 전달하는 것이다.

이러한 행동이나 심리상태는 상대의 공격이나 경계심을 미리 제어 또는 제거하는 것으로서 나는 이를 '선제방어적 심리'라고 표현하고 싶다.

어떤 이들은 이를 일본인들의 매우 교활한 이기주의의 변형된 심리라고 말하기도 한다. 왜냐 하면 궁극적으로는 자신을 보호하기 위한 것이면서 표면적으로는 유화적이고 동화적인 제스처로 상대를 안심시킴과 동시에 자신을 인식시키는 일본인들의 독특하고도 유일한 자기보호 수단이라는 것이다.

이러한 교묘한 처세술은 한국인들 입장에서 보면 줏대가 없다거나 아부하는 모습으로 보일지 모르지만, 이것은 의도적인 행위가 아니라 일본 국민들의 몸에 배어 있는 국민성이자 예외 없는 퍼스낼리티라는 점을 간과해서는 안 될 것이다.

어떤 점에서 보면 한국인들은 '선제공격적 심리'를 가지고 있으므로 일본인들의 이러한 처세에 낯설어하며 매우 친절하고 상냥하다고 느끼는 사람이 있는가 하면, 매우 약은 사람들이라고 느끼는 사람들도 있는 듯하다.

거듭 말하지만 이러한 처세술은 일본인들의 자신을 약한 개인으로 느끼는 데서 오는 일종의 생존방식임과 동시에 일본인들의 국민성 그 자체임에 유의할 필요가 있다.

그렇다면 정말 일본인들이 약한 개인들이라면 왜 그렇게 상대하기가 어려운 것인가. 그것은 일본인들이 집단을 통하여 자신의 보호와 이익을 보상받고 있기 때문이다.

즉 개인으로서는 약하나 집단에 소속되어 있어 집단의 조직원으로서 행동하기 때문에 강해지는 것이다.

법률보다 더 무서운 집단규율

약한 개인으로서는 자력으로 자신을 보호하기 힘들 뿐 아니라 이익 추구가 어렵기 때문에 이런 약한 개인들이 모여 집단을 구성하는 것은 어쩌면 지극히 자연스러운 것인지도 모른다.

혼자 가면 무서운 밤길도 여럿이 가면 무섭지 않고, 백지장도 맞들면 가볍다는 식으로 일본인들은 자신을 집단에 맡기고 집단에 모든 것을 의존하게 되는 것이다.

집단이란 이미지만으로도 강하게 느껴지며, 일정의 틀 속에서 조직원들을 보호할 능력과 힘을 갖고 있다. 도피처이자 안식처인 것이다. 또 개인은 이익을 추구하는 행위를 할 수 없고 하지도 않으며 또한 그렇게 보여서도 안 되는 것이 일본 사회지만, 집단은 이기적인 개인과 같이 이익 추구를 위해 행동하게 된다.

일본 사회가 개인의 경쟁보다 집단의 경쟁사회라는 것은 이를 두고 하는 말이다. 개인들에게 있어서 집단이란 유일한 사회이자 유일한 세계인 것이고 집단 외의 세계는 존재하지 않는다는 일종의 신앙적 존재가 되는 것이다.

따라서 직장인들의 경우 법률 위반보다는 자기 집단의 규칙과 룰, 지시, 명령을 위반하는 것을 두려워하며, 실제로 이 경우에 더욱 구체적인 불이익이 초래된다.

법률 위반의 경우에는 운이 없었다거나 재수가 나빴다고 동정을 받을 수 있는 여지가 있으나, 회사의 룰을 어기거나 회사에 불이익을

초래했을 경우에는 변명의 여지가 없으며 회사로부터의 불이익에 대하여 저항하거나 불복한다는 것은 좀체 상상하기 어렵다. 이와 같이 집단에 소속되어 있는 조직원들은 집단 내부를 '안(內 : うち)'이라 하고 외부를 '밖(外 : そと)'이라 하여 '안'과 '밖'을 철저히 구별하고 있으며, 조직원들의 '안'과 '밖'에서의 행동의 차이는 현격하다.

즉 안에서는 조직의 룰에 따르며 밖에서는 사회의 룰에 따른다. 이 중 우선하는 것은 두말할 필요 없이 조직의 룰, 집단의 룰이다.

한편 집단들끼리도 개인과 마찬가지로 '집단의 집단'을 이룸으로써 자기 집단의 보호와 집단 경제적 운영에 의한 공동이익 추구를 도모하는데, '일본 주식회사'라는 말은 이러한 집단들이 집단화·계층화를 거쳐 결국 국가라는 단일 집단에 종속하게 된 상태를 의미한다고 보아 틀리지 않을 것이다.

'수동형 체질'이라야 살아갈 수 있다

일본인들은 자기 표현을 할 때 수동형을 사용하기를 좋아한다. 아니 좋아한다기보다도 사회적으로 형성된 오랜 관습이자 룰이다. 일본인들에게 있어 관습이나 룰은 대단한 의미를 지니고 있어서 그것을 위반할 경우에는 '외국인' 또는 '일본인이 아니다'는 식으로 생각해버릴 만큼 룰에 철저하다. 수동형도 이 룰의 한 예다.

수동형이란 자기가 '~을 적극적으로 했다'는 식이 아니라 상대방으로 하여금 자기가 '~을 당했다'는 식으로 표현되는 것을 말한다.

예를 들면 '엄마가 시계를 사 주셨다'가 아니라 '엄마에게 시계를 사 받았다', '아내가 가출하였다'가 아니라 '아내에게 가출함을 당했다', '도둑이 들어왔다'가 아니라 '도둑에게 들어옴을 당했다', '과장이 그렇게 얘기했다'가 아니라 '과장으로부터 그렇게 얘기를 들었다'는 식의 표현들이 그러하다.

자기가 한턱 내고자 하는 경우에도 '내가 돈을 내겠다'보다는 '돈을 내도록 함을 당하겠다'는 식이다.

이러한 것들은 바꿔 말하면 타인에 대하여 체질적일 만큼 과민한 신경을 쓰고 있음을 의미하며 그러한 타인들의 행동의 결과로서 남겨진 것이 자신이라는 것을 의미한다.

이 수동형의 원리는 일본인들의 집단주의를 이해하는 단서가 될 수 있을지도 모른다. 조직 속의 자신이란 주역이 아닌 일개 부속물로서 조직에 순응하기에는 이 수동형의 언어와 사고가 제격이기 때문이다.

예를 들면 회사(회사 내외를 불문한다)에서 잘못을 저질렀을 경우 이를 정당화하거나 부정한다든지 자기 변명을 하는 것은 용납되지 않는다. 이 때도 역시 수동형의 동작과 표정, 언어를 사용하여 성심 성의껏 사과를 하여야 한다.

상사를 납득시킬 수 있는 것은 자기 포기의 자세 즉, 무사(無私)와 무조건적 순응뿐인 것이다.

그렇게 하지 않으면 책임 추궁은 급기야 조직원으로서 인정하느냐 마느냐에까지 확대되며, 자신은 조직으로부터의 탈퇴 여부를 결심하지 않으면 안 되는 지경에까지 이르게 된다.

보통 일본인들의 경우 무사와 순응적 자세를 보이는 사람들에 대하여는 관용적이다.

조직에 순응하기 위한 수동형의 태도라는 연장선상에서 또 한 가지 유의해야 할 점은 자신을 내세우지 않아야 한다는 것이다. 개인적으로 잘나고 머리 좋고 똑똑한 것을 조직으로서는 썩 달가워하지 않는다. 평등한 사고와 융화를 더욱 소중히 하기 때문이다.

그러므로 자신을 잘난 사람이라고 생각하고 있다면 이미 그는 집단 속에 존립하기 어려운 퍼스낼리티를 갖고 있는 것이며 주변으로부터 냉소와 이지메(いじめ : 집단적 냉대)를 각오해야 한다.

일본 회사에서 근무하는 한국인들이 적응을 잘 못하고 도중 하차하는 것은 위에서 열거한 두 가지의 예에 해당하는 경우가 많다.

본인들이 주장하는 일본인들의 인종차별, 무시, 소외 역시 한 요인일 수 있으나 외인(外人 : 외부사람)이라는 피할 수 없는 환경을 감안한다면, 그리고 일본 회사에서의 근무를 본인이 희망하고 있다면 우선은 이러한 보통 일본인들의 퍼스낼리티와 개인의 원리, 조직의 원리를 이해하지 않으면 안 된다.

그래서 일본 내 한국인들은 이중고에 시달려야 한다.

첫째는 일본인들의 외국인에 대한 차별과 소외, 두번째로 한국인들의 특성인 능동적 언어, 사고, 행동을 수동적인 것으로 전환해야 하는 어려움이다. 한국인들로서는 두번째 항목이 훨씬 더 힘들다고 할 것이 틀림없다.

본전은 이익인가 손해인가

일본인들은 철저히 자신의 이익 추구를 전제로 행동하는 대단한 자기 중심주의자들이라고 하면 아마도 놀랄 것이다.

모든 상황을 경제적 관점에서 판단하고 표현하며, 판단한 결과가 자기에게 경제성(이익)이 없으면 행동에 들어가지 않는 지독한 이기주의자들이다. 경제성이라고 얘기한 것은 행동의 결과로 얻어지는 것과 행동에 소비한 금전, 시간, 노동을 비교하여 득실을 따진다는 것이다.

설령 손해는 안 본 경우, 즉 금전적으로 본전인 경우에도 행동에 소비한 시간, 노동 등이 손해로 남기 때문에 순손실을 보았다고 생각한다.

즉 성공했을 때의 이익보다도 실패했을 때의 손해를 더 크게 생각하는 것이다. 행동을 안 하여 이익을 얻지 못하더라도 실패하여 손해볼 염려가 없기 때문에 차라리 아무 것도 하지 않는 것이 무난하다고 생각한다.

이익 추구보다는 불이익의 배제, 이것이 일본의 기업들이 성공률이 높고 안정적 번영을 추구하는 가장 큰 요인인 것이다.

이에 비하면 한국인들의 경우에는 행동하여 이익이 있을 것으로 생각되면 실패했을 때의 손해는 가볍게 취급한다.

아무 것도 하지 않는 것을 매우 싫어하며 본전만 해도 이익이라는 사고이다. 또 본전의 경우에도 소비된 시간과 노력만큼을 손해 보았다고는 생각하지 않는다.

즉 일본인들은 불확실성을 두려워하여 모험을 하지 않으며 시간과 노력을 돈과 동일한 투자의 요소로 생각하는 반면, 한국인들은 조금이라도 승산이 있다고 판단하면 행동에 들어가며, 이 때 돈만을 투자 요소로 생각하여 손익 계산을 하기 때문에 금전적으로는 본전이라 할지라도 결과적으로는 손해를 보는 경우가 많다.

집단을 이탈하면 죽음뿐

일본인들이 모험을 싫어하고 행동이 수동적인 것은 집단이나 조직 생활에서도 잘 나타나고 있다. 자신에게 이익이 되지 않더라도 최소한 불이익이 없도록 하기 위해서는 집단의 의사에 순응하는 것이며 집단으로부터의 이탈을 커다란 모험이라고 여기고 있다. 또 집단 이탈의 모험이야말로 실패할 경우 치유 불가능한 치명적인 것으로서 정상적인 일본인이라면 감히 행동에 들어가려 하지 않는다.

이에 비해 한국인은 모험을 두려워하지 않는다. 아마도 대륙적 기질과 기마(騎馬) 민족의 근성인지도 모른다. 사회 전체가 모험으로 모자이크된 분위기여서 불감증에 가까울 만큼 모험이 많다. 이 모험에 죽기 아니면 까무러치기 식으로 자기 인생을 걸기도 하고, 또 실패한다 하더라도 다시 재기하겠다는 투지를 가지고 있다.

또한 집단으로부터의 이탈을 모험이라거나 치명적이라고 생각하지 않고 있으며 자신에게 외부적으로나 개인적으로 유리한 상황이 발생했을 경우, 또는 집단이 자신에게 불리할 경우에는 집단으로부터의 이탈은 얼마든지 가능한 것이라고 생각한다.

즉 자신은 집단에 소속해 있더라도 일본인들처럼 집단의 부속물로서는 생각하지 않으며 항상 자유로운 몸 또는 조직의 주역이라고 여기고 있기 때문에 불리한 상황 변화에 불복하며, 상황을 파기함으로써 자신을 표현한다.

실제로 이러한 사례는 정치인들이나 고위 관료들로부터 많이 나타나고 있음을 우리는 늘 보아왔다.

협상하는 방법에서도 양 국민의 차이는 현저하다.

한국인들은 협상할 때 주로 자기의견 제시를 분명히 하고, 또 자기 의견의 관철을 고집하며 만약 관철되지 않을 경우에는 협상 자체를 파기하기도 할 정도로 자기표현이 강한 반면, 일본인들은 우선 상대 방의 의견을 듣고 의도를 파악하여 자기 행동을 결정한다. 이 자기행 동이란 자기의 결정이 아니라 철저하게 조직에 의존하며 조직이 결 정하기 전까지는 결코 행동에 들어가지 않는다. 조직에의 복종인 것 이나 한편으로는 자기 책임이 되는 것을 배제하는 것이다.

바꾸어 말하면 일본 사람들은 책임과 영광을 조직으로 돌리는 것 이다. 반대로 한국 사람들은 자기 개인적으로 돌리려는 경향이 강하 지 않나 생각된다.

문제를 풀어나가는 방법도 다르다.

한국인들의 경우 문제가 발생하면 당장 성급하게 해결하고자 한 다. 머리 속에 담아두는 것을 매우 부담스러워하며 해결책 역시 과감 하다.대통령이나 장관으로부터 무슨 지시가 떨어졌다 하면 타스크 포스(task force)를 만들어 밤을 새워가며 당장 대책과 결론을 내리 려는 경향이 많다.

또 무슨 공사나 행사 같은 것도 자기 재임중에 자기 책임으로 자 기 명예를 앞세워 성급하게 끝내려고 하는, 잘못되었다면 매우 잘못 된 일들을 우리는 너무나 많이 기억하고 있다.

그래서 한국에서 내세웠던 개혁이라는 이름이 붙은 각종 개혁들 중 성공한 것은 적어도 내 기억 속에는 없다. 또한 지속성이 없이 시간이 지나면 모두 잊어버리고 만다. 망각을 너무 잘한다.

일본인들의 문제해결 방법은 해결이 어려운 문제일 때는 덮어두고 상황이 호전될 때까지 기다리는 수동형이다.

한·일간의 역사문제, 위안부문제, 독도문제 등에 대한 일본인들의 문제 해결 방법도 이런 식이므로 큰 진전을 기대하기는 벌써 어렵다는 생각이 드는 것도 바로 이 때문이라고 생각한다.

일본인들의 개혁이라는 것도 그렇다.

이파리를 바꾸고 가지를 바꾸고 줄기를 바꾸어 나가는 식이다. 그러나 뿌리까지 통째 뽑아버리거나 하지는 않는다. 흑이냐 백이냐를 취사 선택하는 개혁방식은 개혁이 아니라 전쟁이며 보복이며 다 함께 죽는거나 마찬가지라는 생각이다. 그래서 최근에 일본의 정치인들이 '대장성(大藏省)을 없애겠다', '근본적 행정개혁을 하겠다'고 하는 말을 믿고 있는 일본인들은 아무도 없다. 개혁이야 어떤 형태로든 하긴 하겠지만 이름만 개혁이지 실제로는 개선 정도일 것이라는 게다.

어떻게 보면 정치인들도 모험을 하여 불확실성에 도전하기보다는 실패율이 적은 확실한 작은 성공을 추구하는 것이다.

이것은 일반 국민들도 마찬가지다. 유명인들이 많은 분야나 조직에서 기생하느니 유명인들이 없는 분야에서 일인자가 되는 것을 더 선호한다. 최근에 자기가 돼지 뼈다귀를 우려서 끓여낸 라면이 제일 맛있다거나, 자기가 만든 칼이 자기 나라에서 최고라고 한다거나, 자기네 우동가게는 몇 대째 이어온 가게라는 것 등을 매우 자랑스럽게 여긴다. 잘 알려지지 않은 작은 회사에 취직하는 것을 부끄럽게 생각하거나 특히 육체노동을 하는 사람이라 하여 무식한 사람으로 치부하지 않으며, 이들 역시 다른 모든 사람들이 그렇게 하듯 어떤 장소에서나 떳떳하게 자기 직장과 직업을 얘기한다. 자녀들도 자기 아버지는 청소부다, 자기 엄마는 음식점에서 아르바이트를 하고 있다는 등으로 부모의 직업을 서슴없이 얘기한다. 거짓말 단 한 번으로 '거짓말쟁이'라는 인식을 평생 간직하는 사람들이기 때문에 아예 말을 안 하면 안했지, 적어도 거짓말을 하지는 않는 것이다.

이익 추구보다는 불이익 회피가 더 낫다

　일본인들의 조직에의 순응논리는 가끔 모방이라는 말로 설명되기도 한다. 순응은 모방에서 출발한다는 것이다.

　자기 혼자의 행동은 불안하므로 잘하고 있는 다른 사람의 행동을 모방함으로써 안정을 얻을 수 있으며, 결과는 잘 모르지만 그러므로 더욱더 모방한다는 것이다.

　이는 앞서도 얘기했지만 자기 자신의 행위에 대한 책임 회피용으로 안성 맞춤인 셈이다.

　도쿄도청에서 근무할 당시 도청 관계 공무원들이 서울시와의 신규 교류사업에 매우 부정적이었던 것도 모방할 전례가 없었기 때문이었을 것이다.

　그러나 반대로 모방하지 않는 자, 순응하지 않는 자는 요주의 인물이 되거나 이상한 사람으로 취급을 받게 되고 주변 사람들로부터 차가운 시선과 냉대를 각오해야 한다. 이것은 그 사람에게 직접적인 경고를 하는 것이 아니라 무시라는 무언의 형태로 나타난다.

　이쯤 되면 당사자는 그 조직에 있을 수 없게 되어 전출을 신청하거나 그만두게 된다.

　강요를 받는 게 아니라 스스로의 선택인 것이며, 반항적으로 상황을 돌파하거나 불복하는 것은 직장의 종말뿐 아니라 인간의 종말을 의미한다는 것을 스스로 알고 있기 때문이다.

　따라서 일본인들이 이익을 추구하는 것보다는 불이익을 회피하는 쪽으로 행동하는 것은 이러한 결과를 두려워하기 때문이며, 일본인들이 방어적이라거나 자기 주장을 내세우지 않는다거나 조직 내에서 동료들과의 경쟁을 회피하는 것 등등 역시 여기서 연유한다고 보여지는 것이다.

또한 집단적으로 행동하는 것은 책임 회피뿐 아니라 개인적 손실을 최소화할 수 있다는 사고도 작용하고 있다. 말하자면 안전하고 경제적이기 때문이다.

이에 비하면 한국인들은 양상이 약간 다르다. 순응하는 것은 모방하는 것이며 이것이 가장 무난한 행동이라는 데까지는 일본인들과 같으나 한국인들의 경우는 조직에 순응하기보다는 조직 내의 '리더 개인'에게 순응한다.

이러한 순응이란 복종이라는 의미보다는 충성이라는 단어가 더 적절할 것이다. 때문에 의기가 투합되면 무서운 추진력과 순발력을 갖게 되며, 이에 따른 책임도 함께 진다. 어쩌다가 그 리더가 부정으로 잡혀가면 감자 넝쿨처럼 줄줄이 잡혀가곤 하지만 죽어도 같이 죽고 살아도 같이 살자는 식이다.

한편 모방만 하는 자를 무사안일주의자로 치부하고, 항상 새로운 시책을 추구하며 개발하지 못하는 자를 무능하다고 한다.

그래서 전임자의 시책을 책임자가 바뀔 때마다 백지화하기를 좋아하고, 자기가 주장한 계획이라도 자신의 입지와 처지에 따라 곧잘 말을 바꾼다.

한국에서 5년 이상 지속된 시책을 찾아보려고 하면 아마 모래밭에서 진주를 찾는 쪽이 훨씬 빠를지 모른다.

조직의 리더들도 조직을 관리한다는 사고가 아니라 몇몇 특정 심복들을 관리하는 경향이 있으며 따라서 조직 플레이보다는 개인 플레이가 성장하게 되고, 이 개인 플레이를 조장한 결과 조직원들이 경쟁지향적이거나 공격적인 성향을 갖게 되는 것이다.

그래서 어떤 일이 성공을 거두게 되면 직원이든 계장이든 과장이든 국장이든 간에 전부 자기가 한 일이라고 자기를 치켜세우기에 여념이 없게 되는 현상은 오히려 자연스러운 것인지도 모른다.

일본의 조직이 수평적 협조와 합의에 매달리는 조직이라면 한국의 조직은 수직적 지시와 복종에 익숙해 있는 조직이라고 생각된다.

민주주의식 의사결정이라는 명분하에 수평적 합의 형성에 일과시간의 대부분을 소비하면서 책임분산을 도모하고 있는 소위 일본형 의사결정 방법에 대하여는 일본 지식인들 사이에서도 비효율성, 무책임성을 비판하는 목소리가 크다.

그러나 내가 일본의 조직생태로부터 느낀 점은, 이 수평적 합의는 조직의 이념과 조직 목적상 매우 고귀한 것이며, 무엇보다도 조직간·조직원간에 '화(和)'의 근본을 이루고 있다는 부정할 수 없는 사실이라는 것이다.

집단의 이익 앞에는 자존심도 버린다

일본인들에게 있어서 집단은 자기 자신 또는 가족 같은 패밀리 의식으로 연대되어 있으며, 외부인에 대하여 배타적이고 폐쇄적인 성향을 매우 강하게 가지고 있다. 따라서 외부인으로서 어느 집단과 접촉하려면 몇 가지 주의를 해둘 사항이 있다.

첫째는 최상의 예우를 갖추어 신중하게 접근해야 한다는 것이다. 즉 만나는 사람이 아무리 낮은 직위의 사람이라고 하더라도 그 사람을 상대한다는 생각을 버리고 그 사람으로 대표되는 조직과 상대한다는 생각을 가져야 한다. 자칫 상대의 직위가 낮다고 오만하거나 경솔하게 대하는 것은 조직 자체를 얕잡아보는 것이 되기 때문이다.

둘째는 외부인의 한계를 넘지 않을 것이다. 이것은 대단히 중요한 사항으로서 만약 외부인이 내부인인 것처럼 행동할 경우 집단 내의 모든 사람들로부터 경계의 대상이 된다. 이것은 자신들이 받아들이지도 않은 외부인이 자기 멋대로 내부인 행세를 하고 있다는 데 대한 거부감과 배척감인 것이며, 여기에 이르면 외부인은 이 집단으로부터 아무 것도 얻을 수 없게 된다.

예를 들면 처음 만난 사람에게 농담을 한다거나, 몇 번 만나지도 않은 사이인데 매우 친한 것처럼 행동한다거나, 권하지도 않았는데 빈 의자에 털썩 주저앉는다거나, 큰소리로 웃거나 떠드는 행위, 양해 없이 책상 위의 전화 및 기타 기물들을 함부로 사용하는 행위 등이 그러하다.

외부인에 대한 거부도 역시 패밀리 의식으로 연대되어 개인적 거부가 아닌 집단적 거부가 되는 것이다.

또 이러한 외부인들은 으레 담당자인 자신의 영역과 소관을 뛰어넘어 바로 상사와 협의한다든지 함으로써 조직의 룰과 질서를 흐트러뜨린다고 생각하고 있으며, 이것은 자신의 집단 내에서의 위치나 개인적 이해에도 직접적인 영향을 준다고 믿고 있기 때문에 거부의 강도는 매우 크다고 하겠다.

셋째는 집단의 룰에 따라야 한다. 어느 집단이든 간에 집단마다 특유의 룰이 형성되어 있다. 의사결정 과정, 이익배분 방식, 수평적 협의 형태, 그 집단의 대외적인 수준과 표방하고 있는 이념, 그리고 무엇보다 중요한 것은 집단 내부의 업무 스타일과 분위기다. 일본인들은 외부인에 관한 한 철저히 자기네의 스타일과 룰에 따를 것을 강요한다는 뜻이다.

이것은 회사원이나 공무원들도 마찬가지여서 자기들이 정한 틀과 공식에 맞지 않으면 여기에 맞출 때까지 줄기차게 협의를 추진하면서 상대가 굴복하거나 지쳐 나자빠질 때까지, 또는 상대가 조급해져서 틀에 따를 테니 빨리나 좀 해달라고 부탁할 때까지 양보하지 않는다. 여기에는 상대 집단에 대한 관습의 차이, 룰의 차이, 문화의 차이 등은 전혀 관계가 없다. 오직 자기 집단의 룰만이 존재할 뿐이다.

그러나 이러한 룰은 상대가 자기 집단보다 강력한 집단이거나 자기 집단과 이해관계에 큰 영향을 주는 집단일 경우에는 완전히 무시된다.

즉 자기 집단의 룰을 파괴하는 자존심보다도 얻을 수 있는 이익이 더 클 경우 또는 손해를 막을 수 있다고 판단되는 경우에 한한다. 일본과 미국 간의 무역마찰에 대한 협상이 대표적인 예이며, 얼마 전 일본 우익단체의 등대 건설로 중국·대만과 마찰을 빚었던 조어도(釣魚島)에 대한 입장과, 오키나와의 사유지에 주둔하고 있는 미군부대에 대한 입장도 집단의 룰을 파괴한 재미있는 예다. 조어도의 경우에는 일본은 중국·대만에 대하여 사유지 내에 설치된 사유물(등대)의 강제 철거는 불가하다는 입장이었고, 오키나와의 경우는 미군에 대하여 미·일 군사동맹은 일본의 생명선이라는 시점에서 오키나와 시민들의 기지철거 요구에 반대했었다. 즉 약한 쪽에 대하여는 '공(公)에 우선하는 사(私)'이고, 강한 쪽에 대하여는 '사(私)에 우선하는 공(公)'인 것이다. 일본은 그들이 과거에 침략했던 아시아 제국들로부터 "도대체 일본은 어쩌자고 그러는가, 왔다갔다 종잡을 수 없는 그야말로 무원칙, 무도덕의 나라"라는 비판 속에서도 끄떡하지 않는다. 제2차 세계대전 후에 적어도 독일이 그들의 침략국에 보여주었던 태도를 반만 보여주었어도 그러한 비난은 받지 않았을 것이다. 상대가 자기보다 강하거나 이익이 더 클 경우 또는 손해를 최소화할 수 있을 경우에는 민족적 자존심이건 국가 윤리건 언제든지 쉽게 버릴 수 있다는 것이 바로 일본인들의 집단주의의 원칙이며, 상대 집단이 자기 집단과 대등하거나 약할 경우에는 철저히 지켜진다. 이 때는 일본인들의 강한 자존심이 원칙과 관습 또는 전례라는 이름을 빌려 표출된다.

외국인은 일본 집단의 조직원이 될 수 없다

일본인들은 외국인을 자기 집단의 조직원으로서 받아들이고 있는가 하는 점도 내게 있어서는 매우 큰 관심의 대상이었다.

결론부터 먼저 이야기한다면 지극히 부정적이다.

최근 가와사키[川崎]시를 필두로 하여 몇몇 지방자치단체가 공무원 자격에 외국인 조항을 삭제하거나 규제를 완화하는 움직임이 활발하다. 일부 사람들은 이를 두고 외국인의 집단 내 포용이라는 둥, 집단주의라는 벽이 낮아졌다는 둥 얘기하고 있다.

그러나 나는 이에 동의하지 않는다. 자격 인정과 집단 속의 가족이 되는 것은 본질이 다른 전혀 별개의 문제라는 것이 나의 시각이다.

이 외국인들이 일본 사회에서 공무원으로서의 자격을 인정받고 어느 집단에 취직하였다 하더라도 집단 사람 즉 패밀리로서 인정되는 것은 처음부터 무리이며, 이를 위해 노력하는 것은 결국 헛수고라는 것을 깨닫게 될 것이다. 이 깨달음의 시기는 사람에 따라 차이가 있어 일률적으로 얘기할 수는 없으나 조직에 순응하는 수동형의 인간은 기간이 꽤 길 것이고, 능동적이고 유능한 사람은 불과 몇 달의 기간이면 족할 수도 있다.

어느 쪽이든 결과는 마찬가지다. 어느 집단 내의 외국인들 — 물론 재일 한국인도 포함하여 — 이건 간에 이들은 몸뚱이만 조직원의 일원일뿐 실질적으로는 같은 조직원으로서 일본인이 갖는 지위와 업무와 정보를 공유할 수 없다.

겉과 속은 하늘과 땅 차이인 것이다.

따라서 외국인은 집단원으로서 받아들여지더라도 '집단 속의 외부인' 취급을 감수하여야 한다. 이들 외국인들이 가장 괴로워하는 것이 바로 이 점이며, 구체적으로는 중요 정보를 제공받지 못하거나 능력과 실적에도 불구하고 한직이나 낮은 직급 또는 연구직의 업무만을 담당케 함으로써 소위 중심선상에서 배제당하게 된다는 것이다.

일본에서의 외국인은 장식품이며 선전용이고 종에 불과하며, 아무리 능력이 있다 하더라도 그보다 못한 일본인을 뛰어넘을 수 없다. 일본인들의 폐쇄주의는 이들이 집단을 이룰 때 최고의 경지에 달하게 된다.

이유는 단 한 가지, 외국인은 일본인이 아니기 때문이다. 일본의 그룹이즘(Groupism)과 패밀리즘(Familism)은 일본인에 한하여 적용되는 철의 장벽인 것이다.

일본인들이 말하는 한국인과 한국 사회

한국인들은?

- 일본과 일본인을 지극히 미워하고 있으며 감정이 매우 격하여 한국에 가서는 일본인임을 밝히기가 무섭다.
- 서로 얘기할 때 얼굴에 미소가 거의 없고 자기 의견과 맞지 않거나 하면 금방 얼굴을 붉히고 험악해진다.
- 목소리가 특히 커서 옆 사람과의 대화가 마치 다투는 것 같다.
- 개개인은 우수하나 집단이 되면 제각각이어서 회의 진행과 합의 도출이 어렵다.
- 상대방 얘기를 듣기보다는 자기 주장 내세우기를 중요시한다.
- 국가는 가난하나 국민은 — 빚을 내서라도 — 호사스러움을 추구한다.
- 약속이나 맹세 또는 책임진다는 말은 쉽게 하나 잘 지키지 않는다.
- 생각이 떠오르면 바로 실천에 옮기는 등 실행력이 뛰어나지만 오래가지 않는다.
- 줄서기와 기다리기를 싫어하고 남이 보는 곳과 보이지 않는 곳에서의 질서나 행동이 다르다.
- 일본인들과 특히 다른 점은 감정을 숨기지 않고 솔직히 얘기한다는 것이다. 따라서 처음에는 당돌하고 당황스럽게 느껴지지만 이러한 성격을 이해한다면 매우 사귀기가 쉽다.

- 인정이 깊다. 그러나 만나는 횟수를 거듭할수록 엷어진다.
- 공(公)과 사(私)의 개념이 분명치 않다.
- 술을 매우 즐기며 낭만적인 성격을 가지고 있다.
- 농담을 즐겨하며 농담 반 진담 반이라는 말이 있는데 실제로 농담인지 진담인지를 분간하기 어려운 경우가 많다.
- 민족의식이 강하고 높은 자존심과 자긍심을 가지고 있다.
- 지역감정으로 지역간 대립이 심하며 한국인들 스스로도 이를 자주 비판한다.
- '아이고 죽겠다'는 말이 일상화되어 있다.

한국 관광은?

- 경복궁, 창덕궁과 비원, 중앙박물관, 용인민속촌, 경주를 제외하면 볼거리가 없다.
- 항공요금은 일본 국내여행보다 싸지만 숙박비 등이 일본과 같거나 더 비싸서 메리트가 없어졌다.
- 일본 관광객들에게는 가는 곳마다 일제침략과 만행을 강조하므로 나중에는 피곤해지고 만다.
- 남대문시장은 가장 경제적인 쇼핑장이다.
- 교통체증과 매연이 심하고 수질이 좋지 않다.
- 소매치기, 바가지 요금이 많고 점원들은 불친절하다.
- 김치와 불고기는 역시 최고다.
- 남남북녀란 말내로 한국 여성들은 피부가 곱고 미인이 많다.

한국 문화는?

• 맨 먼저 연상되는 것이 치마저고리다.

• 대표적인 민요는 아리랑이다.

• 한글은 매우 과학적인 문자이며 배우기는 쉬우나 활용하기는 어렵다. 구체적으로 쓰기와 읽기가 다르고 비슷한 발음이 너무 많은데, 예를 들면 외, 웨, 왜 등이 있다.

• 한글, 불교, 북·장구, 부채춤 등이 한국 문화로 대표되고 있다.

• 온돌방과 김치, 불고기 등은 한국인들의 독특한 생활문화다.

• 가수 조용필 노래인 〈돌아와요 부산항〉은 모르는 사람이 없이 애창되고 있다.

• 한국인들은 장구한 역사와 문화를 자랑하나 현지에 가면 그런 문화가 눈에 띄지 않는다.

• 박물관에 들어서면 '아! 일본 문화의 뿌리는 바로 여기구나' 하고 직감하게 된다. 일본의 역사유물 및 출토품이 한국 박물관의 유물들과 너무 흡사하기 때문이다.

• 한국인들은 일본의 문화가 모두 한국으로부터 건너왔다고 생각하고 있으며 일본인들에게 이를 인정하라고 강요하고 있다. 이의 많은 부분이 사실이라고 생각한다.

• 그러나 한국 문화 역시 중국으로부터 전래되어 왔으며 오랜 세월을 거치면서 한국의 문화로서 정착했음을 생각해야 한다.

한국 경제는?

- 한국 경제는 수출대국으로서 일본에 위협적이라는 견해와 해외 의존도가 높고 대외 경쟁력이 약하며 산업체계의 구조적인 결함으로 더 이상의 성장은 어렵다는 양론이다.
- 정계·관계·재계 간의 밀착은 일본보다 더 심하다. 뇌물이나 담합거래가 일반적이다.
- 특히 고물가 및 고임금, 노사분쟁 등으로 대외 경쟁력을 상실해 가고 있어 멀지 않아 자체적 난관에 봉착할 것이라는 의견이 분분하다.
- 한국 산업은 자동차, 반도체, 조선업, 철강으로 대표되고 있다.
- 몇 개의 재벌 그룹에 의해 국가경제가 좌우되며, 이 재벌 그룹들은 족벌 경영체제다. 상대적으로 중소기업은 매우 취약하다.
- 계약에 대하여 약속을 제대로 이행하지 않는 경우가 많다.
- 아직도 국가가 경제를 주도하고 있다.
- 일시적인 해외 로비 능력이 뛰어나다.
- 제품의 비교우위적 경쟁보다는 회장이나 사장 등 회사의 상층부의 활동과 능력 여하에 따라 수주가 좌우되고 회사 경영의 생사가 좌우된다.

한국 정치는?

- 대통령제로서 법보다 우위의 강력하고 막강한 통치력을 구사하고 있다.
- 정치환경이 매우 불안정하고 리더의 성향에 따라 모든 것이

좌우된다.

- 지역 분파적 정당을 형성하고 있다.
- 정치인들은 국민들로부터 매우 신뢰받지 못하고 있다.
- 삼권 분립의 원칙이 지켜지지 않고 있다.

한국 사회는?

- 한국의 거리는 활기에 넘쳐 있다. 어디를 가나 사람과 차량이 북적대고 사람들의 발걸음은 매우 바쁘다. 한국에 다녀온 사람들은 이 점을 매우 인상 깊게 느끼고 있다.
- 일반적으로 어린이들을 과잉 보호하고 있으며, 가정에서는 사회성과 예의범절에 대한 교육보다는 다른 아이한테 지지 말라는 교육이 이루어지고 있다.
- 입시열풍이 대단하며 부모들은 자식들이 일류대학에 갈 수만 있다면 자신들의 모든 것을 희생할 수 있다고 생각한다.
- 자식의 출세는 가문의 명예이며 사회적인 명예와 돈에 직접 연관된다.
- 학벌사회이며 지연사회로서 학벌과 지연이 출세와 사회생활에 직·간접적으로 영향을 미친다.
- 빈부의 격차가 매우 심하다.
- 노사분쟁과 학생시위가 매우 격렬하다.
- 대학생들은 매우 개방적이고 자유분방하다.
- 음주는 폭음이 많고 폭탄주를 즐겨 마신다.
- 육체적 노동에 종사하기를 싫어하며 이는 바로 천박하고 무식

한 것으로 통한다.

- 거리는 매우 깨끗하나 택시, 전철, 건물 내부는 더럽다.
- 전철 안에서 너무 쾨쾨한 냄새가 많이 난다.
- 가까운 거리도 승용차나 택시 이용을 선호하며 자전거를 점잖 치 못한 것으로 인식하고 있다.
- 택시기사는 매우 난폭한 운전을 한다.
- 합의형성 과정이 민주화되지 못하고 지도자의 의사가 절대적 이다.
- 따라서 한국 사람과 협상을 하려면 높은 사람을 만나야 한다.
- 지도자가 바뀌면 전임자의 정책은 백지화된다.
- 공무원의 인사이동이 심하여 일관된 정책을 협의하기 어렵다.
- 정책은 오랜 토의나 연구결과에 의하는 것보다 즉흥적 판단에 따라 당장 수립되고 당장 시행된다.
- 호텔 등에서 시정요구를 해도 "뭘 그런 걸 가지고 그러세요! 괜찮아요! 보통이에요" 하며 오히려 이상한 표정을 한다.
- 치안은 일본 이상으로 안전하다. 그러나 교량과 같은 도시 공 공 시설물은 불안하다.
- 남북통일이 되면 한국은 정치·경제·군사 등 모든 분야에서 강국으로 발돋움하게 될 것이다.

상대방의 입장에서 말한다

'모르면 편하고 알기 시작하면서 불편하고, 다 알고 나면 편한 곳'이 일본 사회다. 알듯 말듯한 말이겠으나 간단히 말하면 개인적・사회적 룰과 규범을 모른 채 거침없이 행동한다 하더라도 충고하거나 간섭하는 이가 없어 편하고, 이 룰이 점차 눈에 보이기 시작하고 일본인들의 성격, 매너, 관습, 문화 등을 알게 되면서부터는 말 한 마디, 행동 하나에도 여간 신경이 써지는 게 아니어서 불편하며, 이러한 룰이 몸에 익어 사회 전체적인 룰과 흐름 속에 자연스럽게 합류할 수 있게 되면 편하다는 말이다.

그렇다면 과연 어떠한 것들이 특히 우리 한국인들에게 있어 불편한 요소가 되는 것이며, 또한 이러한 일본인들의 개인적・사회적 룰이란 무엇을 말하는 것인가.

이는 실로 용이한 문제가 아니며 사회 현상에 대한 면밀한 관찰과 분석 그리고 비교 사회론적인 실증 관점에서 설명이 필요한 것이나 사회학자가 아닌 나로서는 다분히 견문과 체험이라는 다소 주관적인 관념에 의존할 수밖에 없는 입장이다. 또한 여기에서 비교적으로 열거되는 사례들의 경우에 따라서는 독단과 편견에 치우치거나 식견 부족으로 잘못 인식된 부분도 없지 않을 것이다. 다만 유학생활과 주재관 근무를 통한 다양한 사회 조직체와의 접촉 속에서의 나의 체험들은 언어학자나 사회학자의 이론보다 재미있고 사실적일지 모른다.

체험이란 우리의 일상적 생활과는 다른 것에 대한 접촉이기 때문에 흥미가 있으면서도 격식이 없고 추상적이지 않기 때문이다.

한 민족의 언어란 그 나라 사람들의 의식과 사고를 표현하는 도구이며 행동 패턴을 연구하는 데 가장 귀중한 자료라고 생각된다.

똑같은 의미라도 한국식 표현과 미국식 표현, 일본식 표현, 중국식 표현이 각각 다르며, 반대로 어떤 말을 자국어로 번역하여 옮기는 것도 표현 방식이 다르게 마련이다. 어순(語順)이나 문자가 달라서가 아니고 나라마다, 사람들마다 의식 수준이나 사고방식, 생활양식, 행동의 양태가 다르기 때문에 각각의 정서와 관념 그리고 체질로 변환시켜 이해하거나 표현하는 것이다.

통역을 할 때 직역을 하면 말이 우습게 되거나 뜻이 통하지 않게 됨을 자주 접하게 되는데 그것은 바로 이 때문인 것이다. 우수한 통역사가 되려면 그 나라 사람들의 역사와 문화의 흐름부터 개인과 집단의 특성, 사회적 규범 등에 익숙해야 한다.

일본어는 언뜻 보면 우리말과 어순이 같고 사용하는 한자가 같아 매우 유사해 보인다. 그래서 실제로 세계의 언어 중에서 우리나라 사람들이 가장 배우기 쉽고 이해하기 쉬운 언어가 일본어이다.

그렇다고 숫제 한자어들을 우리말과 똑같이 사용해도 되느냐 하면 꼭 그렇지만은 않다. 물론 대부분은 의사가 통하지 않는 것은 아니나 종종 이들의 정서에 전혀 맞지 않는 표현이 되어 본의 아니게 상대에게 불쾌감을 안겨 주거나, 우리말로나 영어로는 아무렇지도 않은 표현이 이들에게는 당돌한 표현 ― 특히 우리말에 이러한 식의 표현이 많다고 생각한다 ― 이 되어 상대를 당혹스럽게 만드는 예를 접하게 된다.

이것은 한 마디로 일본인들의 정서와 의식구조의 특이성에서 기인하는 것이다. 같은 동양인에다 많은 문화를 공유하고 있고, 같은 농경사회에서 출발하고 있으며 유교의 영향을 받은 일본이지만, 우리나라가 가족 중심, 혈연 중심의 사회임에 비해, 일본은 집단주의, 조직 중심의 사회라는 점, 그리고 우리의 역사가 줄곧 외적의 침입에 시달려 온 과정에서 울분과 한을 표현하는 데 익숙해진 언어인 데 비하여, 외적의 침입을 한 번도 경험하지 않은 — 제2차 세계대전시에도 대규모 공습은 받았으나 본토에서의 육상 공방은 없었음 — 평화와 안정 속에서 발달된 언어라는 점에서 우리 언어, 좀더 정확히는 우리나라 사람들의 정서와는 판이한 점이 많다는 것이다.

가족 중심이나 혈연사회에서는 '일족(一族)의 단결'이 절대절명한 것이 되고, 여기에는 유교적인 장유(長幼)의 서(序)가 존재한다. 그러나 오히려 이러한 일족의 단결은 사회 집단이나 조직 구성원 등 다른 족(族)과의 단결 내지는 일체화를 방해하는 큰 요인이 되고 있음은 과거 역사나 현재 우리 사회의 분위기에서도 잘 알 수 있으며, 이는 사회가 복합적이고 고차원화될수록 더 심해질 것으로 전망된다. 반면 집단주의, 조직 중심 사회는 조직의 단결, 조직의 일체화를 목표로 하고 있으며 협동을 그 기본으로 하고 있다. 때문에 자연히 일족(一族)보다는 타족(他族), 가족보다는 타인, 가정보다는 직장이 우위에 있기 마련이며, 이러한 사회 구조에서 형성된 언어라는 점에서 우리말과는 정서가 확연히 다른 측면을 갖고 있다는 것이다. 즉 자기중심적이기보다는 '상대방을 배려한 언어'라는 것이 일본어의 가장 큰 특징 중의 하나인 것이다.

아비는 집에 없습니다

식사할 때는 누구나가 의례적으로 '이타다키마스(いただきます)'라고 인사를 한다. 직역하면 '받겠습니다'이며 우리말로는 '잘 먹겠습니다'이나, 이 두 말은 뉘앙스가 다르다.

전자는 수동적인 느낌이 드는 용어임에 비해, 후자는 능동적이고 직설적인 표현이다. 다시 전화를 드리겠다든가, 의견을 말씀드리겠다든가 연구 결과를 발표하겠다는 등의 '~드리겠습니다', '~하겠습니다'라는 표현에는 물론 여러 형태가 있으나 보편적이고 보다 품위 있는 일본어로는 '~시켜 받겠습니다(~させて いただきます)'로서 사역의 의미를 함축하고 있다. 즉 '내가'를 강조하기보다는 '당신으로 하여금'이 강조된 표현이다.

아버지, 어머니, 누나, 형이라는 호칭에 대하여 한국에서는 자신이 직접 사용하거나 타인에게 지칭할 때나 마찬가지다. 심지어는 '저희 아버님', '우리 어르신(부친)께서는'이라는 최고의 존칭어를 사용하며, 듣는 사람 입장에서도 이 사람을 꽤나 예의가 바른 사람이라고 생각하기도 한다.

자기 가족을 무엇보다도 소중히 하는 가족 중심 사회임을 잘 표현하고 있는 언어라 하겠다.

그러나 일본어에 있어서는 자기가 직접 아버지, 어머니를 부를 때는 '오토상(お父さん)', '오카상(お母さん)'이라고 하여 '상'이라는 존칭을 사용하지만 타인에게 얘기할 때는 '치치(ちち)', '하하(はは)'

로 존칭어를 빼야 한다.

만약 일본에서 자기 아버지, 어머니를 타인에게 '오토상', '오카상'이라 호칭하게 되면 이 사람이 다른 사람의 아버지, 어머니 얘기를 하고 있는가 하고 착각하거나 외국인이라고 생각하게 될 것이 틀림없다.

하여튼 자기 자신과 관련된 모든 것, 즉 자기 가족 및 자기가 소속되어 있는 단체, 조직, 직장, 그리고 자기와 함께 같은 곳에서 일하고 있는 상사에 대하여도 타인에게 지칭할 때는 격을 낮춘 겸양어를 사용하며, 그렇게 하지 않으면 말 자체가 이상하게 되거나 비꼬는 듯한 말투로 이해 될 수도 있다는 것이다.

예를 들어 한국에서는 전화를 받을 때 "예, 김과장입니다"라고 한다면, 일본어로는 '예, 김입니다'가 될 것이다. 일본어로 과장이라는 '장(長)'자에는 '님'이라는 존칭어가 함축되어 있기 때문이다.

그러니까 "아무개 부장님은 자리에 계십니까?"라는 전화가 걸려왔을 때 같은 부내의 직원이 "아무개 부장님은 자리에 안 계십니다"라고 하면 이상해지는 것이며, "아무개는 지금 자리에 없습니다"만이 정답인 것이다. 다시 말해서 자기 부장을 타인에게 지칭할 때 "우리 부장님은…"이라고 하는 경우란 없다고 보면 된다.

재미있는 예를 들어보자.

한국의 모 단체 방문단을 환영하는 도쿄 모 호텔 연회장의 만찬 석상에서의 일이다.

한국측과 일본측은 그 단체의 회장, 부회장을 비롯하여 간부 임원들과 관계자들 약 100여 명이 자리를 메우고 있었다.

이 날의 통역은 한국측의 부회장이 맡았는데 이 분은 예순이 훨씬 넘은 고령이었으며, 일제강점기에 사용했던 일본어를 그럭저럭 구사하는 정도로 유창하거나 매끄럽지는 않았다. 일본측 회장의 인사가 끝나고 한국측 회장의 인사가 이어졌다.

"저는 ○○회사의 ○○○ 회장입니다"라고 첫인사를 하였는데, 이 때 부회장이 이 말을 "보쿠와 가이초사마데스(僕は ○○○會長樣です)"라고 통역했던 것이다. 순간 아차 싶어 나는 회의장의 일본측 참석자들의 표정을 관찰하였다.

아니나 다를까 자기들끼리 살짝 쳐다보며 피식 웃거나 웃음을 애써 감추려 하는 표정들이었다.

'보쿠와 가이초사마데스'라는 말은 쉽게 얘기해서 당시 그 곳의 분위기에 맞춰 다시 한국어로 통역하면 '이 몸은 회장님이십니다'라는 말이 되고 만다. 아마도 부회장은 한국식으로 자기 회장님을 존칭해서 한 말일 것이다.

그러나 '보쿠(나)'라는 말은 '저'라고 겸양어를 써야 하고, 특히 '사마(님)'라는 말은 자기 쪽, 자기 가족, 자기 조직의 사람을 지칭할 때는 사용해서는 안 될 말이다. 또한 '가이초(會長)'라는 말 자체에 '님'자의 의미가 함축되어 있으므로 별도의 존칭어를 덧붙일 필요가 없다.

그 후로도 부회장은, 회장이 "저는…"이라고 할 때마다 깎듯이 "가이초사마…"라고 통역을 하여 일본측 인사들을 의아스럽게 만들었다. 아마도 그들은 파티 후에도 자기들끼리 "보쿠와 가이초사마데스" 하며 농담을 주고받았을 것이 틀림없다.

한국식 일본어의 한 사례라 생각되었기 때문에 일본어를 배우는 사람들, 일본과 일본인을 알려는 사람들을 위하여 꼭 참고가 되었으면 한다.

반면 상대에 대하여는 철저히 존칭어를 쓴다.

예를 들면 당신의 '아이들(子供)'이란 표현은 아예 없다. 당신의 '자제분'에 해당하는 '오코상(お子さん)'이라 하여야 한다. 나이 어린 제자 또는 직원의 부인에 대하여도 당신의 '처(つま)', 'Wife', '아내〔家內〕' 등의 표현은 지극히 실례에 해당하며 반드시 '옥상(お くさん)'이라고 호칭하여야 한다. 만약 자기 부인에 대한 호칭을 전자처럼 불렸다면 이는 대단히 무시당한 처사로서 굴욕감을 느끼게 될지도 모른다.

여하튼 자기 및 자기 조직 외의 상대방에 대하여는 거의 모든 명사에 존칭어인 '오(お)'나 '고(ご : 御)'를 붙여 사용한다. 예를 들면 당신의 집, 직장, 일, 취미, 나라 등등, 그리고 제삼자 또는 꽃이나 정원과 같은 무생물에도 이를 사용하는 것이 고급의 일본어인 것이다.

이와 같이 일본어는 상대방을 배려한 언어적 특성을 가지고 있으며 이는 바로 보통 일본인들의 정서와 일치하는 것이다. 이러한 정서는 일상생활 특히 직장이나 사회와 같이 가정을 벗어난 공간에서 행동으로 나타나게 되는데, 이에 대하여는 뒤에서 구체적인 사례를 통하여 알아보기로 한다.

다만 여기서는 이러한 언어적 특성을 통하여 일본인들의 의식구조의 근저와 일본 사회의 인간관계의 교호적 분위기를 어렴풋이나마 엿볼 수 있는 단서를 제공한 것으로 해두고자 한다.

여기서 한 가지 분명히 알아두어야 할 사실은 어떤 일본인이 자신을 낮추고 상대방을 존칭한다고 해서 상호간의 관계가 상하관계 또는 비하적 관계로 성립된다거나 자존심의 문제가 발생할 수 있는 의도적인 언어 사용의 특성이 아니라 오랜 옛날부터 관습적으로 체질화되어 온 민족언어의 평상적이고 기본적인 특성임을 순수하게 이해할 필요가 있다는 것이다.

물론 어느 정도는 상류사회로부터 길러지고 다듬어진 측면도 있겠으나 이 역시 그 사회의 풍조로서 그 사회의 분위기와 단면을 파악하는 데는 유익하리라 보기 때문이다.

곤니치와

이혼한 부부가 10년 만에 다시 결합하기로 하고 어느 공원 안의 동상 앞에서 재회하는 순간이다. 초등학교 3학년이 된 딸 카오리 짱은 엄마 손을 잡고 긴장된 얼굴로 자신을 응시하며 다가오는 전혀 기억 나지 않는 아빠를 바라보고 있다.

"카오리 짱, 아빠란다. 인사 드려야지, 응?"

잠시 머뭇거리다가 딸이 입을 열었다.

"곤니치와(今日は)."

10년 만에 만난 아빠에게 한 첫인사다. '곤니치와'라는 말은 '안녕하세요' 또는 '안녕'에 해당하는 낮인사로서, 한국에서의 상황이라면 전혀 이상할 것도 없는 장면일 것이다.

그러나 딸이 한 이 인사는 엄마와 아빠, 특히 아빠에게는 송곳으로 가슴을 찔리기라도 한 듯한 충격이었다.

순간 아빠의 눈에서는 눈물이 핑 돌았다.

왜였을까?

10년 만에 다시 만난 아내와 딸에 대한 사과의 눈물이기도 할 것이다. 또한 후회의 눈물이기도 하며 기쁨의 눈물이기도 할 것이다. 하지만 아빠의 가슴을 복잡하게 한 것은 이보다도 딸이 자신에게 한 인사 '곤니치와'에 있었다. 곤니치와란 타인(他人)에게 하는 인사인 것이다.

아빠는 딸로부터 타인과 같은 취급을 받은 것이다.

직장에서 동료들간에 흔히 쓰이는 인사인 이 '곤니치와'는 절친한 친구 사이에서도 잘 사용되지 않는다. 이들이 만약 곤니치와로 인사를 주고받는다면 둘의 관계는 절친한 관계라고 보기 어렵다.

자기와 타인, 내부와 외부를 가리는 말들은 그 말 자체로서는 구별하기 힘들고 오랜 세월의 역사와 생활 습관 속에서의 체험을 통하여 체득할 수밖에 없는 것이다.

똑같은 말이라도 각각의 장소에서 그 순간의 분위기와 억양, 평상시 서로의 관계에 따라 전혀 다른 감정 표현이 됨은 주지의 사실이나 일본어의 경우는 특히 구별이 어렵다. 한국어는 높임말과 낮춤말이 확연히 구분되지만 일본어는 그렇지가 않기 때문이다.

예를 들면 가정에서 어린이들이 — 성장해서 어른이 되어도 마찬가지지만 — 부모에게 '…입니까(ですか)', '…하십니까(ますか)'라는 말을 쓰지 않고 대신 한국어의 반말에 해당하는 '…그런 거야?(なの)', '…하는 거야?(するの)' 하는 식의 말을 쓰는데, 이 말들이 반말이 되는 경우가 있고 반말이 되지 않는 경우가 있는 것이다.

즉 부모가 자식에게 또는 선생이 학생에게 쓰면 반말이고, 자식이 부모에게 또는 학생이 선생에게 쓰면 반말이 아니며, 직장에서 상사가 자기 직원에게 쓰면 반말이고 같은 상사라도 외국인에게 쓰일 때는 반말로 오해해서는 안 된다. 또한 동료간에 쓰이는 반말은 반(半)존칭 반(半)반말, 즉 부드러운 반말로서 일상적인 언어인 것이다.

놀라운 것은 자기 아내를 호칭할 때 한국어의 '여보' 또는 '당신'에 해당하는 호칭이 '오마에(お前)' 즉 '너'라는 것이다. 남존여비의 불평등적 사고가 이 호칭에 담겨져 있다고 보이지만 이를 반말로 이

해하고 불평하는 일본 여성은 없다. 이러한 언어의 미묘한 감각, 언어만으로는 상호간의 관계를 단정 지을 수 없는 복잡성, 상황에 따라 반말도 될 수 있고 그렇지 않을 수도 있는 임의성 등이야말로 일본인의 성격을 잘 알게 해주는 대목이라 하겠다.

'선생'은 있어도 '선생님'은 없다

일본어의 특성 중에 또 하나는 'ㅇㅇ님'의 '님'에 해당하는 존칭이 없다는 것이다. 옛날 봉건시대, 제국시대에는 특히 관청과 군대에서 '사마', '상', '뎅〔殿〕', 가츠카〔閣下〕' 등의 호칭을 본인에 대하여 직접 사용하였으나 요즈음에는 거의 소멸되었다. 구체적인 소멸 시기에 대하여 자세한 기록은 없으나 대략 제2차 세계대전 이후부터라고 추정되고 있다. 즉 패전 이후 미국에 의한 민주적인 개혁과 민주화 바람, 제국주의, 군국주의적 요소의 배척, 그리고 개인주의적 성향과 평등 사고의 대두에 의한 것이 아닌가 여겨진다.

하여튼 '님'이라는 호칭에 숙달되고 길들여진 우리에게 있어서 이것은 하나의 충격으로 받아들여졌다. 그 첫번째 경험은 1984년 초 유학 절차를 밟느라고 학교에 가서 지도교수와 첫 면담을 하는데, 내가 '교수님'이라는 뜻의 '교주도노〔教授殿〕'을 사용하였더니 웃으면서 '센세이〔先生〕'로 불러달라는 것이었다. 한국에서는 '선생'이란 비하적 표현이어서 윗사람이나 특히 '선생님'의 면전에서 감히 사용할 수 없는 무례한 호칭이므로 내가 주저했던 것도 무리가 아니었을 것이다. 노스승에게 'ㅇㅇ선생' 하고 부를 수 있게 된 것은 꽤 시간이 흐른 뒤부터였다.

두번째 경험으로는 1994년 도쿄도에 주재관으로 파견되어 당시 도지사였던 스즈키〔鈴木〕 지사와의 면담에서였다. 이 때는 직접 '님' 자를 붙여 호칭하지는 않았으나 당시 83세의 고령에다가 20만 명에

가까운 직원을 거느린, 대도시 도쿄도의 수장인 지사에게 '님'자를
뺀 채 '스즈키 지사'라고 호칭하려니 입이 선뜻 떨어지지 않았던 것
이다.

하여튼 직명에 대한 호칭에 '님'자가 없음은 우리로서는 참 재미
있는 관심사가 아닐 수 없다. 말하자면 모든 직명에는 '님'자가 포함
되어 있는, 즉 직함 자체가 존칭이라는 뜻이 된다. 그러니까 신참 직
원이 국장에게도 'ㅇㅇ 국장'이라고 부르고 총리대신에게도 'ㅇㅇ
총리'라고 부른다. 지극히 봉건적이고 군국주의적이었으며 세계에서
유례를 찾아볼 수 없을 만큼의 관료 중심 사회, 조직 중심 사회가 적
어도 언어적으로는'대등한' 개인들로 구성되어 있는 것이다. 여기에
서 우리는 다른 일본의 한 면을 엿볼 수 있다.

이에 관하여는 뒤에서 다시 언급이 되겠지만, 내가 2년간 도쿄도
청에서 도청 직원들과 함께 근무하면서 느낀 가장 중요한 대목이 바
로 이것이다.

톱니바퀴처럼 잘 짜인 빈틈없는 관료조직인 양 보이지만 실제 내
부를 들여다보면 우리와 같은 딱딱한 위계질서란 찾아볼 수 없다. 그
저 아침 출근시간 늦지 않게 와서 자기에게 주어진 일 성실히 하고
퇴근시간 되면 "먼저 실례합니다"라는 말 한 마디를 혼잣말처럼 웅
얼거린 채 가방을 들고 사무실을 당당하게 나가 버리는 직원들의 태
도나, 의사결정 과정에서 일반 직원 — 신참 직원이라도 — 에게도
일정 역할이 확실히 보장된 상태에서 끈질긴 대화와 토의로 합의를
도출해내는 모습들에서 나는 '대등(對等)'이라는 용어를 떠올렸던
것이다.

　이러한 '대등'이 모여 이루어진 '조직', 그것이야말로 우리가 서둘러 가야할 길이며 우리 조직, 우리 사회의 곳곳에 '인간(人間)'을 숨막히게 하는 많은 요소들을 과감히 도려내고 '대등의 시대'를 열어가는 것이며, 또한 가장 본질적인 개혁이 아닐까 생각해 본다.

일본어의 '다음에…' 란 딱지 맞은 것

일본어의 특징으로서 의사표시의 애매성을 지적하지 않을 수 없다. 그런데 더 재미있는 것은 한국인들 입장에서 보면 긍정도 부정도 아닌 모호한 의사표시가 일본인들 사이에서는 자연스럽게 통용되고 있다는 것이다.

한 예를 들어보자. 신문구독 판촉을 위하여 찾아온 신문 판매사원과 집주인 아주머니와의 대화다.

"○○신문사에서 왔는데요. 저희 신문을 구독해 보시지 않겠습니까?"

"죄송해요, 다음에 오세요."

"다음에 언제요?"

"글쎄요. 지금 다른 신문을 보고 있으니까요."

"저희 신문도 한번 보아 주셔야지요."

"글쎄, 지금은 곤란하고 다음에 볼게요."

"아주머니, 부탁해요. 저희도 먹고 살아야지요. 구독 건수 못 올리면 저희들 혼나요, 부탁해요."

"글쎄, 다음에 오시라니깐요."

안타깝게도 이 대화는 우리나라의 예다. 소설의 한 대목같이 느낄지 모르겠으나 실제로 우리 주변에서 하루에도 여러 차례 흔히 있는 일상적인 일이나 다름없다.

지금처럼 경쟁의 시대를 살아가려면 낮에 혼자 집을 지키는 주부님들께서도 마음 각오를 단단히 하지 않으면 안 될 것이다. 대문을 두드리는 사람이 비단 신문사 외판원뿐만은 아니니까.

그러나 일본의 경우를 한번 살펴보자.

"○○신문사 ○○지국 ○○라고 합니다. 돌연히 죄송합니다만 저희 신문을 구독해 보시지 않겠습니까?"

"죄송해요, 다음에 오세요."

"아, 그렇습니까. 죄송합니다. 실례했습니다. 그럼."

이것으로 둘의 대화는 끝이 난다. 집집마다 방문하여 판촉하는 일도 적지만, 있다고 해도 이 정도로 대화가 간단하고 거절하는 게 식은 죽 먹기이니 판촉이 와도 별로 무섭거나 곤란하지 않다.

위의 두 편의 대화 내용 중에 한국인은 "다음에 언제요?"라고 되물었고, 일본인은 "아, 그렇습니까"라고 대답했다.

즉 일본인의 대화 속의 '다음에…' 라는 말은 지금은 아니라는 분명한 부정의 의사표시이자 가까운 장래에도 아니라는 완곡한 거부의 표시인 것이다.

"이번 주말 꼭 들러주세요."

"다음에…."

"이 상품 구입에 대한 귀사의 최종 견해를 말씀해 주십시오."

"다음에…."

"자기, 또 언제 만나지, 응?"

"다음에…."

이러한 '다음에'의 대상자들은 미안하지만 모두 '딱지'를 맞은 셈이다. 그 밖에도 '마아(まあ)', '좋긴 하지만(いいけど)', '생각해보겠어요(考えてみます)' 등과 같은 말들도 종종 그러하지만, 이와 같이 모호하고 완곡한 거부 의사가 상호간에 자연스럽게 통용되고 있는 것은, 곰곰이 생각해보면 서로의 감정에 세심하게 배려하는 친화적인 언어 습관에서 기인하는 것이라고 하겠다. 직설적으로 거절하거나 거절당한 순간의 어색함과 쑥스러움, 그리고 때로는 이로써 생길 수도 있는 상호간에 대한 불쾌한 감정을 피하기 위하여 기분 나쁘지 않게 거절하고 또 이러한 완곡한 거절을 알아서 수용해주는 사회풍토는 우리에게 있어 시사하는 점이 많다고 하겠다. 마찬가지의 논리에서 일본인들은 타인에 대하여 결코 충고하거나 간섭하는 법이 없다. 있다고 하더라도 말을 빙 돌려서 조용히 ― 남이 들을세라 ― 하기 때문에 우리로서는 그 말이 충고나 간섭에 해당하는지조차 모르기 십상이다.

그러나 일본인들의 웃음 섞인 나지막한 목소리를 놓쳐서는 안 되는 것이라 생각한다.

'Yes', 'No' 의 구분이 어려운 사람들

우리가 잘못 이해하고 있는 일본인들의 속성 중 하나는 자기 주장을 확실하고 분명히 표시하지 않고 모호하게 얼버무린다는 것이다.

그도 그럴 것이 '…입니다', '…아닙니다' 보다는 '…(이)라고 생각합니다', '…아니라고 생각됩니다마는' 식의 표현이 더 많고 '한다, 안한다' 처럼 단정적인 표현 대신 유보적 — 우리가 듣기에는 — 이거나 모호한 용어인 '(…하는 것이) 좋지 않을까 생각한다', '생각해 보겠다' 는 식의 표현이 즐겨 사용되고 있기 때문이다. 이는 거부 의사를 표시할 때의 언어를 보면 더 명확해지는데, 예를 들어 '차를 한 잔 더 드릴까요?' 라는 권유에 대하여 더 마시고 싶지 않다는 의사를 '이이데스(いいです)' 또는 '겟코데스(けっこうです)' 로 표현한다. 이 말들은 직역하면 모두 '좋습니다' 라는 말이 되어 언뜻 더 마시겠다는 뜻으로 들릴 수도 있겠으나 그 반대인 사양의 의사표시인 것이다. 그런 것도 모르고 차를 한 잔 더 주문하게 되면 이 일본인은 당황할 것이 뻔하고 추가요금을 지불해야 함을 매우 걱정하게 될 것이다.

한편 반대로 "차 마시러 함께 가시겠습니까?" 라는 권유에 대하여 가겠다는 의사 표시 역시 "이이데스" 이므로 상대방의 권유에 거부할 때도 좋다, 찬성할 때도 좋다는 말로 서로의 커뮤니케이션이 통하는 것에 의아해질 수밖에 없을 것이다. 또 "이번 주 일요일에 함께 등산이라도 가실까요?" 라는 말에 "아, 그런가요, 좋긴 합니다만(あ, そう

ですか, いいですけどね)…"이라고 하면 그것은 일단 가고 싶지 않다
는 의사 표시로 받아들여야 한다. 이 상황에서 무리하게 청하거나 설
득을 해도 대개는 '다음에…'라는 말로 거절당하기 십상일 것이다.
즉 일본인의 입에서는 좀체 '안 간다'는 말은 "당신은 이번 주 일요
일 직원 등산대회에 가기로 되어 있느냐?"라는 물음에 "나는 안 간
다"고 할 때 쓰는 답변 정도일 것이다. 그렇지 않고서 통상의 권유에
'안 간다'는 식으로 얘기하면 '그런 모임에는 참석 못하겠다'는 의
사표시가 될 수 있음에 유의해야 한다.

또 재미있는 것은 일본인들이 가장 많이 사용하는 '소데스네(そう
ですね)'이다. 이것은 한국어로는 '그렇지요'라는 말로서 분명히 긍
정의 표현이지만 이는 한국인이 일본어로 할 때의 얘기이고 일본인
이 말할 때는 또 복잡해진다.

예를 들어서 'A는 B가 아니다'라고 주장하는 말에 대하여 반론을
제기할 때 보통의 일본인들은 상대의 주장을 직접 반격하지 않고 일
단 '소데스네'로써 긍정해 놓은 다음, '다만 이렇게도 생각할 수 있
지 않을까요'라는 식으로 대응한다.

따라서 이 때의 '소데스네'는 부정어의 전치사와 같은 셈이다. 상
대의 말을 직접 반대할 경우 더욱 심한 상대의 공격과 감정을 유발
하게 되므로 이를 미연에 방지하고자 하는 일본인들의 체질적 언어
특성인 것이다. 상대의 공격을 회피하기 위하여 공격을 자제하는 것
은 일본인들의 주요한 퍼스낼리티로서 유의해볼 만한 언어습관이다.

하여튼 일본인들과 협상하거나 대화하면서 'Yes'인가 'No'인가를
물을 때 일본인들의 답변에 대하여 충분히 주의를 하지 않으면 안

된다. 이는 물론 일본인들의 기본적인 의식구조, 정서, 언어의 특성과 습관을 모르고서는 당장 쉽게 이해하기 어려운 것임에는 틀림없다. 그러나 분명한 것은 일본인들의 의사표시가 비록 우리가 듣기에는 모호하고 유화적·유보적인 표현이라 할지라도 일본인으로서는 분명하고 확실하게 자기 의사를 표시한 것이라는 사실을 간과해서는 안 된다.

‘**안**마리치 죠크’ 와 ‘로마구레 죠크’ 가 인기 있다

전화도중 “실례합니다만” 하고 상대로부터 얘기를 들으면 이쪽 사람의 신분을 밝혀야 한다. 이 말은 “누구십니까?”가 생략된 보통의 일상 용어이기 때문이다.

‘도모(どうも)’ 란 한국어로 ‘대단히’, ‘매우’ 라는 말인데 이 말에는 ‘아리가토 고자이마스(ありがとう ございます)’ 즉 ‘감사합니다’, ‘고맙습니다’ 의 뜻이 생략되어 있다.

‘도조(どうぞ)’ 란 영어의 ‘Please’ 에 해당되는 말인데 위의 ‘도모’ 와 함께 일상생활 중에서 가장 많이 쓰이는 대단히 편리한 약어다.

‘쟈네(じゃね)!’ 란 ‘그럼!’ 이라는 뜻으로 헤어질 때의 인사말인데 여기서는 ‘사요나라(さようなら)’, ‘마타네(またね)’, ‘기오쓰케테(氣を付けて)’, ‘다노무(たのむ)’ 즉 ‘안녕’, ‘또 만나’, ‘조심해서 가’, ‘잘 부탁해’ 등의 뜻이 함축되어 있다.

표의문자(表意文字)가 갖는 장점이자 특징이기도 한 이러한 생략과 함축적 표현은 일본어가 갖는 또 하나의 특징인 것이다.

또 있다. 합성어(合成語)와 신조어(新造語)이다. 두 가지 이상의 낱말을 한 단어로 만든 것이 합성어이고, 지금까지 없던 전혀 새로운 말을 만들어 사용하는 것이 신조어인데, 아마도 세계의 언어 중에 일본어만큼 아니 일본인들 만큼 이를 능숙하게 구사하는 나라는 없을 정도다.

예를 들면 요사이 유행되는 ‘아루코로지(アルコロジ)’ 라는 단어는

'아루쿠(步く : 걷다)'와 '에콜로지(ecology)'의 합성어로서 '바이콜로지(bicology)'에 대항하여 자신의 발로 걷자고 하는 시민운동을 일컫는 말이다.

'앙구라마네(アングラマネ)'는 'under ground money'로서 세무서에서 파악이 안 되는, 과세를 피한 자금을 의미한다. 우리나라의 비자금(祕資金)에 해당하는 말이다.

'안마리치 죠크(アンマリチ族)'란 'unmarried rich people'로서 프라이드가 너무 높아 결혼을 단념한 채 그 자금을 해외여행이나 고급 스포츠 클럽에 소비하는 20대 후반의 직장 여성층을 말한다.

우리나라에서도 이미 보편적 용어로 사용되고 있는 '가라오케(カラオケ)'도 '가라[空] + orchestra'이며, '고네(コネ)'와 '곰비니(コンビニ)'는 각각 'connection'과 'convenience store'의 약어다.

'시-스포(シ-スポ)'는 seasonable sports의 약어이며, 요즈음 일본에서 인기가 한창인 '데레쿠라(テレクラ)'는 'telephone club'의 약어로서 회원에 가입한 남성을 전화가 있는 밀실에 넣고 이곳에 전화를 걸어 온 여성과 음담을 나누는 풍속 영업을 말한다. 최근 우리나라에서도 '전화방'이란 이름으로 일본의 '데레쿠라'를 모방한 풍속 영업이 문을 열어 비상한 관심의 대상이다.

'윳쿠리즈무(ユックリズム)'는 '윳쿠리(ゆっくり : 천천히) + ism'으로서 일종의 인간회복운동을 일컬으며, '료테루(リョテル)'는 여관 + hotel로서 여관식 호텔의 합성어이고 '르포라이타(ルポライタ)'는 프랑스의 reportage와 영어의 writer를 합성한 말로서 현지취재 기자를 말한다.

'로마구레(ロマグレ)'는 'romance + grey'로서 백발이 나오기 시작한 중년 남성이 경제적으로도 여유가 있고 안정적이어서 여성들의 데이트 상대로 인기가 있음을 뜻하며 1980년대에는 nice middle이라고 불렸다.

이상은 몇 가지 예를 든 것뿐으로 이를 헤아리자면 끝이 없으며, 지금도 여기저기서 부지런히 창작중이므로 이 변태적 일본어는 계속 늘어날 전망이다. 일본어와 영어를 섞거나 멋대로 줄여서 도대체 무슨 뜻인지 자세한 설명을 듣지 않고는 알 도리가 없는 이러한 합성어와 신조어들을 접할 때마다 일본인들 특유의 모방적 창작의 천재성에 입이 다물어지지 않는다. 편리(便利)와 소품화(小品化)를 추구하는 일본인들의 성향은 언어에서도 여실히 나타나고 있는 것이다.

참고로 일본의 현대 용어집에 한국에서 유래한 합성어가 실려 있음을 우연히 발견했는데 그것은 '오렌지 죠크(オレンジ族)'와 '야타 죠크(ヤタ族)'였다. 오렌지족은 한국의 놀아나는 부잣집 자녀들로서 오렌지 주스가 남녀교제의 신호(1993)라고 적혀 있고, 야타족은 부모의 또는 부모가 사준 고급 승용차로 걸(girl) 헌팅에 몰두하고 있는 한국의 10대 또는 20대들로서 '야'는 '어이!', '타'는 '(차를) 타라'라고 해설되어 있다.

우리나라 10대 청소년들의 변질된 세태가 세계적으로도 이름을 날리고 있음을 증명하고 있다.

일본인들의 욕과 한국인들의 욕

　일본어에는 욕이 없다. 아니 욕은 있으나 쌍스러운 욕이 없다는 뜻이다. 즉 쌍시옷이 들어가는 된소리의 욕은 없다. 대체적으로 욕이란 풍자적인 것으로서 언어를 분석해 보면 그 사회의 분위기나 국민들의 정서수준을 짐작할 수 있다고 한다. 유머나 위트 감각이 뛰어난 사회일수록 사람들이 여유가 있고 생활이 윤택하며 인간성이 풍부한 사회이고, 그 반대이면 사회 역시 이 반대라는 것이다.

　일본이란 사회는 분명 유머 감각이 그렇게 뛰어난 사회는 아닌 것 같다. 평온하고 질서가 있으며 개미만큼이나 부지런히 일해야 살아갈 수 있는 사회라고 얘기하는 것이 적절할지 모르겠다.

　이러한 가운데에서 형성된 것이 집단주의이며, 이 집단이란 개개인들이 모여 이루어지는 조합이다. 일본인들이 가정보다 더 소중하게 여기는 것이 집단이고 보면 이러한 집단으로부터의 소외란 인생의 마감을 의미한다 해도 과언이 아니다. 아마 도쿄의 신주쿠(新宿)역 지하에 노숙하고 있는 수백 명의 홈리스(homeless)족들의 상당수가 여기에 해당할지 모르겠다. 이들은 거품경제가 끝나면서 불경기에 허덕이던 회사들이 살아 남기 위하여 조직을 축소하고 인원을 감축하는 과정에서 일자리를 잃고 거리에 주저앉은 사람들이다. 하여튼 일본인들이 가장 두려워하고 조심하는 것이 바로 자기 집단으로부터의 소외이다.

　또 한 가지는 앞에서 얘기한 대로 언어 자체가 수동적이고 상대

우위적인 특성을 가지고 있어 욕이 성장할 여지가 매우 적은 것이다. 특히 인간관계에 있어 상대로부터 인간적인 상처를 한 번 입으면 그 사람과는 화해는 물론 등을 돌리고 내색은 전혀 하지 않은 채 평생을 남과 남으로 살아가는 지극히 폐쇄적이고 소심한 성격을 가지고 있다. 따라서 역으로 자신이 그렇게 소외당하지 않기 위하여 상대방에게 공세적 언행을 하기보다는 자구적(自救的)이며 방어적인 사고와 행동 특성을 갖게 되는 것이고, 그래서 자연적으로 상대방으로부터 거부감을 불러일으키는 욕지거리의 사용이 억제되고 있는지 모른다.

즉 개인으로부터의 소외, 집단으로부터의 소외, 사회로부터의 소외를 가장 두려워하고 있는 일본인들의 의식구조와 사회구조의 특성상 도전적·공세적 언어보다는 상대에게 친화적이고 자기 비하적인 언어를 선택하고 있다고 보아야 할 것 같다.

일본 사회에서 통용되고 있는 욕이란 대강 다음의 범주 내에 속하는 것들이다.

- 바카〔馬鹿〕 — 바보, 멍청이
- 야로〔野郎〕 — 자식, 새끼
- 치크쇼〔畜生〕 — 제기랄, 빌어먹을
- 구소〔糞〕 — 제기랄, 빌어먹을
- 데부〔デブ〕 — 뚱뚱이
- 구소타레〔くそたれ〕 — 빌어먹을 놈
- 구소바바〔くそばば〕 — 재수 없는 할망구
- 헨타이〔變態〕 — 변태

- 부스〔ぶす〕 ― 호박, 추녀
- 무카쓰쿠〔むかつく〕 ― 아유, 열받아
- 후자케루나〔巫山戲る〕 ― 까불지마
- 시네〔死ね〕 ― 죽어버려

이에 비하면 우리나라에서 통용되고 있는 욕은 정도가 심해도 보통 심한 게 아니다.

×할 놈, ×할 년, 개 × 년, × 같은 새끼, ×까고 있네, 육시랄 놈, 오살할 년, 간에 옴 오를 놈, 지에미 ×할 놈….

이 세상에서 언어생활에 있어서 욕에 관한 말이 가장 발달한 나라는 우리나라가 아닌가 한다. 아마도 수백 년, 수천 년을 지내 오면서 맺힌 민족의 한이 욕으로 표출되어 왔던 것이 아닌가 생각된다.

순수하고 약한 민족이었으니 힘으로는 안 되고 그저 자조적이고 자학적인 한숨으로밖에 한과 스트레스를 풀 길이 없었으니 말이다.

그러나 남녀의 성기에 비유되고, 또 성기 자체를 그대로 욕으로 사용하고 있는 이러한 실태는 그냥 웃어 넘길 일이 아니라 심각히 생각해 봐야 할 중대한 문제라고 생각한다. 더더욱 이러한 욕들이 청소년들 뿐 아니라 어른들 사이에서도, 심지어는 초등학생들과 어린이들 사이에서도 통용되고 있다. 그것도 경우에 따라 선별적으로 사용되는 것이 아니라, 말을 하는지 욕을 하는지 구별이 안 될 정도로 말끝마다 'O새끼들', '에이, O할!!' 등과 같이 습관적·일상적으로 사용되고 있다는 데 문제가 있다. 자고로 성(性)이란 신성스럽고 금기적인 것으로 신중히 다루어져야 하며, 이러한 관점에서 성교육이 절실히 요구되고 있는데도 우리 언어는 폭력과 저질로 물들어가고 있으며 우리 사회는 이를 방관하고 있으니 정말 한심하고 안타깝기 그지없는 일이다. 어른들도 일상생활 속에서 통상적으로 사용하는 언어이기 때문에 숙달되고 무디어져 있어서 무엇이 나쁜지, 무엇을 반성하고 고쳐야 할지를 모르고 있는지도 모른다. 여기에 더 큰 문제가 있다.

앞에서도 얘기했듯이 언어란 그 사회의 얼굴이요, 그 시대의 사회를 비춰주는 거울이다. 우리 언어가 이대로 폭력화에 저질화를 계속한다면 이것은 곧 우리 사회의 폭력화와 저질화를 의미하는 것이 아니고 무엇이겠는가.

말하지 않는 미덕, 말하는 미덕

'말하지 않는 미덕'이란 일본인을 지칭하는 것이고, '말하는 미덕'이란 한국인을 가리키는 것이다. 타인이나 상대방의 과오를 발견하면 일본인들은 못 본 체하고, 한국인들은 일러준다. 일본인들은 음흉하고 한국인들은 노골적이라는 표현은 이를 두고 하는 말일 것이다.

일본인의 경우 타인에 대해 놀라우리만치 인내한다. 그렇다고 타인에 대하여 무관심하냐 하면 절대 그렇지는 않고 오히려 너무 관심을 많이 가지고 있다. 여기에서의 관심이란 타인의 사생활이나 행동에 대하여 알고 싶어하는 그런 관심이 아니라, 반대로 타인들이 자신을 어떻게 생각하고 있는가에 대한, 이를테면 시종일관 타인을 의식하며 살아가고 있다는 그런 의미다.

타인이 어떻게 행동하든지 간에 간섭하지 않으면서도 자기가 어떤 행동을 할 때는 타인이 어떻게 생각할 것인가에 대해서 신경을 곤두세운다는 것이다. 알듯 말듯 하겠지만 바로 이것이 일본인과 일본 사회의 단면이다. 담배 꽁초를 아무 데나 버리고 대낮에 전봇대에 오줌을 싸거나 길거리 한가운데 벌렁 누워 있어도, 양복 단추가 잘못 끼워지고 바지 지퍼가 열려 있어도, 앞에 가는 사람이 손수건을 떨어뜨려도, 약속 시간을 지키지 않거나 무례하다고 생각되는 타인의 행위에 대하여도 말하지 않는다.

말하지 않는 것이 미덕이라고 생각하고 있는지는 모르나 아무튼 알면서 모른 체한다. 겉으로는 모른 체하면서 속으로는 차곡차곡 전부 다 챙겨 데이터 뱅크에 저장해두는 것이다. 이렇게 저장된 자료들을 기초로 하여 상대의 랭크와 수준을 정하며 이에 따라 상대와의 관계 수위를 조정한다. 자료 내용이 시원치 않은 상대에 대하여는 감정 없는 쇠붙이 로봇이나 나무로 만든 장승처럼 딱딱해지고 피치 못할 업무 이외에는 접촉 자체를 피한다.

자료 내용이 자기 기준에 충실하고 만족스러우면 한 마디만 해도 열 가지쯤은 더 챙겨주는 호의를 베푼다. 물론 여기에 이르기까지는 꽤 세월이 필요하다. 별로 사적인 대화가 없기 때문에 상대를 파악하는 데 시간이 걸릴 법도 하다.

자기가 그렇기 때문에 말을 하는 자 즉, 쉽게 접근하는 자에 대하여는 경계심을 갖게 되는 것이며 좀체 마음의 문을 열려 하지 않는 것이다. 이것은 대단히 중요한 사실이다. 그래서 일본인들과 친해지려면 말을 하지 않는 것이 절대로 필요하다.

즉 시간을 가지고 인내하여야 한다. 상대가 마음에 든다 하여 먼저 접근하면 실패하기 쉽다. 그저 자기 일만을 성실히 잘 해내면 말은 하지 않더라도 조금씩 관심을 갖게 될 것이다. 이 때 잘난 체하거나 교만하지 않는 것이 무엇보다도 중요하다. 이들은 너무 잘난 사람도 너무 못난 사람도 싫어하기 때문이다. 평범한 사람을 좋아하는 경향이 있는 것이다.

한국인들이 보통 사람보다는 잘난 사람을 선호하는 것과는 대조적이라 하겠다. 한국인들과 일본인들이 잘 어울려지지 않는 경우 중 많은 부분이 이에 해당된다. 한국인들은 친하고 싶은 상대에게 조금이라도 더 가까이 접근하려고 노력하며 자기를 표현하는 데 주저하지 않는다.

이렇게 접근하는 자를 경계하기보다는 반겨 맞아들이는 편이다. 그래서 어느 부분에선가 호흡이 맞기라도 하면 금방 친구가 될 수 있고 여기까지 이르는 데 그렇게 많은 시간을 필요로 하지 않는다.

일본인들은 마음의 문을 닫아놓은 상태에서 상대를 저울질하며, 한국인들은 항상 문을 열어놓고 있기 때문에 저항 없이 상대가 안으로 들어올 수도 있고 들어가기도 한다.

일본인들은 연애를 해 보고서 결혼하자고 하며 한국인들은 결혼 의사를 먼저 확인하여야 직성이 풀린다.

두 나라 사람들의 이러한 성격은 말다툼할 때도 잘 나타난다. 한국인들은 말다툼에서 상대에게 밀리면 지는 것으로 생각하는 반면, 일본인들은 지는 게 이기는 것이라고 생각한다. 이것도 반드시 기억해 두지 않으면 안 될 일본인들의 중요한 퍼스낼리티로서 일본인과의 다툼에서 말로 이겼다 하여 진짜 이겼다고 생각한다면 큰 오산이다.

그것을 확인해보려면 그 일본인에게 문서에 도장을 찍으라고 얘기해보라. 아마 단호히 거절할 것이다. 말로야 열 번 져도 문서로는 지지 않는것이 일본인들이다. 한국인들이라면 말로 졌다고 인정한 사실은 문서로도 졌다고 도장을 찍을 것이다. 순진한 국민들인 것이다.

일본인들이 말을 하지 않을 때는 할말이 없어서가 아니라 마음을 닫고 있기 때문이며, 이들의 마음을 열기 위해서 말을 하면 할수록 더욱 굳게 빗장을 지를 것이다.

문을 열게 하는 것은 오직 인내와 성실 그리고 실력뿐이다.

상류화 · 격식화하고 있는 일본 사회

지금의 일본 사회를 나에게 한 마디로 얘기하라고 하면, 상류화 · 격식화되어 가고 있고 일본 역사상 최고의 풍요를 구가하고 있다고 얘기할 수 있을 것 같다.

상류화란 고소득, 지식과 교양, 국민의식 수준, 생활환경과 삶의 질, 사회규범 등 사회 전반이 고급화되고 있음을 뜻한다. 또 격식화란 사회 곳곳에 존재하는 — 보이는(visible), 그러나 보이지 않는 (invisible) — 룰과 규범, 관습과 매너, 그리고 개인과 개인, 개인과 집단, 집단과 집단간의 모든 행위에서 존재하는 불문율을 포함한 전제적 조건과 형식들이 상호 관계를 자의적이든 타의적이든 간에 구속함을 의미한다.

상류화는 개인주의적 성향을 조장하고 인간 본위의 민주사회를 지향하게 되는 것이나 반대로 격식화는 이를 억제하는 기능을 한다.

그야말로 묘한 대비이며 묘한 조화이고 기묘한 사회인 것이다. 물론 이런 성향에 따른 사회적 부작용도 적지 않다. 청소년들이나 가정주부들의 탈선, 황금만능주의, 과소비 풍조, 개인주의의 만연으로 인한 조직 내부의 이완현상, 빈부격차 심화 등이 그 예라 할 수 있다.

지금부터는 이러한 일본 사회, 일본인들의 일상의 단면과 행동 패턴 및 이를 유도하고 구속하는 사회적 룰에 대하여 알아보고자 한다.

전철의 도시 도쿄

도쿄는 가히 '전철의 도시'라고 불러도 좋을 만큼 전철망이 완비되어 있으며, 러시아워 때 도심에 차량이 적은 것도 대부분의 직장인들이 전철을 이용하여 출퇴근을 하고 있기 때문이다. 도쿄도 내 23개구(區) 지역의 교통수단별 수송 분담률을 보면 전철 88.8%, 버스 6.5%, 택시 4.7%로서 시민들의 90% 정도(공사중인 노선이 완성되면 이는 더 늘어날 전망이다)가 전철을 이용하고 있는 것이다.

지하철을 포함한 도쿄 전철의 총연장 길이는 몇 년 전까지만 해도 런던, 뉴욕에 이어 세번째라는 통계였으나 이는 시점과 종점이 도쿄 내인 전철의 연장인 것이고, 도쿄 도심을 통과하는 교외전철의 도내 선로 연장을 합하면 550km에 육박해 실제로 세계에서 가장 길다.

그 중 도영(都營)이 106km(공사중 37.9km 포함), 영단(營團)이 176.8km이며 나머지는 사철(私鐵)로서 총연장의 절반을 차지하고 있으니 민간에 의한 사회간접자본 투자가 얼마나 필요하고 또 유익한 것인가를 알 수 있게 해준다.

이러한 전철들은 내부 순환선, 외부 순환선, 방사선, 지선(간선역에 연결하는 Local line으로 통상 2~3량 편성으로 10개역 내외의 단구 간을 운행한다)으로 구성되어 있으며, 총노선의 절반 이상이 소위 지상철인 것이 특징이다.

우리와 비교하여 특이한 것은 각 노선마다 여러 유형의 전차를 운행하고 있다는 것이다. 즉 완행(각역 정차), 준급행(중·대형역 정차),

급행 또는 특급(대형역 정차), 그리고 러시아워 때는 통근쾌속이라고 명명된 전차 등이 하나의 노선에서 운행되고 있다. 이를 위하여 중간 중간의 역에 보다 빠른 전차를 통과시키고 완행(각역 정차)이 머무를 수 있는 전차 대기공간을 확보하고 있는 것이다.

이 때 완행이 정차하는 시간은 2분, 길어야 5분(준급행, 급행이 연이어 통과하는 경우도 있으므로) 정도로서 그렇게 긴 시간은 아니다. 전차의 운행 간격(대형역의 경우)은 대략 2~3분 정도이나 출퇴근시의 경우에는 1분 간격으로 운행되기도 한다.

내가 살았던 곳은 도쿄도 세타가야〔世田谷〕구의 미야사카〔宮坂〕라는 곳으로서, 가장 가까운 전철역인 교도〔經堂〕역에서 오다큐〔小田急〕선 전철을 타고 열 정거장째인 종착역 신주쿠〔新宿〕역까지 완행으로는 넉넉잡아 25분 정도가 걸리나, 준급행으로는 12분(세 정거장 정차)밖에 걸리지 않는다.

참고로 나의 출근에 소요되는 시간은 도보를 포함하여 50분 정도로서 서울의 경우라면 평균적인 시간이겠으나 도쿄에서는 매우 해피한 경우에 속한다.

도쿄도 내 직장인들의 출근 평균 소요시간은 1시간 반 정도이며 2시간 정도는 보통이므로 도쿄 직장인들의 출퇴근 사정, 주택 사정은 가히 짐작할 만하다 하겠다.

서울의 지하철보다 나은 점 다섯 가지

　일본을 방문하여 전철을 타보면 우리나라의 전철(지하철)과 비교하여 당장 느끼는 것이 바로 쾌적성이다.

　우선 내부가 매우 밝아서 책을 읽거나 신문을 보는 데 전혀 지장이 없다. 우리나라의 지하철은 형광등에 유리 커버를 씌워 놓은 데 비해, 도쿄의 전철은 형광등을 알몸 그대로 달아 놓아 그만큼 더 밝은지는 모르겠으나 사무실 내부의 밝기와 조금도 다르지 않다.

　두번째로 비교되는 것은 냉방 시스템일 것이다. 한여름의 일본의 전철 내부는 마치 우리나라 은행의 내부만큼이나 시원하다. 전철역까지 걷거나, 전철을 타기 위하여 기다리는 동안만 더위를 참으면 시원한 냉방 전철이 온다는 기대감마저 갖게 할 만큼 전철 에어컨의 위력은 세다. 너무 차가운 공기를 싫어하는 사람들이나 노약자 등을 위하여 '약 냉방'이라고 표시한 차량이 몇 량씩 혼합 구성되어 있다.

　세번째로는 청결이다. 제법 오래 되어 보이는 허름한 차량도 안팎에서 녹이나 상처를 발견할 수 없고 출입문은 얼마나 닦았는지 번들거린다. 바닥은 번들거리지는 않으나 어느 구석에서도 휴지나 흙먼지는 보이지 않는다.

　밝고 시원하고 청결한 곳, 이것이 서울의 지하철과 비교되는 도쿄의 전철 내부의 이미지인 것이다. 현재 우리에게 있어 지하철의 건설은 교통문제 해결을 위한 최선이자 시급한 과제임은 말할 필요도 없으나, 지하철이 진정한 시민들의 발로서 시민들의 사랑과 호응을 받기 위해서는 전철 내부의 환경을 밝고 시원하고 깨끗한 공간으로 개선해 나가야 할 것이다. 이는 우리 시민들뿐 아니라 점차 늘어가고 있는 외국인 거주자, 외국 방문객들을 고려한 관점에서도 중요한 과제라고 생각된다.

네번째는 방송 시스템이다. 물론, 기술 좋고 돈이 많은 나라여서 좋은 앰프를 설치했겠지만 차내 방송이 매우 청명함을 느끼게 한다. 찢어지는 듯한, 신경을 곤두세우게 하는 잡음이나 기계음이 전혀 없으며 고저 음량도 적당하고 깨끗하여 거부감이 없다.

마지막으로 이것은 매우 중요한 지적으로서 지하철 내에서 왔다갔다하며 신문을 팔거나 물건을 파는 잡상인에 관한 것이다. 선진국 어느 나라에 이러한 풍경이 있는지는 모르겠으나 갈수록 심해지는 우리 지하철의 잡상인에 관하여 한 마디 하지 않을 수 없다.

지하철 내부는 어린이, 학생, 노인, 상인, 직장인, 공무원 할 것 없이 각양각색의 다양한 시민이 이용하는 공공의 생활 공간으로서, 말하자면 우리 사회 구성원들의 종합 집합장소와 같은 곳이다. 따라서 지하철 내부를 이용하는 그들의 행동 특성을 관찰해보면 그들의 매너와 교양 수준, 더 나아가서는 그 사회의 전체적 수준과 품격을 가늠해볼 수 있는 것이다. 즉 지하철은 그 사회, 그 시민들의 매너의 종합 전시장과 같은 곳으로서 내가 일본 사회의 분석을 위하여 전철을 중심으로 한 조사와 관찰에 상당한 지면을 할애하고자 하는 것도 바로 이러한 연유에서다.

신문은 역 구내 또는 승강장에 설치되어 있는 판매대가 있어 충분한 것이며, 잡상인은 마땅히 자제되어야 한다.

휴대폰이나 워크맨, CD 플레이어의 이어폰까지도 주위 승객들의 신경을 거슬린다 하여 사용을 금지토록 유도하고 있고, 옆사람과의 대화도 주위에 미치지 않게 조용히 말하는 것이 선진국들의 전철 매너임에 비추어 볼 때 우리의 전철 매너 또는 전철 문화는 어떠한가?

전철에서 아르바이트를 하고 있는 분들, 전철은 장사를 하는 시장이 아니라 시민들의 조용하고 쾌적한 생활공간의 연장임을 알아야 할 것이다.

전철 안에서도 남에게 폐를 끼치지 않는다

우 산

　비오는 날, 사람들이 빽빽이 들어찬 전철 안에서 우산은 매우 신경이 쓰이고 거추장스러운 것이다. 자칫하면 상대방의 옷을 젖게 하거나 상대방에게 불쾌감, 혐오감을 줄 수도 있다.

　도쿄인들의 우산에 관한 매너는 하나의 사회적 룰로서 정착되어 있는 것 같다. 일단 건물 안에 들어서면 우산을 털어 접고 반드시 우산에 달린 끈으로 가지런히 잡아 매어 단추를 잠그거나 또는 비닐 우산 케이스에 넣어 안정하게 하여야 한다. 우산은 항상 지면과 수직으로 휴대하며, 전철 안에서는 자기 몸 중앙에 위치시킨다. 이 때 상대의 옷에 젖은 우산이 닿지 않게 하기 위하여 우산 앞을 가방으로 가린다. 자기의 옷이 젖는 한이 있더라도 타인(他人)의 옷을 젖게 하는 것은 큰 실례이기 때문이다.

　여러분은 아마도 도쿄의 거리나 전철 또는 건물 안에서 우산의 단추를 채우지 않은 채 들고 다니는 사람을 발견하기는 어려울 것이다. 어느 장소에서든 접은 우산은 반드시 단추가 채워져 있다. 누가 가르친 것도 아닐텐데 모두가 룰로써 매너로써 이를 실천하고 있는 것이다. 나 혼자 하기는 간단한 것 같지만 사회 구성원 모두가 한결같이 행동하기란 그리 간단하지 않다. 그래서 사회교육은 필요한 것이다.

신 문

일본인들은 전철 안에서 신문이나 책을 많이 읽는 것으로 알려져 있다. 옛날보다는 책 읽는 사람이 줄었다고들 하나 여전히 많은 사람들이 책을 읽는다. 물론 조는 사람도 많으나 2시간이 넘는 교외 통근을 고려하면 이해할 수 있는 일이다. 문제는 신문인데, 지면이 넓은데다 한 장을 넘기려면 양팔을 펼쳐야 하기 때문에 옆 사람에게 실례를 하게 되는 경우가 많다.

도쿄인들의 전철 내에서의 신문 매너는 첫째, 러시아워 때는 신문을 보지 않는다는 것이고, 둘째, 신문을 길게 접어 1/4 지면(한 뼘 정도의 폭)으로 함으로써 모든 동작이 자기 가슴폭을 벗어나지 않도록 하는 것이며, 셋째, 남이 읽고 있는 신문이나 책을 곁눈질하지 않으며, 마지막으로 읽고 난 신문은 전철 내(선반 위 등)에 버리지 않고 반드시 역 구내 휴지통에 버린다는 것이다.

세번째까지는 타인에게 실례를 끼치지 않아야 한다는 일본인들 스스로가 매우 중요시하는 전통적 관념이자 가치관으로부터 나온 것이며, 마지막은 전철이 쓰레기통이 아니라는 공중도덕에 대한 룰인 것이다.

옆사람이 곁눈으로 내가 읽고 있는 신문을 들여다보고 있으면 잘 보이도록 그 사람 앞으로 신문을 펼쳐주는 넓은 도량을 가진 우리들의 인정 어린 분위기와는 판이한 것으로서, 타인에게 조그마한 실수도 하지 않고 또 타인으로부터의 조그마한 침해도 꺼려하는 일본인들의 단면은 이 신문 매너에서도 잘 나타나고 있다.

휴대폰

휴대폰이나 무선호출기(삐삐)가 일상화되어 가면서 이의 무분별한 사용을 둘러싸고 문제를 제기하는 사람들이 늘고 있다. 도쿄의 경우 직장인들은 물론 청소년 심지어는 중·고등학교 학생들까지도 대부분이 이를 소지하고 있다(고등학생 중 휴대폰 소지자는 60∼70%에 달하며 여기에 삐삐를 더하면 거의 모든 학생들이 무선기를 소지하고 있는 셈이 된다). 휴대폰을 일종의 패션으로 치부하는 경향이 있는 만큼 이미 3∼4년 전부터 휴대폰 사용에 대한 사회적 룰의 형성을 지속적으로 도모해 오고 있다. 전철을 타면 내부 방송으로 "휴대폰 등의 전철 내에서의 사용은 주위 사람들에게 실례가 되니, 사용할 때는 승강장으로 나가서 사용"해달라는 주문을 한다.

요즈음에는 벨 소리를 가장 작게 조정하거나 이어폰을 부착하여 벨 소리가 들리지 않도록 하며, 스위치를 아예 꺼버리는 사람도 많이 늘고 있다. '따르릉' 하고 벨이 울리면 자신도 모르게 시선이 그 쪽으로 쏠리게 되고 그 사람이 얘기하는 소리가 자기 귀에 들리게 되므로 별로 달갑지 않은 소리를 억지로 들어야 하는 게 싫다는 것이고, 휴대폰을 가진 사람도 이러한 주위의 차가운 시선이 달갑지는 않을 것이기 때문이다.

그래서 벨이 울리면 "지금 전철 내에 있습니다. 다음 역에서 내려 다시 전화하겠습니다" 하고 급히 대화를 마치는 것을 자주 보게 된다. 이렇게 행동하지 않는 이가 한 명도 없다는 얘기는 아니지만 이것이 사회적 룰로 정착되어 있어 대체적으로 이에 따르고 있다는 것이다.

새벽 1시의 청소

신주쿠에서 막차를 타고 동네 역에 내렸는데 역무원이 승강장 청소를 하고 있기에 이 늦은 시간에 청소 당번이냐고 물었더니 그가 대답하였다.

"아니요, 쓰레기가 있으니까 치우는 거죠."

이 때 시간은 밤 1시였다. 또 물었다.

"용역 청소원들이 있잖아요?"

"쓰레기 줍는 것은 청소원만이 아닌 우리 모두의 일이죠."

그렇다. 쓰레기 줍는 게 어디 청소원만의 일이겠는가.

역무원들의 접객 매너 교육

역 개찰구에는 항상 정장차림의 역무원이 서 있다. 통상 작은 역은 1명, 큰 역은 2명(이 중 1명은 여성 역무원)이 서 있는데, 이들은 주로 자동개찰기를 통과하지 않고 역무원실 쪽 프리패스(역무원실 쪽으로 한 칸은 자동개찰기가 설치되어 있지 않다)하면서 내 보이는 정기권 등을 체크하는 역할을 하고 있다. 그런데 이 역무원들은 장승처럼 그냥 서 있는 것이 아니라 오가는 승객들에게 "안녕하십니까, 안녕하세요"의 인사를 — 특히 아침 출근시에 — 서비스하고 있다. 수백 명, 수천 명의 승객들에게 일일이 인사를 한다는 것은 보통의 일이 아닐 것인데도 아랑곳없이 기계처럼, 녹음방송처럼 한 사람 한 사람의 승객들을 향하여 되뇌이는 것이다.

그래서 개찰구에서 근무하는 역무원들에게 어떠한 교육이 이루어지고 있는가를 알아보기로 작정하고 날을 정하여 역무원 연수소를 방문하였다.

연수소에서 역무원들에 대한 교육내용은 직장 매너의 기본, 접객 매너의 기본, 일상 업무에서의 접객 매너, 트러블 발생시의 대처 방안 등으로 구성되어 있으며 이 중 재미있는 내용들만을 발췌 소개하면 다음과 같다.

우선 인사에는 15°, 30°, 45° 인사의 세 가지 유형이 있는데 15° 인사는 동료등 친근한 관계에 있는 사람에게 "안녕" 하고 인사할 때나 상사에게 불려가 "예, 부르셨습니까?" 하고 여쭐 때 쓰인다. 30° 인사는 상사나 선배에게 "안녕하십니까?" 하고 인사할 때나 손님에게 "어서 오십시오" 하고 인사할 때 쓰이며, 45° 인사는 손님에게 "고맙습니다", "감사합니다" 하고 감사의 인사를 할 때와 "죄송합니다" 하고 사과인사를 할 때로 구분하고 있다.

또 조직인의 철칙으로서 '호오렌소오(ホウレンソウ)'라는 말을 쓰는데 이것을 글자대로 붙여 해석하면 시금치라는 말이 되지만 내용은 전혀 다르다. 즉 '호오(ホウ)'는 보고(報告), '렌(レン)'은 연락(連絡), '소오(ソウ)'는 상담(相談)이라는 각 단어의 첫음인 것이다.

하루일과를 진행하는 도중에 승객과 트러블이나 사고가 발생한 경우는 그 상황에 대하여 반드시 상사에게 보고, 연락하여야 하며, 또 어떤 문제가 발생하였을 때는 자기 마음대로 판단하지 말고 곧장 상담하여야 한다. 이것이 큰 실수를 방지하기 위한 최선의 방책이라는 것이다.

보고 방법의 핵심으로는 첫째, 보고는 반드시 지시를 한 사람에 대하여 행한다, 둘째, 잘못이나 문제가 발생하면 독단으로 처리하지 않고 상사의 지시를 받는다, 셋째, 보고하기 전에는 반드시 내용을 메모로 정리해 둔다, 넷째, 보고는 결론을 먼저 얘기하고 다음으로 이유와 경과를 간결히 설명한다, 다섯째, 객관적인 사실을 먼저 얘기하고 자신의 의견은 나중에 추가한다고 되어 있다.

다음 접객 서비스에 대하여는 그 기본을 "손님의 만족은 당신의 마음 씀씀이에 따라 좌우된다"고 하고, 손님의 심리를 다음과 같이 적고 있다. 즉 정중한 대접을 바란다, 빨리 처리해주기를 바란다, 얘기하면 관심을 표시하고 응답해주기를 바란다, 주위에 실례가 되는 행위를 하는 사람에게는 경고를 해주기를 바란다, 손해를 보고 싶어 하지 않는다, 부끄러움을 당하고 싶어하지 않는다, 아름답고 청결한 것을 바란다, 프라이드와 우월감이 있다, 불안과 초조를 느끼고 있다, 비판의 눈을 가지고 있다, 친밀감과 호기심을 가지고 있다, 사소한 일에 화를 내거나 감동스러워한다 등이다.

따라서 "손님들이 우리 수송 서비스를 신뢰하고 이용하실 수 있게 하기 위하여는 우리들 한 사람 한 사람이 바른 접객 태도와 언어사용, 예의 범절을 익혀 손님들이 만족할 수 있는 질 높은 서비스를 제공해야 한다"고 하고, '면담하는 자세로 손님에게 신중히' 대하도록 가르치고 있다.

또한 개찰구에서의 접객 방법의 핵심으로 첫째, 집찰은 기립하여 손님을 정면으로 향한 상태에서 행한다, 둘째, 승차권 또는 정기권을 보여주는 손님에 대한 감사의 인사 '고맙습니다'를 잊지 않는다, 셋째, 손님에 대한 인사는 말뿐이 아닌 마음으로부터의 인사가 되어야 한다(인사말의 종류 등을 수록) 등을 들고 있으며, 기타 차 내외의 청결, 구내 방송, 유실물 처리, 환자나 범인의 발견시 조치, 평상시 및 재해시의 승객 안전 등에 관하여 사례를 들어가며 상세히 가르치고 있었다.

나는 연수원 취재에서 모든 것은 '교육'으로부터 나온 것임을 새삼 느꼈다. 귀가길에 역 개찰구를 나서자 여성 역무원이 "감사합니다"라고 인사를 하고 있었다.

'역시 교과서대로 하고 있구나' 하고 생각하였으나 그것이 싫지 않음은 나만의 생각은 아닐 거라고 여기면서, 서울의 전철역 풍경을 머리 속에 그리며 많은 것을 생각하면서 터벅터벅 집으로 향하였다.

승객 유치 경쟁에 혈안인 전철

　관광 열차나 관광 버스도 아닌 도시 전철이나 시내 버스가 승객을 한 사람이라도 더 유치하기 위하여 온갖 방법을 동원하여 홍보를 하고 요금 세일을 하는 예는 아마 세계적으로도 드물지 않나 싶다.

　도쿄의 전철역은 어느 곳을 막론하고 역마다 출입구 부근에 홍보물이 수북이 꽂혀 있다. 전철 시각표를 비롯하여 그 전철 노선을 이용한 볼거리, 먹을거리, 명소견학 코스 안내, 선로연변의 산책 안내, 이벤트 행사 참가에 대한 요금 세일 안내 등 역을 중심으로 한 위치도와 자세한 정보(문화, 역사, 전화, 소요시간 등)가 수록된 홍보물들이다.

　이것은 사철보다도 도영 전철의 경우가 오히려 더 적극적이고 다양하다. 전철역에 근접한 수족관, 박물관, 전망대를 비롯한 1일 미니 여행 코스, 주간 코스, 야간 코스, 가족 코스, 자연 코스, 산책 코스 등 종류도 다양할 뿐더러 각종 관광 승차권에 대한 정보나 상품들도 다양하다. 또한 계절에 따라 선로연변지역에서 행해지는 각 지역의 축제에 대한 소개를 비롯하여 매달 테마(지역문화 소개, 절이나 신사 소개 등)를 바꿔가며 각종 문화를 심층 있게 소개하는 시리즈물도 있다.

　도쿄의 전철역은 도쿄의 문화와 관광을 소개하는 문화정보 센터(Information center)와 같은 기능을 하고 있는 셈이다.

　이러한 홍보물이나 안내서를 보면 한번 직접 가보고 싶은 충동을 느끼게 되며 실제로 우리 가족은 이를 많이 이용했다. 서울의 1일 전철 교통인구는 현재도 800만 명을 넘고 있으며 2~3년 내로 1,000만 명을 넘는 등 앞으로도 계속 늘어날 전망임을 감안하면, 전철은 우리 생활과 더욱더 가까워질 것이 틀림없다.

만약 우리의 전철역이 서울의 문화와 역사에 대한 볼거리와 각종 관광거리의 정보 센터 역할을 해준다면, 승객유치는 물론 문화 서울, 관광 서울, 재미있는 서울을 가꾸어 나감에 있어 더 없는 기여를 하게 될 것이다.

자리 양보는 번잡스러운 친절

전철이나 버스를 타보면 깜짝 놀라운 광경을 목격하게 될 것이다. 일흔이 넘은 할머니가 꾸부정히 서 있는데도 바로 앞에 앉아 있는 젊은이는 꿈쩍도 하지 않고 있다. 우리나라의 경우라면 벌떡 일어나서 할머니를 자리로 모셨을 터이며, 그리하지 않고 있으면 다른 곳에 앉아 있는 사람이라도 튀어나와 할머니를 모셔 갔거나 아니면 곁에 서 있는 사람이 젊은이를 나무라서라도 할머니를 그냥 서 있게 하지는 않았으리라. 우리나라에서도 요즈음 많이 달라지고 있다.

물론 일본의 전철에도 경로석은 설치되어 있다. 그러나 우리만큼 경로석이 경로석으로 활용되고 있지는 않은 것 같다. 나는 가끔 일본에서 이러한 광경을 접할 때면 '저 젊은이는 지금 어떠한 생각을 하고 있을까', 그리고 20년 후 1억 2,000 인구 중 25%가 65세 이상의 고령자가 되는 고령국가를 맞이할 일본의 노인들과 젊은이들의 관계에 대하여 생각해보곤 한다.

일본이란 사회는 유교의 영향을 깊게 받은 나라이긴 하나 패전 후 미군에 의한 민주개혁으로 국민들의 가치관은 큰 변화를 맞게 된다.

유교사상은 퇴보하고 대신 데모크러시와 프라그마티즘(실용주의) 그리고 개인주의가 사회에 뿌리를 내리게 된 것이다. 미국의 영향과 간섭을 일본보다 더 크게 받은 우리나라가 유교사상을 그대로 유지하고 있는 것과는 매우 대조적이다.

이것은 아마도 일본이 메이지 유신〔明治維新〕시대의 서양에 대한 문호개방과 빈번한 접촉, 이에 이은 도시화·공업화의 경험, 국민들의 자유민권운동과 평등사상에 기인한 것이 아닌가 생각된다.

학교나 가정에서도 효나 경로사상에 대한 교육보다는 사회교육이 우선인 것이다. 그래서 일본의 젊은이들은 노인들도 여느 사람들과 똑같은 '동등한 사회의 한 사람'이고, 심지어는 결혼한 후에도 부모나 형제들도 똑같은 사람, 대등한 성인, 타인(他人)이라는 사고가 분명히 정착해 있는 것 같다.

이와 같이 볼 때 일본의 젊은이들이 전철 내에서 노인들에게 무관심한 것도 무리는 아닐 것이며, 노인들도 젊은이들에게 무관심하거나 아예 대우받기를 체념하고 있는 것이라는 결론에 도달하게 된다.

또 일본인의 특성상 노인에게 자리를 양보하기 위해 일어서는 등 번잡을 뗌으로써 전철 내 다른 사람들로부터 시선을 받게 되는 것 자체를 꺼려 하는 의식과 행동 패턴에서도 기인한다고 생각된다.

이것은 자리양보뿐 아니라 앞에 서 있는 사람이 들고 있는 짐에 대해서도 마찬가지다. 아무리 무거운 짐을 들고 서 있어도 앉아 있는 사람이 그 짐을 받아 들어준다는 것은 보통 있을 수 있는 일이 아니며, 설혹 짐을 받아 들어주고자 하여 말을 걸어도 아마 거절당할 것이다. 아니 거절이라기보다는 이상하게 여겨 깜짝 놀랄 것이며, 자기 물건을 타인에게 맡긴다는 자체는 대단한 실례로서 스스로가 용납하지 못할 것이다. 일본인들은 이러한 친절을 일컬어 '번잡스러운 친절'이라 하며 서로가 부담스러워한다. 자기 것은 자기가, 자기 물건도 자기가 책임져야 한다는 것이며 타인의 도움을 번잡스럽게 생각한다.

전철 속의 신세대

신세대는 역시 신세대다.

이들에게 있어서는 시간도 장소도 개의치 않으며 남의 시선은 무시한 채 그저 둘만 있으면 좋은 것이다.

나도 연애시절에 열렬한 사랑을 경험했으므로 이들의 기분에는 충분히 공감하는 바이나 사람들이 가득한 전철 안에서 진하게 포옹한 채 키스를 주고받는 신세대들을 대할 때는 마치 영화 속의 러브신을 보고 있는 듯한 기분마저 드는 것이다. 영화 속에서의 그런 신이라면 뚫어지게 쳐다보고 상상력까지 동원하여 그들이 느끼고 있는 체취와 감미를 똑같이 음미하려 했겠지만 전철 속에서 펼쳐지는 이들의 열렬한 러브신은 뚫어지게 쳐다볼 수 있는 것은 아니지 않는가.

되레 이쪽이 민망하여 시선을 거두어들여야 할 만큼 신세대들은 대담해지고 있다. 다른 사람들 역시 무관심해서는 아닐 테지만 나처럼 시선을 피하고 있다.

70대 중반쯤 되어 보이는 이 빠진 백발의 할머니 한 분만이 놀란 듯이 눈을 크게 뜨고 계속해서 뚫어지게 쳐다보고 있었다.

저 할머니, 꽤나 놀랐나 보다. 혹시 자기 손녀가 아닌가 살피는 것일까. 그 할머니는 도중에서 내렸는데 내리면서도 줄곧 그 젊은 남녀로부터 시선을 떼지 않았다. 아마 집에 도착하자마자 손녀를 불러 단단히 주의를 줄 게다. 손녀는 할머니 볼을 손으로 꼬옥 만지면서 픽 웃고 말겠지만.

전철에서의 젊은이들의 포옹과 키스는 이제 도쿄에서는 아무런 애기거리가 못 된다. 대부분의 일본인들은 이를 시대의 변화로 자연스럽게 받아들이고 있는 듯하다. 이러한 것들이 일상생활의 화제로서 등장하는 것을 한 번도 듣지 못했기 때문이다. 서구화된 것일까. 동양의 서구화란 어쩐지 좀 어울리지 않는, 마치 한복 차림에 서양 모자를 쓴 듯한 기분이 드는 것은 나만의 생각일까. 올해로 중학교 2학년인 내 딸아이의 경우라면 난 어떻게 해야 할까.

현관문을 여니 딸아이가 달려 나와 "아빠, 이제 오세요" 하면서 내 목을 껴안는다. 내 딸도 신세대….

일본 전철에도 치한, 소매치기 북적거려

붐비는 전철 안에서 여성에게 접근하여 가슴을 만지거나 엉덩이를 쓰다듬는 등 성적 희롱을 즐기는 변태적인 사람을 치한이라 한다.

나는 선진국인 일본에는 그런 사람들이 없는 줄로 알았다.

그런데 웬걸, 한술 더 떠서 상습적인 프로들이 전철 내 곳곳에서 맹활약을 하고 있다. 요즈음에는 이것이 사회적인 문제로 부각되어 경시청에 전철 내에서의 성폭력 근절을 전담하는 여성 경찰관으로 구성된 치한 대책본부를 발족시키는 등 부산을 떨고 있다. 성에 대한 욕구와 갈증은 전철선진국이라도 별도리가 없는 모양이다.

이러한 치한들을 퇴치하기 위하여 경찰과 방송국 카메라 맨이 현장을 취재하여 방영하거나, 치한이 치근거릴 때 여성들이 취해야 할 방어행동에 대하여 시범을 보여가며 방영하기도 한다. 통계는 확인할 길이 없으나 우리 사무실에 현지 채용된 여직원도 불과 3개월 동안에 여러 번 당했다고 하며, 전철 내 홍보물에 치한에 대한 경고문 등이 붙어 있는 것으로 보아 치한의 수가 꽤 되는 모양이다. 간혹 신문에, 옆에 서 있는 여고생의 젖가슴을 40대 후반의 남성이 팔짱 낀 손을 뻗어 슬슬 만지다가 여고생이 울어버리는 바람에 주위 승객들에게 잡혀 경찰에 인계됐다는 보도라든지, 뒤에 서 있는 여성 승객의 아랫부분에 뒷짐 진 채 손을 갖다 대어 슬슬 만지다가 그 여성이 역무원에게 신고하여 잡혔다는 보도도 심심찮게 등장하곤 한다.

어느 방송에서 여고생들에게 치한에게 당한 적이 있느냐는 인터뷰를 하였는데 경험해보지 않았다는 여고생은 한 명도 없었다. 치한에게 당한 여성들을 모아 경험담을 듣는 방송도 꽤 인기가 있으며, 프로 치한들에게 직접 인터뷰(얼굴은 흐리게 하고 음성은 변조시킨 상태)하는 장면은 더 우습다.

이 프로 치한들은 역 승강장에서 일단 대상자를 결정하고 그 여성 바로 뒤에 바짝 붙어 타서 행위를 하는데, 그 대상자란 노출이 심하고 몸매가 풍부한 여성이거나 여고생이 주표적이라는 것이다. 더욱 우스운 사실은 치한 생활 수년 동안 대부분의 여성들이 거부 없이 자신을 받아들였다는 대목과, 여성들도 은근히 바라고 있으리라는 망상을 하고 있다는 것이다. 이들은 주로 아침저녁 러시아워를 이용하고 있으므로 일본에 여행 가서 특히 러시아워에 전철을 이용하는 여성들은 주의해야 할 것이다.

또 있다. 소매치기다.

이들도 러시아워를 이용하겠지만 더 많은 예는 승객이 거의 없는 심야 전철에서 술에 녹초가 되어 곯아떨어진 승객을 대상으로 호주머니를 터는 소매치기다. 러시아워 때는 여성들의 숄더백(단추가 없는) 속의 지갑이나 신사의 양복 호주머니의 지갑을 노리고, 밤에는 술꾼들의 지갑이나 가방을 노린다. 어떤 소매치기는 양복째 들고 가버리는 사람도 있다.

술꾼들이여, 일본에서는 심야 전철을 조심하시라.

정직이 생명인 일본인들도 전철 무임승차를 즐겨

도쿄 직장인들의 90%가 전철 무임승차를 경험한 바 있다고 응답한 설문조사는 나에게 충격적인 사실로 받아들여졌다.

일본의 전철요금은 거리계산제기 때문에 역수가 많아질수록 요금이 많아진다. 또 전철간에 환승 시스템이 잘되어 있어 정기권 한 장이면 운영 주체가 다른 전철도 이용할 수 있도록 되어 있는 경우가 많다.

정기권은 자기 집에서 가까운 역으로부터 직장까지의 역 구간수에 따라 요금이 정해지며, 이 구간 내에서는 하루에 몇 번을 오르내리든 간에 요금에는 상관이 없다. 바로 이 점을 이용하여 무임승차가 이루어지고 있다는 얘기다.

즉 자기의 정기권 이용구간 밖의 먼곳으로부터 전철을 이용할 때는 정기권 구간 이외의 구간만큼 추가요금을 지불하지 않으면 안 된다. 그런데 이 때 승차역에서 가장 최저요금(120엔 정도)의 승차권을 구입하여 일단 전철에 승차하고 내릴 때는 정기권으로 개찰구를 통과함으로써 중간구간 요금은 무임승차를 하는 것이다.

구체적인 예를 들어보면, 하코네[箱根]에서 신주쿠[新宿]까지는 전철요금이 1,050엔이 소요되나 하코네 바로 앞 역의 요금인 120엔만 지불하면 신주쿠에서는 정기권을 사용하여 통과할 수 있으므로 차액인 930엔만큼 부당이득을 취하는 셈이 되는 것이다.

얼마 전 신문에서, 역무원이 매일 120엔 승차권만을 구입하는 50

대 승객을 이상히 여겨 조사한바 수년 동안 그런 식으로 무임승차해 온 것이 밝혀져 경찰에 고발되었고, 이 사람은 수년 동안의 무임승차 요금에다 벌과금까지 합하여 수백만 엔의 요금을 변상했다는 기사를 읽은 적이 있다. 또 나의 가까운 일본 친구 한 사람도 이 방법을 나에게 귀띔해주면서 "법률적으로는 금지행위지만 모두 그렇게들 하고 있으니까"라든가 "나만 바보가 되는 셈이 되니까"라고 웃으면서 얘기하는 것을 들은 적이 있다.

'정직'을 자기 민족의 최대 장점이자 자랑으로 삼고 있는 것이 일본인들이다.

길거리에 떨어진 동전, 화장실에 두고 온 시계, 음식점에 두고 온 지갑, 전철에 두고 내린 가방 등 어느 하나 되돌려 찾지 못한 적이 없을 만큼 정직함을 내세우는 일본인들이었다. 따라서 나의 일본생활중 자전거 열쇠, 승용차 열쇠를 잠궈 본 적이 없었는데 언젠가 자전거를 한 번 도둑 맞은 뒤부터는 나도 모르게 열쇠를 꼭 채우는 버릇이 생겼다.

무임승차를 경험한 사람이 90%라 하여 이 사람들이 상습적으로 무임승차를 하는 것은 아닐 것이지만 정직하다는 일본인들도 이런 사람 저런 사람, 이런 면 저런 면이 있는 것이다.

철로변에 방음벽 설치를 거부하는 도쿄 사람들

도쿄시내 중심부를 종횡으로 가로지르는 전철 철로변에 방음벽을 볼 수가 없다. 왜일까?

소음과 진동 때문에 고3 아들의 수험공부는커녕 밤에 잠도 잘 수가 없다, 안이 들여다보여 창문도 열지 못하는 등 사생활 침해가 이만저만 아니다, 철도 옆이라 땅값이 내려간다 등등으로 철도 연변에 방음벽을 설치해달라고 아우성인 서울의 주민들을 생각하면 당연히 의아해질 수밖에 없다.

그래서 철로 연변 주민들을 대상으로 히어링 조사를 실시하였다. 조사대상은 내가 살고 있는 동네에서 가까운 오다큐(小田急) 전철 선로변(철도 부지와 연하여 5m 정도의 좁은 도로를 사이에 둔 간간이 상점이 들어서 있는)의 주택가에 살고 있는 주민들이었다.

우선 1~2분 간격으로 오고가는 전철 때문에 시끄럽지 않느냐는 질문에는 대부분이 "물론이죠"라고 대답하였다. 그러나 그 중에는 몇 십 년 살다보니 불감증에 걸렸는지 아무렇지 않다는 사람도 있고 어쩔 수 없는 것 아니냐는 사람도 있었으며, 집 값이 다른 곳보다 싸니까 이사 왔다는 사람도 있었다.

그런데 문제는 다음 질문에 대한 주민들의 반응이었다.

"왜 방음벽을 설치해달라고 주장하지 않나요?"

"아니, 여기다가 방음벽을 친단 말이에요? 그건 안 될 말이죠 여기다가 방음벽을 쳤다고 생각해보세요. 터널같이 답답해서 어떻게 살아요. 시끄러운 게 백 번 낫지요"

이 대답은 서로 약속이나 한 듯 한결같았다. 방음벽을 설치한다고 하면 당장 결사반대 데모라도 할 듯한 기세에 오히려 내가 놀라고 말았다.

그야말로 '뚜렷한' 의사표시였다.

듣고 보니 정말 그렇다. 그렇지 않아도 지역이 철도로 양분되어 침체된 환경인데 여기에 콘크리트 방음벽을 양쪽에 설치한다면 흡사 터널같이 답답할 것 같은 생각이 들었다.

그래도 지금은 이쪽에서 저편까지 툭 트여 있어 밀집주택지보다 시원스러운 느낌이라도 들지 않는가. 그리고 방음벽을 친다고 해서 소음이 완전히 없어지는 것도 아니지 않는가. 방음벽 때문에 소음을 얼마간 줄여 보려다가 동네를 망치는 꼴이 될 성싶었다.

과연 지금처럼 철로 연변 안전철책 안팎에 화단을 만들어 꽃이나 화초를 심고 가꾸는 편이 주거환경 측면뿐만 아니라 도시 전체의 경관조성 측면에서도 훨씬 나을 것이라는 확신이 들었다. 그러고 보니 도쿄의 고가도로에 방음벽을 설치한 구간이 매우 적은 것(고가도로와 고층 건물이 거의 맞닿은 곳을 제외하고는)도 역시 이러한 연유 때문이라고 추측된다.

일본인들의 인사는 친절이 아닌 체질일 뿐

일본인들의 인사

일본인들의 인사예절은 이미 세계적으로 정평이 나 있다. 일본을 방문한 적이 있는 사람들 중에는 일본인들과 만나고 헤어질 때 몇 차례나 반복해서 허리 굽혀 인사를 받는 바람에 당혹스러워하던 경험을 가진 사람들이 많을 것이다.

이러한 인사형태는 점원이건 공무원이건 일반 주민이건 여성이건 남성이건 간에 다소의 차이는 있을지언정 거의 동일하다. 얼굴에 가득한 웃음과 함께 몇 번이고 허리를 굽혀대면 꼿꼿이 서 있다가 되레 무안하거나 어정쩡한 장면이 연출되기도 한다.

'일본인들은 역시 친절하구나. 인사할 때의 표정과 행동이 무척 자연스럽고 정성이 우러나 있는 것 같다. 이에 비하면 우리나라 백화점에서 몇 년 전부터 여점원들에게 일본식의 인사를 시키고는 있으나 어색한 느낌을 갖게 되는 것은 왜일까. 표정이 굳어서인가, 마음으로부터 우러나는 인사가 아니라서일까' 라는 생각을 하게 한다.

하여튼 일본인 하면 가장 먼저 떠올리는 것이 친절과 근면이며 일본인과 헤어지고 난 뒤 머리에 남는 게 인사성일 것이다.

이 인사성에 관하여 몇 가지 생각나는 대로 예를 들어보자.

은행의 3파(波) 인사

우선 은행의 경우 손님이 문 안으로 들어서자마자 맨 먼저 발견한

직원 — 경비원이든 입구의 안내 여직원이든 간에 — 이 큰소리로
"어서 오십시오" 하고 90°만큼이나 정중히 인사를 한다.

그러면 반사적으로 창구에 앉아 있는 여행원들이 "어서 오십시오"
하고 합창이라도 하듯 목청을 돋운다. 이어서 한두 줄 뒤편에 앉아
있는 간부직들이 또다시 같은 인사를 한다. 한 사람의 고객에 대하여
전 직원이 인사를 한 셈이며, 이는 고객이 용무를 마치고 돌아갈 때
도 마찬가지다. 이른바 '3파(波) 인사'라는 세 겹의 파도와 같은 인사
라는 것이다.

백화점의 경우도 다르지 않다. 자기 코너 앞에 고객이 지나가면 자
기 상품에 시선을 주든 안 주든 상관 없이 '어서오십시오', '감사합
니다'라는 인사를 한다. 손님에 대한 치근거림은 더더욱 없다. 쇼핑
하기가 매우 편안하다고 할까.

당한 쪽도 죄송합니다

전철 안에서나 길에서 사람들과 부딪치기라도 하면 "미안합니다",
"죄송합니다"를 연발하며 인사를 한다. 이 경우는 특히 부딪침을 당
한 쪽도 마찬가지로 서로 똑같은 사과와 인사를 주고받게 된다. 그러
니까 당한 쪽도 서로 부딪친 책임의 일부가 있다는 것인지, 부딪치지
않게끔 스스로도 조심해야 되는데 주의를 게을리하여 부딪칠 위치에
자기 몸이나 신발이 있게 하여 미안하다는 것인지 모를 정도다.

그런데 실제로 서로 몸이 부딪치거나 신발을 밟히거나 하는 경우
란 우리나라에 비해 매우 드물다. 소품(小品)을 좋아하는 사고만큼이
나 동작도 소품일 뿐더러 상대방의 몸이나 물건에 접촉하는 행동을

경솔하고 부주의한 행동, 실례되는 행동이라고 여겨 살금살금 조심
스럽게 행동하는 것이 몸에 배어 있기 때문이다.

붐비는 곳에서 바삐 서둘러 앞을 가로지를 때, 화장실에서 순서를
기다리다 순서가 되어 들어가면서 뒤에 서 있는 사람에게, 엘리베이
터에서 서로 타고 내리면서 주고받는 '미안합니다', '죄송합니다'라
는 말은 실례되는 행동에 대한 사과의 말이라기보다는 이러한 장면
들에서 서로 주고받는 의례적이고 관습적인 인사 정도로 생각해도
될 성싶다.

이렇듯 자기 보호적이고 방어적인 태도로써 감정의 부딪침을 미리
제어하고 있기 때문인지 길거리나 사람들이 운집한 곳에서 다투는
사람들을 구경하기는 쉽지 않다.

인사는 일본인들의 체질일 뿐

내가 근무했던 도쿄 사무소의 층내 화장실은 거리상으로 좀 떨어
져 있어서 몇 칸의 사무실을 지나야 한다. 사무실 상호간의 인사교환
도 없었기 때문에 서로들 얼굴을 모르는 사이인데도 복도를 지나칠
때는 꼭 인사를 한다. 들릴락 말락한 나직한 목소리이긴 해도 그냥
지나치느니보다는 기분상으로 배나 부드럽다.

엘리베이터를 탈 때도 층이 다르거나 늦게 타는 사람의 입에서는
예외 없이 '실례하겠습니다', '미안합니다'라는 말이 흘러나온다.

음식점에서도 식사를 마치고 나오는 사람들은 순서를 기다리느라
줄을 서 있는 사람들에게 미안하다고 인사를 한다.

호텔은 더 말할 나위 없고 구청과 같은 관청에서도 그러하며, 내가

살던 동네 주민들도 마찬가지다.

그런데 내가 여기서 얘기하고자 하는 것은 이러한 인사들은 일본인들의 경우, 특별히 우호적이고 친근한 감정이나 마음으로부터의 친절을 나타낸다기보다는 다분히 체질적이요 기계적이며 관습적인 동작이라는 것이다. 따라서 일본인들의 인사를 친절의 대명사인 양 얘기하는 것은 잘 모르는 소리다.

즉 호감이 있든 없든, 감사하는 마음이 있든 없든 상관 없이 만나고 헤어질 때는 의례적으로 몇 번씩이나 인사를 하는 것이다. 따라서 이를 나에 대한 특별한 호감 내지는 친절의 표시로 인식함은 착각이라는 것이다.

한국에서 온 방문단을 안내하는 도쿄도청 여직원이 하도 친절하게 하는 걸 보고 자기에게 호감을 갖고 있는 것으로 착각하여 사진을 찍을 때 어깨에 손을 얹었다가 공개적인 항의를 받은 웃지 못한 예도 있다.

어쨌든 우리들에게 있어서는 불필요한 것처럼 느껴질 수도 있는 이러한 동작이 일본인들에게는 체질적으로 당연한 것이며, 역으로 일본인 쪽에서 우리를 보면 매우 의아스러울 것이 틀림없다. 몇 번이고 인사를 했는데 상대는 고개 한 번 끄덕이고 나서는 꼿꼿이 선 채 연신 인사하고 있는 사람을 이상하다는 듯이 빤히 쳐다보고 있으니 말이다. 자기가 뭐라도 잘못해서 상대가 기분이 언짢아진 것은 아닌가 하고 생각할지도 모르며, 한편으로는 내심 상대의 무례에 대해 불쾌한 기분을 갖게 되는지도 모른다.

하여튼 일본인들의 인사는 친절이나 호감 또는 감사의 표현 이전에 이미 잘 길들여 있는 체질적 동작임을 인식할 필요가 있으며, 일본인과의 만남에서는 상대에 맞추어 행동하는 것도 하나의 센스라 할 것이다.

덧붙여서 '웃는 얼굴에 침 못 뱉는다'는 속담처럼 동네에서나 아파트 또는 사무실 복도를 지나치면서 인사하는 습관은 사회의 건조함을 다소라도 촉촉이 하는 데 도움이 되지 않을까 생각된다.

에스컬레이터에서의 왼쪽과 오른쪽

유행하는 움직이는 보도

최근 도쿄는 '움직이는 보도(moving walk 또는 sky walk)'가 유행하고 있다. 우리나라의 서울에서는 김포공항 내부의 검색대로부터 탑승장까지 설치되어 있는 이 움직이는 보도는 도쿄에서는 곳곳에서 자주 접할 수 있다. 이케부쿠로(池袋)에 있는 일본 최초의 초고층 빌딩인 60층 선샤인 시티(Sunshine City)의 지하통로, 도쿄역 구내 연결통로, 에비스역으로부터 재개발지구인 에비스 가든 플레이스(EBIS Garden place)까지의 400m에 달하는 연결통로 등을 비롯한 역 구내 또는 지하에 설치되어 있다. 그리고 최근에는 신주쿠(新宿)역으로부터 도쿄 도청사에 이르는 지하의 약 300m 구간에 걸쳐 설치되는 등 주로 혼잡한 역을 중심으로 움직이는 보도의 설치는 계속 늘어나고 있다.

이 움직이는 보도의 설치는 전철의 환승이나 거리가 멀어서 승객들 특히 장애자, 노약자들의 전철 이용 불편을 덜기 위한 시민 서비스를 목적으로 하고 있었으나, 최근에는 신주쿠~도청사의 예와 같이 역과 공공건물을 연결하여 시민들의 관공서 이용편의를 도모하고자 하고 있는 것이 특징이다. 이제 에스컬레이터와 움직이는 보도는 이처럼 도쿄인들의 일상생활에 있어 매우 편리한 교통수단으로서 점차 확대 정착되어가는 느낌이다.

하여튼 이러한 경향에 대하여는 시민생활의 질 그리고 이를 뒷받

침하는 공공 서비스의 관점에서 앞으로 우리나라에도 도입될 것이 확실시되므로 주목해둘 필요가 있는 대목이라고 생각된다.

오른쪽은 급한 사람들의 자리

왼쪽으로 서라. 이것이 에스컬레이터 또는 움직이는 보도를 이용할 때의 룰이다. 에스컬레이터나 움직이는 보도는 통상 2명이 나란히 설 수 있는 폭인데 평상시의 이용은 왼쪽으로 하고 오른쪽은 비워 놓는다. 이 오른쪽은 급한 사람들이 걸어 올라가는 이른바 비상통로인 것이다. 그러다 보니까 사람이 많아 할 수 없이 오른쪽에 탔다면 그냥 서 있지 말고 걸어 올라가 주어야 한다. 만약 그냥 서 있는다면 이 사람은 통행로를 막고 있는 셈이 되고 만다.

여기에서 지적해두고자 하는 것은 이러한 에스컬레이터에서의 룰은 누구의 지시나 교육에 의한 것이 아니라 긴 세월을 거치면서 시민들 사이에 자연스럽게 형성되어 지켜지고 있다는 것이다. 이러한 룰과 질서가 존재하는 것이 편리하고 합리적이며 효율적이라는 시민들의 무언의 컨센서스(consensus : 合意)가 이루어져 있는 것이다. 바로 이러한 점들이 일본인들의 의식 근저에 자리하고 있기 때문에 누구의 강요 없이 자발적인 룰이 창출되고 성립될 수 있으며, 또 그렇기 때문에 일본 사회가 격식화되어 가고 있다고 전술했던 것이다.

그러면 이러한 사회적 룰을 지키지 않을 경우에는 어찌하는가.

예를 들어 에스컬레이터나 움직이는 보도에서 다들 왼쪽으로 서 있는데 한 사람이 오른쪽에 서서 걸어 올라가지도 않고 길을 막고 있다고 하자. 급하게 뛰어올라 온 뒷사람들은 룰을 지키지 않는 이 무례한 사람에 대하여 어떻게 처신하는가 하는 것이 나의 관심사 중 하나였기 때문에 간혹 목격하는 이러한 상황에 대하여 매우 관심있게 관찰하곤 하였다.

이렇게 관찰된 열이면 열 사람 모두의 경우에 있어 뒷사람의 처신은 '기다린다'는 것이었다. 아무리 바빠도 앞 사람에게 비켜달라는 말을 하지 않는다. 그저 앞 사람이 스스로 알아차리고 비켜줄 때까지 기다린다. 그 사람 때문에 걸어 올라가야 할 뒷사람들이 줄줄이 서게 되어 이 에스컬레이터는 잠시 만원이 되었다가 그 사람이 내리면 다시 부산하게 걸어 올라가는 moving walk가 된다. 룰을 어겨도 스스로 알아차릴 때까지 간섭하지 않는 일본인이다.

스스로 간섭받기를 두려워하여 타인에 대해(겉으로) 관대한 일본인, 속마음을 결코 얼굴에 드러내지 않고 가슴에 담아두는 일본인…. 에스컬레이터에서의 일본인들이 이를 잘 설명해주고 있다.

우리나라 사람들은 이 경우에 어떻게 행동했을 것인가.

일본인과 가방

　거리에서든 전철에서든, 젊은 사람이든 나이든 사람이든 상관 없이 가방을 손에 들지 않은 남성은 없다고 해도 과언이 아닐 만큼 가방은 필수적 휴대품이다. 그 용도가 필수적인 것보다는 휴대가 필수적이라는 표현이 적절한지도 모르겠다. 평일 직장에 출근할 때는 물론이지만 공휴일이나 쉬는 날 잠깐 시내에 들를 때도 빈 손인 경우는 없다. 하여튼 일본인들은 손에 가방을 들지 않으면 마치 러닝셔츠 바람에 출근하는 듯한 기분을 갖는 것 같다.

　일본인들의 가방 휴대는 가히 병적이라고까지 얘기하는 사람도 있을 정도니 대략 짐작할 만할 것이다.

　가방 속에 넣고 다니는 소지품에 대하여 들어보면 거의 모든 사람들에게 있어 공통적인 것이 책과 수첩이다. 책은 전철을 탈 때나 약속 시간을 기다릴 때 시간 때울 겸 읽기 위한 것이고, 수첩은 자신의 행동 스케줄을 확인하기 위한 것이다.

　일본인들의 독서율이 세계에서 가장 높다는 것은 바로 여기에서 연유하는 것이 아닌가 한다. 항상 책을 소지하고 있으니 어디서든지 시간만 있으면 책을 읽을 수 있고 또 읽게끔 되기 때문이다.

　가방을 손에 휴대하지 않은 사람들이란 직장 근처에서 잠깐 일을 보러 나온 사람이거나 점심 식사하러 나온 사람들일 것이다. 그러다 보니 출퇴근시 빈 손으로 다니는 사람들이 이상해 보이는 것이다.

　'저 사람은 가방을 들지 않았군. 무슨 이유가 있겠지' 라는 식이다.

간혹 우리나라에서 온 방문단 중 가방 없이 빈 손으로 업무 협의장소에 나오는 경우가 있는데 이는 무성의하게 회의에 임한다는 인상을 줄 소지가 충분히 있다. 또 높은 사람이라 하여 가방을 들지 않거나 부하 직원에게 가방을 맡기는 행위 역시 자기 사물을 공무수행자에게 맡기는 것과 같아 자연스러운 풍경이 못 된다.

아무튼 실제로 나 자신이 가방을 가지고 다니다 보니 처음 얼마간은 귀찮다는 생각이 들기도 했으나 날이 갈수록 그리고 지금에 와서는 도저히 손에서 떼어 놓을 수 없을 만큼 필요불가결한 소지품이 되어 있다.

가방이 없으면 불안하기조차 하는 것이다. 그도 그럴 것이 가방 속에는 다양한 물건들이 들어 있어서 마치 내 자신의 움직이는 사무실과도 같은 느낌이 들 때가 많다. 가방 속에는 한두 권의 책과 수첩, 필기구 외에도 몇 종류의 서류문건, 직장 전화수첩, 메모노트, 전자계산기, 신문, 주간지 그리고 안경, 담배, 라이터, 휴지, 껌, 면도기, 휴대폰까지 들어 있어 꽤 묵직하긴 하나 한 마디로 든든한 것이다.

항상 사용하지는 않지만 사용하고자 할 때 불편 없이 사용할 수 있고 어느 상황에서도 대처할 수가 있기 때문에, 이 가방만 있으면 당장 해외출장을 떠나라고 해도 별도로 준비가 필요 없을 만큼 믿음직스러운 것이다. 가방은 폼이 아니라 내 생활의 조그만 공간이자 움직이는 사무실이며 교양과 매너에도 도움이 되는 편리한 소지품이라고⋯.

서로 눈 맞추기를 싫어한다

일본인들은 얼굴을 빤히 쳐다보는 것을 매우 싫어한다. 그러니까 빤히 쳐다보지 않는다. 어느 책에서인가 일본인은 상대를 쳐다보지 않고 이야기하는 버릇이 있다며 이러한 심리를 여러 각도에서 분석해 놓은 글을 읽은 적이 있다. 폐쇄적이라느니 대화기피증이라느니 타인 불가섭증이라느니 하는 여러 가지가 씌어 있었다. 물론 그럴 수도 있을 것이다. 그러나 나의 경험에 의하면 직접 대화중에 시선을 피하는 일본인은 드물다. 이것은 상대에 대한 실례이며 숙련되지 않은 매너라는 것도 잘 알고 있다.

여기서 얘기하고자 하는 것은 이러한 직접적인 대화를 제외한 여타의 경우 즉 모르는 사람들끼리의 시선에 관한 것이다.

우선 내가 직접 당한 경험을 소개하겠다. 우리나라 사람들은 일본인들에 비해 개방적이고 직선적이기 때문인지 전철 내에서나 길거리에서나 지나치는 사람들끼리 시선을 주고받는 데 인색하지 않다. 그래서 상대가 나를 빤히 쳐다보고 있다는 직감이 들어도 뭐 그렇게 기분이 상할 것까지는 없는 것이다.

특히 나의 경우는 외국에 와 있었으니 될 수 있는 대로 많은 사람들의 표정, 헤어스타일, 복장, 몸매까지도 관찰의 대상이었고 우리나라의 동년배들과 곧잘 비교하곤 하였기 때문에 그냥 쳐다보는 정도가 아니라 '적극적으로 쳐다보는' 편이었을 것이다.

지난 여름, 전철에서 좌석에 앉은 어떤 여성을 힐끔힐끔 쳐다보고 있었다. 그녀가 특별히 예뻤기 때문이 아니라 고교생 같은 청순하고 순박해 보이는 얼굴인데도 머리를 온통 자주색으로 물들인 데다가 아랫 입술에 립스링(고리)을 하고 있어서 힐끗 훔쳐보던 중에 시선이 두 번 마주쳤다. 첫번째는 서로 있을 수 있는 일이려니 했겠으나 이후 계속되는 나의 시선을 의식했는지 왜 쳐다보고 있느냐는 식으로 힐끗 노려보고는 고개를 획 돌리는 것이었다.

그녀가 불쾌해 하는 것을 나도 느꼈기 때문에 시선을 돌려 차창 밖을 응시하고 있었으나, 왜 그렇게 불쾌해 하는지 영문을 몰라서 더 그랬는지 나도 모르게 몇 번 더 그녀에게 시선이 갔었나 보다 — 아니 정확히 얘기해서 다시 관찰하였다. 그것은 순간적이었으므로 모르려니 했지만 천만의 말씀이다. 그녀의 시선은 다른 곳을 향해 있었지만 온 신경을 내게 쓰고 있었던지 내 고개의 움직임을 간파하고 있었다. 왜냐하면 그녀의 표정은 몹시 굳어 있었고 눈에는 쌍심지를 켜고 있는 듯했기 때문이다. 그러던 중 전철은 종착역에 도착했다. 그녀는 다른 사람보다 먼저, 그것도 벌떡 일어서더니 전차 도어가 열리자 나의 반대쪽으로(내쪽에 문이 있었음에도) 등을 돌리면서 "아이, 기분 나빠" 하고 지껄였다. 그 말에 주위 사람들도 나를 한 번씩 힐끗 쳐다보았고, 나는 정말 영문도 모른 채 난감하기 그지없었다. 심히 불쾌했다.

그런데 그로부터 한 달쯤 후 나는 또다시 황당한 일을 경험했다. 퇴근길 전철에서 내려서는 두세 명의 승객을 사이에 두고 서 있는 50대 초반쯤의 남성이 내가 만난 적이 있는 도쿄도청 직원인 듯하여 열심히 시선을 주고 있었다.

　도쿄도청에서 나는 매일같이 많은 직원들과 상대하고 있었기 때문에 도청 사람들 모두를 다 기억해낼 수는 없었지만, 도청 사람들은 나를 잘 기억할 수 있을 것이라는 생각이 들어서였다. 그러나 역시 내가 잘못 보았나 보다. 그는 두 번 정도 나와 시선이 마주쳤으나 전혀 생면부지의 사람을 보는 듯한 시선이어서, 그것도 꽤 기분 좋지 않은 표정이었기 때문이다. 그런데 내가 한 달 전의 불쾌한 악몽을 되살린 건 바로 잠시 후였다. 도중에서 내리는지 전차가 서자 선반 위의 가방을 내려든 그는 나를 노려보며 다가오더니, 그 시선 방향과 표정을 그대로 유지하면서 도어까지 가서야 고개를 돌려 걸어갔다.

　금방 싸움이라도 걸어올 듯한 그 사람의 험악한 눈초리와 행동은 내게 충격적이었다.

　'참 희한한 사람들이구먼. 도대체 이해할 수가 없어. 내 눈빛이나 표정이 혐오스럽기라도 한 것인가. 허 참!'

　나는 이 두 번의 경험 이후에도 꽤 시간이 지나서야 비로소 일본인들이 길을 걷거나 전철, 식당 등 어디서든 간에 모르는 사람들, 즉 '타인'을 정면으로 바라보지 않는다는 것, 시선은 절대 마주치지 않는다는 것, 보여지기를 매우 싫어한다는 것, 그렇기 때문에 보지 않는다는 것, 그것이 예의고 매너라는 것을 알게 되었다.

하루 일과는 조례로부터 시작

아침 8시 40분.

우리 사무실 1층 입구에 있는 우체국에서는 여느 때나 마찬가지로 조례를 하고 있었다. 국장인 듯한 중년쯤 되어 보이는 사람이 와이셔츠 차림에 맨 앞에 서 있고, 여직원 3명과 남자직원 3명이 양손을 앞으로 가지런히 모은 채 둘러서 있다. 유리창 너머로 지켜보고 있었기 때문에 무슨 말을 하고 있는지는 알아들을 수 없었으나 아마도 어제의 조례 때 한 말이 반복되고 있겠지 하고 생각하였다. 매일 아침마다 같은 시각에 같은 사람들끼리 하는 조례에 그렇게 특별한 지시사항이 있을 것 같지는 않기 때문이다.

국장의 얘기가 끝나자 부책임자인 듯한 사람이 말을 받아 몇 마디 하고는 직원들에게 꾸벅 인사를 하였다.

그러니까 직원들과 국장도 허리를 굽혀 모두 함께 인사를 하더니 각기 제자리로 돌아갔다. 조례가 끝나고 업무를 시작하는 것이다.

백화점은 통상 10시에 개장한다. 그러나 9시 30분경이면 외부 셔터는 올려 놓기 때문에 밖에서도 안이 들여다보인다. 백화점의 1층은 통상 잡화, 보석류, 화장품류의 매점들이므로 한 매점당 기껏해야 5명 내외의 점원으로 구성되어 있을 것이다.

그런데 9시 30분부터 10시 사이에는 백화점 내에서 진풍경이 벌어진다. 각 매장마다 ― 직원이 2명이건 10명이건 간에 ― 제일 고참이거나 책임자인 듯한 사람을 중심으로 둘러서서 함께 ― 거의 동시에, 엄밀히 얘기하면 앞에 서 있는 사람이 먼저 — 인사를 교환한 뒤 무언가를 열심히 지시하고 있는 것이다. 그리고는 10시가 가까워지자 이 매장 저 매장에서 조례가 끝나는 듯 다시 인사를 교환하고는 제자리로 간다.

이것은 은행도 회사도 음식점도, 그리고 수십 명이나 되는 공사장에서도 마찬가지며, 3명 이상으로 조직된 영업체라면 하루도 거르지 않고 정례적으로 일과 시작 전에 이러한 모임을 갖고 있다고 보면 될 것이다.

세계적으로도 알려진 일본인들의 조직생활에 있어서 이러한 격식은, 일본에서 생활하다 보면, 일본인들에게는 특별한 일도 또 불편한 일도 아닌 평상 업무 중의 당연한 일과라는 것을 알게 된다.

만약 우리나라에서 직원이 3~4명 되는 매장에서 이처럼 매일 조례를 하면 앞에 둘러서 있는 사람도 물론이려니와 책임자도 나중에는 할 얘기가 없어져 매우 계면쩍어하거나 부자연스러운 분위기가 될 것이 틀림없다.

똑같은 사람이 매일 똑같은 말을 하면 퍽 잔소리가 많다고 비웃을지도 모른다. 그만큼 단체나 조직생활에 익숙해 있지 않기 때문이다.

오늘 해야 할 일들을 지시하고 본점으로부터의 연락사항이라든가, 상점 같으면 새로 들어온 신상품에 대한 내용과 판매요령에 대한 교육, 어제 일어났던 손님과의 트러블에 대한 체험을 들려주거나 손님을 끌어들이기 위한 접대 매너, 그리고 회사의 애로 사항 등에 대한 의견을 교환하는 등, 조례 시간은 조직생활에 있어 실로 중요한 역할을 할 수 있다고 생각된다.

그러나 이와 반대로 아침 출근하자마자 자동판매기에서 커피 한 잔씩 뽑아 들고 자리에 앉아 신문부터 펼치는 조직이 있다면 그 조직은 한 번쯤 문제 제기를 해볼 수 있음직도 하다.

청소부도 인계인수는 철저히

우리 사무소가 임대해 있는 3층의 청소부가 바뀌었다. 전에는 30대 초반의 여성이었는데 그 여성은 1층을 담당하게 되었고, 3층은 50대 중반의 여성으로 새로이 바뀐 것이다. 그런데 이들의 인계인수가 참 재미있다. 첫날은 청소부로 채용되어 건물 내부 각층의 시설들과 일할 구역을 안내하고 설명해주면서 함께 다니는 것 같았고, 그 다음날부터 담당구역인 3층에 대한 청소요령을 교육하며 인계인수를 하는 것 같았다.

화장실 앞에서다. 30대 여성이 어머니뻘 되는 후임자에게 열심히 설명하고 있다.

"그러니까 있잖아요, 이 '청소중'이라는 팻말은 벽에서 10cm 정도 띄우고요, 사람들이 잘 보이도록 대각선 방향으로 놓아야 해요. 그런데 조심해야 할 것은 사람들이 통행에 지장을 받지 않도록 팻말 옆에다가 청소도구나 물통을 늘어놓으면 안 된다는 거예요. 그러면 큰 실례가 되는 거예요, 아시겠죠? 직접 한번 팻말을 놓아보세요. 아! 조금만 오른쪽으로 방향을 틀어야 겠군요. 네, 됐어요."

그러자 어머니뻘 되는 후임자는 "네네, 알겠습니다"를 연발하면서 전임자가 시키는 대로 열심히 따라하였다.

"청소 도구함을 밀고 다른 곳으로 이동할 때는요 더 조심해야 되요. 우선 복도에서 이동중에 사람들을 만나면 일단 정지하고 사람이 지나갈때까지 기다렸다가 지나가고 나면 움직여야죠. 이 때 꼭 정중하게 인사를 해야 돼요. 엘리베이터를 탈 때도 마찬가지예요. 청소 도구함을 이쪽만큼 놓아서 엘리베이터에서 타고 내리는 사람들에게 불편이 없도록 해야 하구요. 엘리베이터에 타는 것은 항상 제일 늦게 타야 사람들이 덜 불편해요. 내릴 때는 얼른 비켜주어야 되지요. 이 때도 죄송하다는 인사를 잊으면 안 되요. 청소함이 멋대로 굴러 가버 릴지도 모르니까 양 손을 앞으로 가지런히 모으고 인사할 수는 없으 니 그렇게까지 하지 않아도 되지만요, 그래도 정중하게 하지 않으면 안 되요.”

　“보세요, 이런 호치키스 알은 청소기로 잘 안 빨려요. 이것은 손으 로 주워서 앞치마 호주머니에 넣어야 해요. 벽에 난 신발자국은 잘못 하면 번지니까 이 세제를 풀어서 지워야 해요. 자, 보세요. 청소 도구 함이 복도　한가운데 있잖아요. 이러면 사람들한테 큰 실례가 되는 거예요.”

　내가 위의 대화를 기억하고 있는 것은, 청소부 임무 인계인수를 견 습생처럼 따라다녀서가 아니고 이 인계인수가 며칠씩이나 계속되는 바람에 둘의 모습을 자주 보게 되었고, 특히 어머니뻘 되는 후임자 가 딸뻘 되는 전임자에게 그토록 얌전히 순응할 수가 있을까 하는 호기심에 일부러 그녀들을 만나려고 복도를 몇 번이고 왔다갔다 했 기 때문이다.

　그런데 이것을 화제로 선정한 이유는 청소부 임무의 인계인수가 철저히 이루어지고 있다는 것을 소개하려는 것도 아니고, 또 그렇게 철저한 인계인수가 이루어지고 있기 때문에 일본의 건물 내부, 화장 실이나 공중변소가 깨끗한 것이라고 선전하려는 것도 아니다.

그것은 일본인들의 인계인수는 어느 직장, 어느 조직을 막론하고 우리로서는 지겹다고 느껴질 만큼 '매우 성실하게 그리고 철저히' 이루어지고 있다는 점과, 연령이나 경력에 관계 없이 그 담당 업무에 대한 신참과 고참의 위계가 분명하다는 점이다.

도쿄도청의 경우 인사발령 일주일 전쯤에 발령사항을 통지(내지(內知)라 하며 모년 모월 모일부로 발령일자가 명기되어 있다)하고 정식 발령장은 내지로써 정한 날에 교부하는데, 이렇게 내지를 미리 하는 것은 전·후임 간의 업무 인계인수 기간을 공식적으로 보장해 주기 위한 것이다. 어느 날 갑자기 발령장을 교부받고 그 날부터 소속이 달라진다면 이미 발령 전의 업무는 분명히 자신 소관을 떠난 것이며, 그러한 상황에서는 성실한 인계인수가 이루어지기란 어려운 것이 아닌가 여겨진다.

특히 경력이나 연령면으로 손위라 하여 전임자가 꼬치꼬치 설명해 주는 것을 잔소리쯤으로 치부한다거나, 또는 후임자가 새까만 후배라 하여 업무내용을 잘 설명해주지도 않고 "일하다 보면 자연스레 알게 될 것"이라며 "열심히 한번 잘해 보라"는 멋진(?) 충고 한 마디로 인계인수를 대신하는 사람들이나 풍토가 아직 존재한다면 그것이 바로 조직력의 낭비요 병폐가 아니고 무엇이겠는가.

쩨쩨한 일본인, 부부간에도 식사값 따로 계산

일본인들의 한 달 용돈은 얼마나 되는지가 매우 궁금할 것이다. 우리나라 사람들 중 일본인들의 씀씀이를 보고 간혹 쩨쩨하다고 말하는 사람도 있다. 점심 식사를 함께 하자고 하여 갔더니 계산할 때 자기 식사비만 계산하고 말더라는 것이다.

커피숍에 가도 싸디 싼(?) 커피 한 잔 사는 데 인색하여 자기 돈만 계산하고 라면집에서도, 회전초밥집에서도, 술집에서도 마찬가지다.

최근 들어서는 부부간에도 남편 것 따로, 아내 것 따로의 계산방식이 보편화되어 가고 있다. 이것은 일본 사회가 맞벌이 부부로 일반화되어 있을 뿐 아니라 공동소유, 타인소유, 자기소유 등 소유 개념이 병적일 만큼 분명하며, 한가족일지라도 가족단위를 하나의 조직이나 집단으로 그리고 가족을 그 구성원으로 간주하는, 말하자면 혈연적 일체의식보다는 '가족사회'라는 의식이 강하게 존재하고 있음에서 기인한다고 보여진다.

예를 들면 생활비 중 임대료는 남편이, 생활비는 아내가, 연금보험은 각자가, 그리고 교육비 중 학비는 남편이, 용돈은 아내가 분담하는 식이다. 또한 매달 용돈의 액수가 나이에 따라, 학년에 따라 정해져 있어서 초등학생의 경우 1~2학년은 용돈이 없고, 3~4학년은 500엔 정도, 5~6학년은 500~1,000엔 정도이며, 중학생의 경우 1학년은 1,000~2,000엔, 2학년은 1,500~3,000엔, 3학년은 2,000~5,000엔 정도이고, 고등학생의 경우 5,000~1만 엔 정도가 보통이며 아르바이트를 하는 경우(아르바이트를 하는 고등학생이 상당히 많다)에는 용돈이 없다.

특히 일본의 학생들은 고등학교를 졸업하고 대학에 진학하면 한 사람의 성인으로 취급되어 스스로 용돈을 벌지 않으면 안 된다. 다시 말해서 대학생으로서 아르바이트를 하지 않는 학생은 거의 없다고 생각해도 되며, 따라서 부모로부터 용돈을 타 쓰는 것은 어디까지나 고등학교까지 뿐이다.

그러니까 고등학교를 졸업한 학생이 대학 진학 전까지 우선적으로 해결하지 않으면 안 되는 것이 바로 이 아르바이트 직장 구하기다.

마치 우리나라의 대학 4년생들이 졸업을 앞두고 취업을 위해 서로 정보를 교환해가며 여기저기 일자리를 구하러 다니는 모습을 연상할 정도다. 그렇게 많은 학생들이 모두 일할 수 있는 일자리가 있느냐고 의아해 하겠지만 일본 사회의 경우 화이트 컬러를 제외한 직장들, 즉 음식점, 편의점, 슈퍼마켓, 공사장, 주유소, 백화점, 경비원 등등 학생들의 아르바이트에 의해 운영되고 있는 직장이 대부분인 것이다.

따라서 젊은이들의 개인생활은 아르바이트 시간을 중심으로 하여 펼쳐지고 있다.

마지막으로 직장인의 한 달 용돈인데 물론 사람이나 형편, 직업에 따라 천차만별이겠으나 40~50대 직장인의 경우 3만~8만 엔(평균 4만 엔) 정도다.

내가 잘 아는 도쿄도청의 직원(계장)은 3년 전까지 3만 엔을 받아 쓰다가 최근에야 1만 엔이 올라 4만 엔을 받는다고 하였다. 만약 이 용돈을 초과할 경우에는 아내에게 차용하는 형식이 되어 다음달에

받을 용돈이 그만큼 깎이게 되며, 이것은 남편의 권위나 주도에 의하여 임의로 바뀌거나 하지 않고 회사의 봉급제만큼이나 잘 지켜지고 있다는 것이다.

특히 대부분의 가정에서는 가족 공동으로 사용할 명세, 개인 용돈으로 사용해야 할 명세 등을 가족합의에 따라 정해놓음으로써 사용처에 대한 분명한 구분을 해두고 있다. 실제로 그렇게 살지 않으면 살아갈 수 없는 것이 일본인들의 생활이다. 20년 근무한 공무원들의 평균연령은 41.4세인데 이들의 평균급여액은 약 40만 엔에 불과하며, 이 돈으로 한 가정의 모든 생활을 꾸려 나가야 하므로 절제하지 않을 수 없는 것이다. 이렇게 볼 때 한 달 용돈 4만 엔이란 한 달 급여의 1/10에 해당하는 적지 않은 액수임을 이해할 수 있을 것이다.

참고로 일본의 1만 엔은 우리나라 화폐로 환산하면 1996년의 경우 대략 7만 5,000원 정도지만, 우리나라의 물건값과 비교한 실물가격으로 따지면 대략 2만 5,000~3만 원 정도(2.5~3배)로 보면 될 것이다.

따라서 이 용돈으로 담배, 술, 회식, 점심식사, 개인적 여행, 책 구입, 약값 등을 비롯하여 경조사비 지출, 손님 접대까지 해야 하니 일본인들의 씀씀이가 작을 수밖에 없는 것이다. 따라서 이를 두고 쩨쩨하다느니 초라하다느니 하고 언급하는 것은 이러한 일본인들의 '가족사회'를 이해하지 못한 데서 기인하는 것이며 이를 언급함은 실례에 해당하므로 삼가는 게 좋을 것이다.

아니 어쩌면 오히려 우리 스스로의 무계획성·무절제성에 대한 반성이 앞서야 할 것이 아닌가 생각된다.

일본인들의 생활의 지혜

　국가는 부자이나 국민들은 가난하다. 이것이 일반적으로 우리나라 사람들에게 알려져 있는 일본에 대한 인식이며, 많은 책들과 매스컴 등에서도 곧잘 인용되고 있다. 정말 그럴까?

　이에 대하여 나는 내 자신을 한국의 중산층 가정으로 설정하고, 나의 생활과 일본인들의 생활을 비교해보면서 일본 국민들은 가난하다는 인식에 부정적인 견해를 피력하지 않을 수 없다. 즉 일본 국민들도 잘산다고 얘기하고자 하는 것이다. 여기서 '잘산다'는 것은 꼭 경제적인 여유를 의미하지 않는다. 여유로 치면 외관상으로 볼 때는 오히려 우리가 낫다는 착각을 할 때가 많다.

　'굶어 죽는 것만큼 서러운 사람 없다'는 속담처럼 질이야 어쨌든 배부를 때까지 실컷 먹는 한국인들의 음식문화가 그렇다. 아무리 살림이 어려워도 아이 기죽이기 싫어서 신발도 옷도 가방도 브랜드 상품, 거기에 너나 할 것 없이 당연시되어 있는 과외, 자가용을 가지고 있지 않으면 빈곤감을 느끼는가 하면, 술자리에 앉으면 내일은 없다는 식으로 마셔대는 호방한 기질, 스물 두세 평 아파트가 너무 좁아서 불편하다는 한국인들….

　이에 비하면 일본인들의 삶이란 쩨쩨를 넘어 가련할 정도다. 한입에 툭 털어 넣어도 시원찮을 음식도 비싸다고 단돈 10엔이라도 싼 집을 걸어걸어 찾아가는 사람들, 십수 평 되는 오두막 같은 집에 외양간 같은 살림살이, 양복에 가방 든 점잖은 체면에 자전거 타고 출퇴근하는 직장인들, 점심에 라면 먹고도 끝단위 1엔마저 각자 계산하는 가련한 일본인들.

일본 출장이나 여행에서 한국인들이 늘상 접하는 이러한 풍경들에서 국가는 부자이나 일본 국민들은 가난하다는 인식을 갖게 된 것일 게다.

그러나 이것은 바다 위에 노출되어 있는 빙산의 일부를 마치 빙산 전체의 크기인 양 얘기하는 것과 다를 바 없다는 것을 강조하고 싶다. 외형적으로만 간단히 얘기해서 우리나라의 1인당 국민소득이 이제 1만 달러 시대에 돌입한 반면, 일본은 3만 3,000달러 — 도쿄도민의 경우 4만 3,000달러 — 로서 우리나라의 3배에 이른다. 물론 생활의 풍요, 안정, 행복감 등 생활의 질 자체가 수치적으로 3배에 이른다기보다는 국가와 사회 전체의 안정, 인프라 시설, 편익 서비스, 문화, 복지 수혜 등등의 외부적 요소를 감안한 국민생활의 총체적 안정과 여유라는 관점에서 보면 그만한 가치가 있다는 것이며, 그래서 곧잘 국민들의 생활수준 비교에 1인당 국민소득이 인용되곤 한다.

그러나 이러한 외형적인 부(富)의 비교보다도 우리가 피부로 느낄 수 있도록 일본인들의 내면적인 생활양식을 통해 알아보는 것이 보다 현실적일 것이다.

우선 첫째로는 무엇보다도 물가가 안정되어 있어 생각하면 너무 적은 봉급으로도 규모 있게 살아갈 수 있고 소비생활에 대해 심리적으로 안정되어 있다는 것이다. 따라서 오르기 전에 미리 사두어야 하는 가소비나, 갑작스레 생필품 가격이나 공공요금이 올라 예상 외로 생활비가 많이 든다거나 하는 일이 없다.

11년 전인 1986년도의 생필품 가격과 현재의 가격을 비교해보면 금방 알 수 있다. 예를 들면 마가린 450g 342→220엔, 간장 1l 345→380엔, 오이 1kg 436→506엔, 두부 100g 26→33엔, 우유 1l 207→212엔, 국산 쇠고기 600→530엔, 닭고기 100g 110→87엔, 달걀 10개 225→177엔, 티슈 1상자 141→146엔, 등유 18l 1,153→901엔, 프로판가스 15m³ 7,247→7,361엔, 가솔린 1l 129→114엔 등 전체적으로 큰 변화가 없으며 오히려 값이 내려간 품목들도 많음을 알 수 있다.

두번째로 일본인들의 생활양식, 생활방식, 생활사고가 근본적으로 검소하며 절약이 몸에 배어 있어 적은 봉급, 궁핍한 가운데서도 남의 돈을 빌리지 않고 저축하면서 가정 생활을 영위해 가고 있다는 것이다.

스스로 검소하고 절약하지 않으면 사회, 직장, 가정 생활에 적응할 수 없게 되어 있으며, 또 대부분의 사람들이 그렇게 하고 있기 때문에 검소하고 절약함에 불편함을 느끼지 않는다. 봉급에 여유가 없는 부분은 첫째, 부부간의 맞벌이, 둘째, 가족들의 용돈 씀씀이의 엄정한 룰, 셋째, 자녀 고교졸업 이후의 경제적 독립 등 가족들간의 역할 분담에 의해 구조적 결손의 공백을 메우고, 나머지는 숙련된 소비생활의 지혜를 통하여 절약과 저축을 한다.

역할분담도 우리나라의 현실과는 다른 점이겠으나 소비생활의 관점 역시 다른 측면이 많다. 이를테면 물건을 한꺼번에 많이 사지 않는다, 음식을 많이 시키지 않는다, 남기지 않는다, 술값이나 회식 횟수를 줄인다, 택시를 타지 않고 버스나 지하철을 이용한다는 등등의 단순 사례적인 절약이 아니라, 소비생활의 모든 행위를 금전으로 환산하여 경제성과 득실을 따져보고 행동하는 체질적 절약인 것이다.

따라서 한국인들의 80원과 동일 환율인 일본인들의 10엔에 대한 양국민의 감각의 차이는 꽤 큰 것 같다. 금액의 대소라는 관점이 아니라 '이익과 손해'라는 관점이다. 한국인들은 80원 '쯤이야' 작은 돈이니 귀찮아서라도 대수롭지 않게 생각하는 반면, 일본인들은 10엔분 싸게 샀다면 이익을 본 것이고 비싸게 샀다면 손해를 본 것이라고 생각한다. 만일 손해를 보았다면 자신의 실수로 낭비를 했다고 스스로를 반성하며 다시는 그 집, 그 물건을 사지 않고, 몇 분이 더 걸리더라도 다른 가게로 간다.

직장인들의 회식도 그렇다. 우선 모르는 가게에는 들어가지 않으며, 가게마다의 비용, 분위기, 질을 비교하되 각 가게마다 부수적으로 제공되는 특전 즉 맥주 한 잔 무료 서비스 티켓 또는 단체할인 서비스 등을 매우 중요시한다.

옷가지나 가구 등 가정의 비품 역시 한국인들은 한번 집 정리를 했다하면 '과감하게' 버리는 데 반해, 일본인들은 도무지 버리지를 않고 계속 챙겨둔다. 그래서 일본인에게 초대받아 집에 가보면 이곳저곳에 쌓아 올리고 흐트러진 가재도구들 때문에 다리 펴고 앉을 공간이 옹색할 만큼 엉망진창이다. 한번 샀으면 몇 년간 다시 쓸 일이 없을 것 같은 별볼일 없는 물건들도 재산인 것이다.

또한 전철역 두세 정거장 정도야 당연히 자전거지, 자가용이나 전철을 이용함으로써 '아까운' 돈을 쓸데없이 소비하지 않는다. 국민 1.7인당 1대꼴로 자전거를 소유하고 있으나 노약자, 유아들을 제외하면 1인당 1대꼴인 셈이며, 경제생활 관점에서도 의외로 큰 역할을 하는, 일본인들의 일상생활에서 빼놓을 수 없는 편리한 도구다.

그러나 가장 큰 특징은 역시 한국인들의 눈에는 일본인들이 매우 검소한 생활을 하고 있다고 비쳐지고 있지만, 정작 일본인들 스스로는 전혀 의도적이지 않고 그저 모두들 그렇게 살아가고 있는 평범한 일상생활인 것뿐이라는 것일 게다.

세번째는 계획을 세워 생활한다는 것이다. 계획에 따라 예정된 행사 즉 레저, 여행, 생일 파티 등과 같은 가정 내외에서 행해지는 행사를 대비하여 미리 조금씩 적립해 나간다. 기분 내키는 대로 외식을 하거나 여행을 하거나 하지 않으며 이러한 경우는 자신에게 주어진 용돈의 범위 내에서 처리하여야 한다. 따라서 갑작스런 지출, 예상치 않은 낭비가 없다.

말하자면 '예측 가능한' 경제활동을 하는 사람들이다.

노후생활에 대비한 연금저축, 화재 등 불의의 사고에 대비한 보험, 자녀가 태어날 때부터 고등학교를 졸업할 때까지 각종 예방주사, 건강상태, 병원경력 등을 기록하는 건강수첩, 가계부 그리고 모든 생활기록부등은 가정의 대소를 막론하고 예측 가능한 경제활동을 하게 하는 필수항목이자 공통적인 생활양식이다. 그래서 이들은 노후에도 변함 없이 자립할 수 있는 것이다.

계획생활을 하는 가장 큰 이점은 역시 '무리수'가 없다는 것일 게다. 일본인들의 사고, 계획, 행동의 시점과 종점은 수입의 범위 내에서 이루어지고 있는 것이다.

그렇다면 일본인들의 문화, 여가생활은 어떠한가. 아시다시피 일본은 전국이 온천장이고 관광지라 해도 과언이 아니다. 사면이 바다인

데다 수천 개의 섬, 국토의 70%가 산이며 산에 가면 깨끗하고 맑은 물이 안 흐르는 계곡이 없고, 수백 개소의 스키장, 2천 곳이 넘는 골프장, 땅을 파면 온천, 도시 내는 고궁, 거기에 온화한 기후 조건 등.

일본은 실로 천혜의 관광조건을 갖추고 있으며 일본인들은 그들의 국토를 오밀조밀하고 아름답게 잘 가꾸어 온 것이다. 따라서 이들은 봄에는 벚꽃, 여름엔 바다, 가을엔 산, 겨울엔 온천과 스키를 즐긴다.

물론 다 그렇다는 것은 결코 아니다. 일본의 물가 중 가장 비싼 것이 교통비와 숙박비기 때문에 철마다 여행을 할 수 있는 형편은 더욱 못 된다. 그러나 이러한 수많은 관광지들이 제철이 되면 가고 싶어도 기차표, 여관방이 동이나 예약조차 할 수 없다. 해외여행 출국자수가 제일 많은 나라 역시 단연 일본이다.

일본 역시 빈부의 차이는 우리나라만큼은 아니더라도 꽤 심한 편이어서 수백 평이 넘는 골프장 같은 정원, 야외 풀장, 몇 대나 되는 고급 승용차, 수입 통나무로 지은 그림 같은 호화저택, 그리고 하와이·사이판 등지의 휴양지에 별장을 두고 사는 사람들이 부지기수인 반면, 가난에 시달리다 굶어죽는 사람들도 간혹 매스컴에 오르내리곤 한다.

그러나 농촌과 도시의 소득 수준차, 일반인들의 일상생활 패턴, 레저, 여가생활의 빈도, 양태 등을 관찰해보면 일본인들은 빈곤 속의 풍요를 구가하고 있다는 결론이다. 즉 일본인들이 가난하다 함은 일본 경제가 세계에서 차지하는 비중과 비교한 상대적 빈곤감이라고 생각된다.

수입의 범위 내에서 체질적인 절약과 예측 가능한 경제생활을 통하여 지혜롭게 살아가고 있는 일본인들이다. 그렇게 살지 않으면 살아 남을 수도 없는 사회이기도 하다.

일본인들의 장사법 — 이렇게 손님을 끈다

　일본인들의 상술은 세계적으로 정평이 나 있다. 품질은 물론이려니와 애프터서비스 역시 불평은커녕 자기 회사 제품이 빨리 고장 난 것에 죄송한 마음, 사과하는 마음을 가지고 손님을 대한다.

　그러한 마음가짐이 손님의 눈에 '보이기' 때문에 불량품에 항의할 필요도 없고 미안해 할 필요도 없어 매우 편하다.

　언젠가 둘째아이에게 CD플레이어를 사주었는데 3개월쯤 가지고 다니다가 땅에 떨어뜨려 덮개가 깨져서 수리를 부탁하기 위해 보증서와 함께 가져갔더니 두말 없이 새것으로 바꾸어 주는 것이다. 부주의에 의한 파손이었기 때문에 수리비를 염두에 두고 있던 터라 매우 득을 봤다는 기분이었다.

　우리 사무실 직원도 새 자전거를 사서 7개월쯤 사용했는데 페달의 기어 부분이 망가져 수리를 맡기려 갔더니 다른 새 자전거로 바꾸어 주었다. 사무실 비품인 카메라의 줌 렌즈가 작동되지 않는다고 하니 새 카메라를 선뜻 내 주었다. 하물며 산 옷이 작아 다른 옷으로 바꾼다거나, 제품에 상처가 있다거나 하는 것 정도야 얼마든지 오케이다.

　자동차 검사를 받은 지 8개월 된 중고 자동차가 시동이 걸리지 않아 전화를 했더니 직원 두 명이 와서 1시간 가량 고쳐주고 돌아가면서 하는 말은 "대단히 죄송했습니다"였다. 한겨울에 음지에서 덜덜 떨면서 수리를 해주었기 때문에 출장비 꽤나 달라겠구나 싶었는데 말이다. 그래서 수고비라고 3,000엔을 건넸더니 천부당만부당하다는

것이다. 직원들이 돌아간 1시간쯤 뒤에 공장에서 또 전화가 걸려왔
다. 확인전화이자 사과전화였다.

이쯤되면 신뢰감이 생기지 않을 수 없을 것이다. 말 그대로 손님은
왕인 것이다.

손님 당사자는 물론이고 그 손님이 주위 사람들에게 불평을 퍼뜨
리지 않도록, 오히려 선전을 해주도록 하는 데 큰 신경을 쓰는 소위
'성심 성의껏 전략' 이요, 손님의 가슴 파고들기, 마음 빼내오기 공략
법이기도 하다.

백화점의 장사수법도 재미있다. 우리나라에서도 일반화되어 있는
회원제·카드제(5~10% 가격할인) 외에 각 점포별로 1,000엔어치
구매하면 스탬프 한 장을 주고, 스탬프가 30장 모아지면 물건값에서
1,500엔을 제하여 준다. 어떤 백화점은 추첨 코너를 별도로 설치해
놓고 스탬프 10장당 1회씩 추첨토록 하여 등수에 따라 상품을 주기
도 한다.

요도바시〔淀橋〕 카메라라는 전자제품 가게에서는 '7% 환원' 이라는
자기 가게 나름의 카드를 만들어서 물건을 살 때마다 물건값의 7%
씩 카드에 적립되게 한다.

물론 물건값에서 제하여도 되지만 계속 적립시켜 나중에 적립금만
가지고도 물건을 살 수 있다. 시세이도〔資生堂〕 화장품 가게에서는
카드 할인 외에도 고객 카드를 만들어 물건을 살 때마다 구매 내역
을 적어 놓았다가 실적에 따라 1년에 두 차례씩 몇 점의 화장품을
선물로 우송해준다.

TV 통신판매 회사에서는 실적이 있는 고객에게 골드카드와 상품

책자나 화보를 우송해주고는 정해진 기간중에 구매할 경우의 특전에 대하여 구미 당기는 선전을 한다.

생일을 맞은 고객 또는 진학을 하는 학생들에게는 축하 전문과 함께 특별할인권이나 금액으로 표시한 상품권이 날아든다.

술집이나 음식점 역시 예외는 아니다. 우리 사무실 1층에 있는 '安樂亭'이라는 음식점은, 본점 사장이 한국인으로서 일본 전국에 200여 개의 체인점을 가지고 있는데, 매번 식사 때마다 많이 먹든 적게 먹든 간에 일단 식사 손님에게는 1인당 티켓 1매씩을 준다. 이 티켓은 세 종류로 구성되어 있는데 한 종류는 생맥주 500cc 무료권, 또 한 종류는 불갈비 1인분 780엔짜리를 630엔으로 할인해주는 할인권, 나머지 한 종류는 2,500엔짜리 2~3인분 로스 불고기를 2,000엔으로 할인해주는 할인권이다.

우리에게 제일 반가웠던 것은 생맥주 무료권이었다. 그래서 티켓을 얻기 위해 점심에는 이 음식점을 곧잘 이용했었다.

신주쿠〔新宿〕 역사와 한 건물 건너 붙어 있는 오오쇼〔王將〕라는 대중주점에서는 다른 곳과 유사한 할인권은 물론이지만 손님이 뜸한 토·일요일 등 공휴일에 손님 확보를 위하여 모든 술과 음식값을 반액으로 제공하고 있으며, 평일에도 저녁 7시 전까지는 단돈 1,000엔에 무제한으로 술을 주문하여 마실 수 있도록 서비스하고 있다.

문방구점도 장난감가게도 마찬가지여서 어린아이들로 하여금 스탬프 욕심 때문에 가게를 바꾸지 않고 꼭 그 가게만을 고집하게 만든다. 약국도 서점도 의류점도 수법들은 비슷하다.

장사하는 사람이 밑지고 파는 법이 있겠는가. 손님을 어떻게 유혹하고, 어떻게 발목을 확실하게 붙들어 매놓을 수 있을 것인가. 물건의 질이야 이 집이나 저 집이나 비슷할 터이니 장사의 성공여부는 오로지 고객 유혹 전략에 달려 있는 것이다. 어쩌면 일본인들의 친절과 인사성은 상인들의 장사수법으로부터 비롯된 것인지도 모른다.

　비약하면 일본 국민들은 모두 장사꾼, 그래서 일본인들을 일컬어 '이코노믹 애니멀'이라고 한다. 경제대국 일본은 이렇게 이루어진 것이다.

버르장머리 없는 매너

우리나라의 술자리 예의는 꽤 까다롭기로 유명하다. 술버릇이 나쁜 사람과는 상종을 안 한다는 말이 있듯이 술자리에서 한 번 실수하면 그것은 돌이킬 수 없는 과오가 되기도 한다. 술을 마시게 되면 누구나 실수할 수 있는 일이기 때문에 괜찮다는 사람도 있으나, '취중(醉中) 진담(眞談)'이라고 술 마시면서 내뱉는 말이나 행동이 그 사람의 진짜 속마음의 표출이라고 생각하는 사람도 많다.

특히 우리나라 사람들만큼 술을 많이 마시고 술자리가 많은 국민들도 드물기 때문에 술자리에서의 예의를 매우 중요시하는 것도 무리는 아니리라 생각된다.

예를 들면 윗사람 또는 연장자에게 술을 권하고 받을 때는 반드시 두 손이어야 한다든가, 술을 마실 때는 정면으로부터 옆으로 고개를 돌려 마셔야 한다든가, 술잔에 술이 남아 있는데도 거기다가 술을 다시 붓는 소위 첨잔은 삼가야 한다든가, 술을 권해 받으면 바로 잔을 탁자 위에 놓지 않고 살짝이라도 잔을 입에 댄 다음 내려놓는다든가, 아무리 술을 못 마셔도 첫잔은 조금 받아두어야 한다든가 하는 것들이 술자리에서의 일반적인 예의로 되어 있는 것이다.

이러한 예의에서 조금만 벗어나도 술버릇이 없는 사람이라고 얘기를 들을 만큼 엄한 편이다.

이에 비하면 일본인들의 술 매너는 매우 자유스럽다. 아니 어쩌면 우리나라 사람들 입장에서만 본다면 세상에 버르장머리 없는 게 일본인들의 술 매너다.

도대체 같은 문화권의 동양인들간에 어쩌면 이리도 매너가 다른 것인지 놀라울 정도다.

한 손으로 술 따르기

우선 '두 손'이라는 게 없다. 상대의 지위나 연령에 관계없이 한 손으로 술을 권하고 받는다는 것이다. 내가 두 손으로 권하고 두 손으로 받아도 한 손으로 받고 한 손으로 권하니 — 그것도 나보다 십여 세나 아래인 젊은 사람이 — 처음에는 그가 나를 무시하고 있다거나 그의 술버릇이 한참 잘못됐구나 하고 오해하기도 했으며, 이것이 일본인들의 관습이라는 것을 나중에 알고 난 후에도 한참 동안은 술 마실때면 신경이 쓰였던 부분이다.

입사한 지 불과 한 달도 되지 않은 20세 초반의 신입사원이 자기 회사 사장에게 술을 권할 때도 한 손이다.

어디 그뿐인가. 한 손도 썩 기분이 좋지 않은 터에 오른쪽에 앉은 젊은 친구가 왼손 한 손에 술병을 들고 손바닥을 위로 하여 권하는 술을 한번 받아보라. 한국 사람이라면 당장에 비싼 돈 주고 얼큰히 마셨던 술이 번쩍 깨고 말 것이다. 이게 보통이다. 자기 말고는 어느 누구도 신경을 쓰지 않으며 또 자기네들도 그렇게 한다.

일본의 여성들은 어떤가. 양손으로 술을 따르고 받는 사람들이 더 많은 것 같긴 하지만 요즈음은 여성들도 한 손이 유행이다. 남녀 평등사고는 술집에도 번지고 있는 것이다.

하여튼 일본인들과 술자리를 하게 되면 한 손으로 주고받는 습관을 이해하여야 한다. 두 손으로 술을 따르도록 강요함은 별로 효과가 없을 뿐더러 술맛 가시게 하는 소리가 될 수 있기 때문에 삼가는 게 좋을 성싶다. 그렇다고 상대가 계속 한 손인데 이쪽만 계속 양손으로 상대함은 솔직히 자존심이 용납하지 않을 것이므로 상대와 보조를 맞추어 한 손으로 대응하는 것이 무방할 것이다.

소매끝이 술에 닿는 것을 방지하기 위해 두 손으로 술을 권했던 옛날과는 달리 지금은 그럴 염려가 없기 때문에 두 손은 불필요한 동작이라는 이들의 사고는 역시 일본인답다는 생각이다.

고개를 돌려 마시면 실례

일본인들의 한 손 술은 우리 기분에 안 맞는 습관이지만 우리 관습이 일본인들에게 안 맞는 것이 있다. 아니 안 맞는 정도가 아니라 기분을 상하게까지 하는 이 관습이란 바로 고개 돌려 마시는 관습인 것이다.

일본인들에게 있어서 유일한 주법이 있다면 그것은 술을 권해주는 사람에 대한 감사의 표시로 상대를 정면으로 하여 마신다는 것이다.

윗사람과 술을 마실 때 감히 실례가 된다 하여 고개를 돌려 마시는 것이 주법으로 되어 있는 우리의 엄한 관습과는 정반대인 것이다. 유학시절 때 경험한 것인데, 교수들과 술을 마신 — 우리 주법대로 — 그 다음날 조교가 내게 다가와서는 어제 왜 고개를 돌려서 술을 마셨느냐, 혹시 술자리에서 기분 나쁜 일이라도 있었느냐고 질문을 한 적이 있다.

그 후부터는 나도 상대가 일본인일 경우에는 아무리 윗사람이라 하더라도 당당히 정면 대작으로 술을 마시고 있다.

사실 고개를 돌려 마시는가, 그렇지 않은가로 예의가 있다, 없다를 평가하는 것은 나 자신 스스로도 의문시하고 있는 점이다. 술은 자유스러운 분위기에서 즐겁게 마시자는 것인데 고개를 돌려서까지 마시는 술이란 즐거움보다는 윗사람과 아랫사람을 구분하는 엄하고 무거운 분위기가 연상될 뿐이며, 상대에 대한 예의와 존경심이란 고개를 돌리고 안 돌리고의 문제가 아니지 않는가 하는 생각이 들어서다. 그러나 관습이란 미덕일 수도 있으니 이 점에 대하여는 이 정도로 해두기로 하되, 일본인 — 여타의 외국인도 마찬가지 — 과 술자리를 함께 할 때는 비록 연장자나 직위가 높은 사람일지라도 고개를 돌리지 않고 즐거운 얼굴로 마주 대하는 것이 하나의 상식이다.

첨잔이 미덕인 술자리

다음은 첨잔인데 이 또한 모르면 당혹스럽고 알고 나면 재미있다.

첨잔이 일본인들의 술자리에서의 기본적인 관습이라는 것은 이미 우리나라에서도 꽤 알려져 있는 사실로서 별난 것은 아니다.

그러나 이것이 일본인들의 술에 관한 '미덕(美德)'이라는 사실을 아는 사람은 그리 많지 않을 것이다. 상대방의 빈 잔을 방관하여 두어 보는 것은 상대에 대한 무례이자 무관심이며, 빈 잔을 자주 당하는 자는 그 술자리를 매우 어색해 할 것이 틀림없다.

그래서 일본인들은 그리하지 않고 또 그리 당하지 않기 위해 부지런히 상대의 잔에 술을 기울인다. 심지어는 술잔을 입에만 대도 술을 채우는 것이다. 그러니까 일본인과 술을 마실 때는 부지런히 첨잔을 해 주는 것이 센스다.

한 가지 주의해두지 않으면 아니될 사항은 이렇게 첨잔으로 마시다 보니 주량을 헤아리지 못하게 된다는 것이다. 우리처럼 잔을 깨끗이 비운 다음에 잔을 채우게 되면 몇 잔 마셨다, 몇 병 마셨다는 감이 잡히는데 이 첨잔은 도무지 감을 잡을 수 없다. 한국의 주당들이 일본에 오면 맥을 못 추는 것은 바로 이 첨잔에 녹아나기 때문이다.

첨잔으로 부지런히 권하기는 하되 받을 때는 주량 합산에 신경을 써야 할지도 모른다. 예를 들면 잔이 가득 차 있을 때는 첨잔 공격이 불가능한 것이므로 현명한 전술이 될 수 있을 것이다.

당당하게 술 따르는 일본 여성들

일본 여성들이 술자리에서 남성에게 술 따르는 풍경을 본 한국 사람들은 무척 의아해 한다. 마치 그 여성의 전직을 의심하는 듯한 눈초리를 하고 수군대는 것이다.

지금도 우리는 유부녀가 자기 남편 외의 남성들에게 술을 따르는 것을 천박시하여 금기하고 있으며 이를 유부녀가 지켜야 할 덕목으로 치고 있다. 이것은 유부녀뿐 아니라 직장 여성 또는 일반 여성들에게도 해당된다.

그러나 일본의 경우는 여성이 술을 따르는 행위에 대하여 전혀 특별한 의미나 차별적 사고를 갖고 있지 않다. 따라서 직장 동료들과의 술좌석에서 여직원이 남자직원 또는 상사에게 술을 따르는 것은 지극히 의례적이고 당연한 일이며, 가족 단위 모임에서 자기의 아내가 남의 남편에게 술 따르는 행위도 마찬가지다.

담배 역시 마찬가지로 여성이 담배를 피운다 하여 버릇 없다든가 교양이 없다는 식으로는 생각지 않는다. 우리나라의 여성들처럼 담배를 피울 때 탁자 밑으로 숨기면서 상대의 눈치를 보아가며 피우거나 화장실에 가서 몰래 피우는 따위의 행동은 하지 않는다.

도쿄도청의 휴게실도 담배를 피우는 여직원들로 항상 붐빈다. 식당이나 다방, 휴게장소, 심지어는 길거리에서도 태연스럽게 담배를 피우며 거니는 여성들을 발견하는 것은 어렵지 않다. 나 역시 스스로가 하루 2갑씩 담배를 피워대는 골초이면서도 여성들이 담배를 피우는 것에 대하여는 약간의 편견을 가지고 있었으나 이젠 전혀 그렇지 않다.

대체적으로 남자는 피워도 되고 여자는 피우면 안 된다는 사고나 행위가 우리나라에는 아직도 많이 존재하고 있다. 그래서는 남녀 평등은 이루어질 수 없다. 여자건 남자건 다 같은 사람이지 않는가.

술잔 돌리는 사람은 비문화인

'술은 주고받아야 하고 잔은 돌려야 제맛'이라는 다분히 감상적인 우리와는 달리 술잔 돌리는 것을 — 대단히 — 비위생적이며 후진적 행위로 단정하는 것이 일본인들의 사고다.

위생과 관련하는 한 일본인들은 꽤 예민하다. 목욕문화, 음식문화, 손씻는 습관 등도 그렇고 어떤 식당, 어떤 술집에 가더라도 깨끗하고 정갈스럽다. 그래서 평균수명(여 87세, 남 80세)이 세계에서 제일 긴 지는 모르겠지만….

한국인들의 술 습관을 알고 있는 일본인들은 한국 사람들이 자기가 마신 술잔을 내밀면 '또 시작이군' 하고 생각한다. 이것은 나의 추리가 아니라 어느 일본 작가가 우리나라의 술 문화를 비꼬아 쓴 책에서 읽은 것이기 때문에 빗나간 말은 아닐 것이다.

이 작가는 한국의 음식문화에 대하여도 위생적 관점에서 비판적인 시각을 갖고 있다. 예를 들면 큼지막한 된장찌개 그릇을 작은 그릇에 각자 분배해서 따로따로 먹지 않고 자기가 먹던 숟가락을 집어넣어 다 같이 떠 먹는 풍경을 매우 불결한 것으로 표현하고 있다.

숟가락에는 그 사람의 침과 밥풀이 붙어 있고 이것을 집어넣으면 침과 밥풀이 국물에 풀어질 수도 있으니 남의 침과 밥풀을 어떻게 떠 먹을 수 있겠느냐, 바로 눈앞에서 입에 집어넣은 침 묻은 티스푼 으로 커피잔을 저어서 건넨다면 마시겠느냐는 것이다. 혹 물김치를 숟가락으로 떠 먹다 보면 마지막에 침액과 밥풀이 가라앉아 있는 것을 보게 되는데 아무리 가족간이라도 좀 꺼림칙한 기분이 드는 것은 사실이다.

침 정도는 서로 섞어서 마실 정도는 되야 정(情)이라는 것이 우리의 오랜 관습이긴 하나, 점차 시대도 바뀌고 위생관념도 변하고 있으니 개선되어야 할 것은 개선되어야 한다고 생각된다.

서로 돌려 마신 술잔으로 B형 간염에 전염되어 이것이 간경화, 간암으로 발전되고 목숨을 잃는 사람들도 있다지 않은가.

폭탄주의 위력

맥주 잔에 맥주를 붓고 거기에 양주를 채운 양주잔을 집어넣어 마시는 술을 원자폭탄주라 하고 반대로 맥주 잔에 양주를 붓고 거기에 맥주를 채운 양주잔을 집어넣어 마시는 술을 수소폭탄주라 하며, 이 원자폭탄주와 수소폭탄주를 통칭하여 폭탄주라 일컫는다.

폭탄주는 마셨다 하면 천하의 주당이라도 몇 분 내에 취하게 만드는, 좋게 말하면 돈 적게 들이고 빨리 취하는 경제성이 매우 높은(?) 기발한 하모니인 것이다. 나도 한창 때는 폭탄주로 기개를 자랑했던 경력이 있는 터라 이 위력에 대하여는 누구보다도 박사일지 모른다.

하여튼 이것이 일약 세계적으로 유명해져 '한국인들' 하면 폭탄주를 연상하는 외국인들 특히 외국 바이어들이 생각보다 많이 있다.

한 곳에서 끝장을 보는 우리와 달리 일본에서는 여러 곳을 전전하며 몇 차 마셨다는 것을 자랑으로 생각한다. 또한 술도 처음에는 대부분이 맥주로 시작하여 정종, 소주 그리고 양주에 이르기까지 이른바 짬뽕을 예사로 한다. 그러니까 폭탄주의 위력을 모르는 일본인이라면 맥주와 양주의 짬뽕이 크게 이상할 것도 없고 오히려 재미있어 할지 모른다.

"아, 그것 참 재미있는 하모니군요."

"그렇게 마시면 더 맛이 돋워질까요?"

"아, 그렇게 마시는 법도 있군요. 한수 배우겠습니다."

"이름이 무시무시하군요. 작은 잔(양주)을 넣을 때 거품이 솟아나기 때문에 폭탄이라 하는가 보군요."

이와 같은 정도니 이런 말을 듣고 있으면 되레 이쪽에서 재미가 몽글몽글 솟아난다. 원자폭탄은 히로시마나 나가사키에서 경험했을 터이니 이번에는 수소폭탄을 한번 맛보여야 겠다고 마음먹고 원샷을 연호하며 잔을 돌리면서 꿀꺽꿀꺽 마시게 한 후 신나게 박수를 친다. 그러나 수소폭탄은 역시 수소폭탄인 게다. 멀쩡했던 사람들이 혀가 꼬부라지고 눈동자가 흐려지면서 한 명씩 소파에 드러눕기 시작한다.

"아! 이 술 참 독하군요."

"그러게 뭐랬어요. 수소폭탄이랬지요. 미국, 소련에만 있는 게 아니라구요. 한국에도 원자폭탄, 수소폭탄 얼마든지 있다구요. 하하하!"

이렇게 폭탄주를 경험한 일본인들은 한국 사람들을 겁낸다. 분위기 때문에 빠질 수도 없고 마셨다 하면 갈 것을 각오해야 하기 때문에 이러지도 저러지도 못한다는 것이다. 어떤 이는 술집에 들어가기 전에 미리 폭탄주는 사양하겠다는 약속을 받고 들어가는 사람들도 있다. 한국으로 여행이나 출장 가는 사람들에게도 폭탄주를 조심하라는 말을 잊지 않는다.

그러면서도 자기가 경험한 폭탄주에 대하여는 누구에게나 자랑스럽게 얘기한다.

"한국에는 말야, 폭탄주라는 게 있는데, 이게 말야, 진짜 폭탄이야. 안 맞아보면 몰라. 하여튼 최고로 대단한 위력이야. 난 수소폭탄을 창자 속에 맞고도 살아 남았다구."

대중주점 이자카야의 박한 인심

일본의 술집들은 크게 네 가지로 분류된다.

첫째는 음식점(어느 음식점에서건 술을 판다)과 레스토랑, 둘째는 일반 대중적인 술집인 이자카야(居酒屋), 셋째는 클럽이나 바, 그리고 마지막으로 룸살롱과 요정이 그것이다. 일반적으로 한잔하러 가자고 하면 이자카야와 클럽이다.

이자카야에는 꽤 여러 종류가 있다. 손님 대여섯이 들어가면 만원이 되는 우리나라의 횟집 비슷한 음식점에서부터 수백 명을 맞을 수 있는 대형 이자카야도 있다. 요즈음에는 일반 음식점이나 제법 격식 있는 요리집에서도 불황 탓인지 이자카야라는 간판 대용의 초롱(빨강색의 초롱에 '居酒屋'이라 써서 매담)을 달아 주객을 유치하고 있다. 어느 술집에서나 손님이 좌석에 앉자마자 메뉴표를 제시하는데 이 메뉴란 게 놀랍다.

아무리 규모가 작은 — 5~6인으로 만원이 되는 — 술집이라 하더라도 음식의 종류는 30여 가지 이상이며, 웬만한 규모의 술집이면 훨씬 더 많다. 술의 종류도 맥주, 정종, 양주, 와인, 칵테일 등 수십여 종이나 되니 우리와 같은 외국인들 특히 세트로 주문받는 우리나라의 음식습관에서는 메뉴를 선택하기가 매우 어렵다. 이 음식들의 값은 장소에 따라 약간의 차이가 있긴 하나 대략 비슷하며 세일 기간(술집에 따라 기간을 정하여 30~60% 세일을 함)을 이용하면 매우 유리하다. 또 길거리에서 선전용으로 나누어주는 할인권 또는 서비스권을 지참하면 그만큼 이익이므로 버리지 않고 서랍 속이나 가방 속에 차곡차곡 모아둔다. 분명한 것은 이자카야 술집에 들어가서 바가지를 쓸 염려는 없다는 것이다.

왜냐하면 별로 차이가 나지 않는 음식값, 술값이지만 서비스 수준은 대략 비슷하므로 일본인들은 단돈 몇십 엔이라도 싼 집을 일부러 찾아 가기 때문에 바가지를 씌울 수도 없고, 또 자기네 주점의 이미지를 치명적으로 깎아 내린다는 것을 모두 잘 알고 있기 때문이다.

음식(안주)값은 한 품목당 대략 300엔부터 500~600엔 사이가 주를 이루고 있다.

철저한 주문식단제이기 때문에 나무젓가락, 간장, 소금 그리고 맹물 이외에는 모두 돈이다. 참고로 깍두기 대여섯 개 담은 한 사발 또는 희멀건 김치가 반에 반 주먹 정도 그리고 상추 이파리 10장 정도가 300~400엔 정도로서 우리나라 돈으로 약 3,000원이나 한다.

그러니까 일본에 와서 식사를 하거나 술을 마시다 보면 우리나라가 그리워지는 것은 당연한지도 모른다.

시뻘건 김치를 철철 넘치게 담아 몇 사발이건 공짜로 내주고, 상추 몇 다발에 생마늘 댓 주먹, 된장 한 통이라도 거저 밑반찬으로 대령하는 우리나라의 후한 인심을 생각하면 한숨이 절로 난다. 상추 이파리 10장을 놓고 서너 사람이 어떻게 나누어 먹어야 하며 깍두기 대여섯 개는 어찌할 것인가. 결국 한 이파리를 반으로 찢고, 한 덩어리는 두세 번으로 나눠서 아껴 먹게 마련이니 비싼 돈 내고 음식 먹으면서 애달파지지 않을 수 없는 것이다.

그래서 이들은 음식을 남기지 않는다. (남길 것도 없지만서도)어느 테일블에서건 자리를 일어설 때 보면 사발들이 깨끗이 비워져 있다. 음식 쓰레기가 적은 것은 이 때문이다. 국가적으로는 주문식단제가 매우 경제적이라는 생각이 든다. 국민들의 절약정신도 이 음식문화(주문식단)에서 출발하고 있는지 모른다는 생각이다.

음식값이 이렇게 비싸니 가장 먹고 싶은 음식만을 조금 부족하다 싶을 만치 필요한 양만 주문하여 깨끗이 비워 자원절약, 에너지 절약, 쓰레기 감량에다 자기 음식 자기가 먹으니 위생적일 것이다.

이에 비하여 우리는 낭비적인 측면과 음식물 쓰레기 줄이기 차원에서 부터 모두 각성하고, 큰 변화가 오지 않으면 안 될 것이다. 정갈스러우나 비싸고 빈약한 것이 일본의 대중음식점이라면 풍성하고 인심 후하나 낭비 많은 것이 한국의 음식점이라고나 할까.

주인이 가족과 함께 직접 경영하는 극히 소규모의 술집을 제외하고는 대부분은 아르바이트제로 운영되고 있는 점이 우리나라와 또 다른 풍경이다.

또한 일본은 주 2일 휴무제이므로 금요일 저녁에는 손님들이 밖에서 또는 입구에 비치한 의자에 앉아 줄지어 기다리는 모습을 많이 볼 수 있는데, 이것은 일본인들이 대략 최대 2시간을 한도로 하여 술자리를 마치는 것을 습관이자 매너처럼 지키고 있어 순환이 빠르기 때문이다.

우리나라 사람들이라면 쌔고 쌘 술집들 놔두고 술집 안에서 차례를 기다리는 건 청승맞다고 생각할 것이다.

하기야 한번 앉았다 하면 술집 문이 닫힐 때까지 자리에서 끝을 보고야 마는 성미니 기다려서 될 일이 아닐지도 모른다.

클럽의 접대부와 손님

일본의 클럽이라 하면 아마도 우리나라의 고급 단란주점에 해당하지 않는가 한다. 다만 일본의 클럽은 수명에서 수십 명의 젊은 여성들이 접대를 하고 있는 점이 단란주점과는 다르다.

우리나라의 단란주점이 지하에 많은 것에 비해 일본의 클럽들은 대부분이 건물의 2층 이상에 자리하고 있다. 또 환락가에는 7~8층짜리 한 건물 전체가 음식점과 클럽이나 바 등의 술집으로 채워진 곳들이 많은 것도 특징이다.

이러한 클럽 중에는 우리 한국 사람이 한국 여성들을 고용하여 경영하는 곳도 많다. 신주쿠[新宿]만 해도 300개에 달하며 아카사카[赤坂]나 롯폰기[六本木] 등지에도 부지기수다.

이렇게 한국 술집들이 밀집한 곳은 코리아 타운이라고 불릴 만큼 간판들이 한국어로 붙어 있어 코리안 파워가 느껴져 때로는 흐뭇해지기도 한다. 간단히 말해서 그만큼 한국 사람들이 많이 찾아온다는 얘기며, 지금 한창 문제가 되고 있는 경제가 어렵다느니 관광수지가 적자니 하는 것도 이와 무관하지는 않을 것으로 믿는다.

일본 클럽의 특징은 접대하는 여성들이 테이블이나 특정 손님에 고정되지 않고 10~20분 단위로 순환을 한다는 것이다. 우스운 얘기로 손님이 아가씨를 바꾸는 것이 아니고 아가씨가 손님을 바꾸는 식이라고나 할까. 정들면 떠나고 실컷 공들여 놓고 나면 이별이란다.

그런데 한국인들과 일본인들의 술 마시는 스타일은 약간 다르다.

우선 한국 사람들은 '정에 죽고 정에 사는 한국 사람들' 하지만 조금만 친해지면 손으로 많은 부분의 대화를 대신하는 데 비해, 일본인은 무슨 하소연이 그리도 많은지 하염없이 지껄여댄다는 것이다.

또한 우리나라 사람들은 혼자서 술집에 가는 일이 거의 없다고 해도 과언이 아닐 정도일 것이나 일본인들은 혼자서도 잘 간다는 점이다. 내가 잘 아는 어느 클럽에서 의사라고 신분을 밝힌 어떤 일본인 한 사람은 1년 300일 정도는 어김없이 출근하는 충실파도 있다.

실지로 내가 동료들과 함께 그 클럽에 들를 적마다 그 의사는 항상, 그것도 혼자 출근하여 지껄이고 마시고 노래하고 심각해졌다가 웃었다가 하는 것이었다. 이러한 사람들이 의외로 많으며 이들은 옆 손님들과 곧잘 어울린다.

클럽의 요금은 2시간 기준하여 대략 1인당 25,000~30,000엔 정도이니 실로 만만치 않다. 그러나 접대하는 여성들에 대한 팁은 술값에 서비스료로 포함되어 있으므로 지불할 필요가 없다.

하기야 고정 파트너가 없으니 팁 줄 대상도 없는 셈이다. 이에 비하면 오히려 일본의 한국 술집들이 바가지 요금이 많은 것 같다. 아마도 한국손님을 한 번 잠깐 왔다 가면 다시 돌아오지 않을 철새처럼이나 생각하고 있는 것일까.

스포츠처럼 대중화된 섹스

나의 일본 체재기간 줄곧 의문스러웠던 것이 바로 남녀의 성(性)에 대한 모럴이었다. 어디까지가 장난이고 어디까지가 진짜인지 구분할 수 없다. 일본 여성들은 — 아니 남성들까지 포함해도 좋다 — 과연 성에 대한 부끄러움이라는 것을 진짜로 느끼고 있는 것일까.

어느 날 오후 6시 30분부터 아침 6시 30분까지 장장 12시간 동안 철야 생방송을 한 텔레비전 프로그램인 '다운타운'은 성을 오락의 도구로 한 선동적이고 추잡하고 속물적인 일본인들의 성에 대한 인식을 잘 보여주고 있었다.

우선 제목부터가 재미있다. '超超흥분! 벗고 또 벗고 너무 벗어서 미안해 할 것 조금도 없는 가위바위보 대회. 1,200万円을 걸고 쟁탈…. 돈에 눈이 어두워 팬티 속으로 손이…. 1,000명의 미녀가 속옷 바람으로 가위바위보. ○○가 APT 단지 내의 유부녀와 가위바위보. 이탈리아 금발 미녀 군단 전라로 출연, 유명 연예인 50인 벗어 던지기….'

사회자가 지명한 남녀(또는 남녀단체)가 무대 한가운데서 가위바위보를 하여 한 번 질 때마다 무대 옆에 장치된 스위치에 터치하면 정면의 전등판이 돌아가다가 멈춘다. 그 멈춘 지점에 씌어 있는 동작을 해야 하는 것이다.

씌어 있는 것은 한 벌 벗기, 두 벌 벗기, 세 벌 벗기, 상반신 전부 벗기, 전라, 상대방 한 번 만지기 등이다. 가위바위보가 끝날 때마다 대함성과 괴성이 터진다. 이기는 쪽도 좋아하고 져서 벗는 쪽도 조금도 마다하는 기색이 없다. 벗는다. 브래지어도 벗어 던지고 또 지면 팬티까지 벗는다. 물론 목욕 타월로 몸을 감싸기는 하지만 홀딱 벗은 상태이니 관중을 흥분시키기에는 충분하다.

이 중에서 제일 웃기는 얘기는 역시 '상대방 원터치'다. 주로 남자가 팬티만 입고 있는 상태에서 질 경우 문자판을 조정해 놓았는지는 모르나 화살표가 대략 원터치 부분에서 멈춘다.

그러면 남자 팬티 속으로 가위바위보를 하여 이긴 여자가 손을 집어넣어 남자의 성기를 터치하는 것이다. 부끄러움은 없다. 좋아서 팔짝팔짝 뛴다. 오히려 옆에 서 있던 여성 인기 개그맨까지 뛰어들어 손을 넣어 남자의 그것을 만진다. 남자는 얼마든지 만지라는 식으로 팬티를 벌려 준다. 그것을 만지고는 그 손의 냄새를 맡는다. 그리고 냄새가 지독하다는 표정을 지으며 희희낙락한다.

모 TV의 프로그램 중에 18세 이상 20세 초반의 애인관계인 남녀 커플 7~8쌍이 출연하여 한 쌍씩 열렬히 키스를 한 다음, 2시간 가량 짝을 바꾸어 가며 서로 대화를 한 뒤 마음이 맞는 남녀끼리 새로 짝을 바꾸든지 아니면 당초 애인에게 돌아가는 프로가 있다.

당초 애인에게서 버림받고 새 짝도 못 구했을 때는 모터카를 타고 관객 사이에 설치된 무대 위를 지나 관객들의 뒤편으로 사라지게 되는데, 이 때 관객들은 각자 자신의 이름을 피켓에 써서 들고 흔들면서 프로포즈를 하게 된다. 모터카를 탄 사람이 마음에 드는 상대를 손짓하면 선택된 사람은 이동하면서 무대 뒤 커튼까지 도착하기 전에 무대 위로 뛰어 올라와 함께 모터카를 타고 무대 뒤로 사라진다. 말하자면 즉석에서 새로운 짝을 맺게 되는 것이다.

"난 말야, 지금 애와 너무 오래 되어 질려 있던 중이야."

"응, 나도 그래. 참, 섹스 좋아하니?"

"물론 좋아하지."

"어떻게 해? 격렬한 걸 좋아하니?"

"매일 하는데 하룻밤에 서너 차례 정도야. 격렬한 걸 좋아해."

"그러니. 나도 격렬한 걸 좋아해."

"그럼 우리 한번 해볼까?"

"그러자."

"틀림없어?"

"약속할게."

2시간 후 모두를 앞에 세워놓고 한 사람씩 개그맨이 몇 번을 선택할 것인가를 묻는다. 어떤 이는 본래 애인에게 돌아가고 어떤 이는 새 짝의 번호를 말하게 되며, 이 때 새 짝의 대상이 되는 이에게 구애를 받아들일 것인가를 물어서 좋다고 하면 둘은 새로운 쌍이 되는 것이다. 또한 새 짝을 구하지 못했거나 애인에게 버림받아 충격을 받은 이는 그냥 모터카를 타고 무대 뒤로 사라진다.

A : 상당히 고민했는데, 역시 지금의 B번 여자는 너무 오래 사귀었으므로 정리하고 C번 여자를 택하겠습니다.

C : 나도 상당히 고민했는데 A번이 마음에 들어요.

B : (눈물을 닦으며)너무 실망했어요. 충격이에요. 그냥 돌아갈래요.

　새로 쌍이 된 A와 C는 사회자가 시키는 대로 서로 진하게 키스를 한 다음 무대 위 좌석에 앉고, 버림받은 B는 모터카를 탄다.

　10, 20대 초반의 남자들이 애인에게 버림받아 모터가를 타고 자기들이 앉아 있는 객석의 중앙을 가로질러 가는 B에게 각자의 이름을 쓴 피켓을 흔들면서 아우성을 치며 구애를 한다.

　충격을 받았다던 그녀는 슬픈 얼굴로 그냥 조용히 사라질 줄로 알았다. 그러나 웬걸, 모터카를 타자마자 미리 보아 놓았기라도 한 듯 흔들어대는 피켓 속에서 한 남자를 끌어당겼다. TV 카메라는 그녀가 무대 뒤에서 그와 포옹하는 장면을 놓치지 않았다.

　일간 스포츠 신문 역시 예외는 아니다. 대여섯 종류가 넘는 일본의 일간 스포츠 신문은 흡사 포르노지와 같다. 마치 성행위를 스포츠쯤으로 여기고 있는 듯하다. 이 스포츠 신문에서의 묘사는 너무 노골적이고 변태적이어서 애들 볼까 봐 집에는 차마 가지고 들어갈 수 없다. 말하자면 남자가 여자에 대하여, 그리고 여자가 남자에 대하여 할 수 있는, 아니 머리 속으로 상상해낼 수 있는 최고의 변태적 행위와 용어를 직설적으로 구사하고 있기 때문이다. 차라리 포르노 비디오 테이프라면 시각적인 전달만으로 그치기 때문에 상상력을 동원할 필요 없이 화면에 나타난 동작의 범위 내에서 받아들여진다. 그러나 글로 표현된 포르노는 같은 말이라도 상상의 나래를 편다면 천당에도 지옥에도 얼마든지 들락날락할 수 있기 때문에 오히려 흥분의 감도가 더 깊고 다양할 수도 있다. 또 비디오 테이프에서는 실물들이 실연을 하기 때문에 상상하고 있는 모든 것을 다 연기로 표현하기는 어렵지만, 이를 만화로 그린다면 기상천외한 발상의 모든 것을 얼마든지 표현할 수 있기 때문에 인간의 욕구 불만을 충족시키기에는 더 적절할지도 모른다.

더구나 얼마 전까지만 해도 남녀의 성기를 호칭할 때 남자 성기는 세 글자 중 가운데 한 글자(찌ㅇ꼬)를, 여자 성기의 경우 네 글자 중 두 글자(오ㅇㅇ꼬)를 동그라미로써 표시를 하였으나 요즈음은 아무런 숨김표시 없이 그대로 표현하고 있다.

성행위의 표현이란 늘상 같은 종류이거나 같은 수준일 경우 무디어지고 식상할 수 있기 때문에 독자 확보를 위하여는 매일 다른 소재를 경쟁적으로 생산해내야 한다. 말하자면 어제보다는 조금 더 노골적이고 더욱더 변태적으로 발전해야 하는 것이고 그러다 보니 내용적(기사)으로나 시각적(만화)으로도 변태는 계속 에스컬레이트되고 있는 것이다. 도대체 신문의 성행위 묘사는 어디까지 발전하게 될는지, 인간의 변태의 극치는 무엇이며 그것은 언제쯤 도달할 것인지 따위의 잡스런 생각마저 드는 것이다.

일본 사회는 성을 감춰진 보물로 또는 보석상의 진열장 안에 진열된 진주로 생각하지 않는다. 시장 바닥에 널려진 여성들의 값싼 액세서리 정도라고 표현함이 적정할지 모른다.

앞의 세 가지 예에서와 같이 텔레비전이나 일간 신문들과 같은 공공매스컴이 앞장서서 여과 없이 노출시키고 있으니 누구를 탓할 수도 없다. 음성적으로 만연되나 양성적으로 만연되나 만연되는 것은 마찬가지일 바엔 아예 터놓는 편이 훨씬 교육적이라는 것인지, 아니면 일본인들의 의식이 전반적으로 성에 대해 개방적인 것인지, 또는 성을 상품으로 하지 않으면 스포츠 신문이 안 팔리는 것인지는 잘 모르겠으나 성에 관한 정보가 넘치고 넘쳐서 한때는 일본인들의 성에 관한 모럴의 기준이나 성의식에 대하여 깊은 의문에 쌓이기도 하였다.

그렇다고 미국이나 유럽의 젊은이들처럼 장소를 불문하고 누가 보든 말든 신경 쓰지 않은 채 무분별하다는 것은 아니고, 다만 우리 동양인의 시각에서 보았을 때 그렇다는 것이다. 그러나 미국이나 유럽의 젊은이들은 낮이나 밤이나 별차이 없이 자유분방한 데 비해, 일본의 젊은이들은 낮과 밤의 행동, 의식의 내면과 외면의 차가 너무 뚜렷하다. 보이는 곳에서의 일본인과 보이지 않는 곳에서의 일본인은 다르다는 느낌이다.

이러한 것들을 종합하여 적어도 많은 일본인들이 성을 대중적 스포츠나 유희로 받아들이고 있다는 것이다. 어쩌면 이것은 현재 일본 사회의 성에 대한 분위기와 의식을 적절히 표현한 말인지 모른다.

성에 관하여 자유스러운가 하면 그렇지 않고, 그렇지 않은가 하면 변태적이며, 변태적인가 하면 대중적이라는 데까지 연결이 되는 것이다.

위장결혼으로 일본에 건너가 한국인이 경영하는 술집에 종사하고 있는 20대 후반의 한국인 접대부는 이렇게 얘기한다.

"한국에서보다 일본에서 술 상대하기는 너무 편해요. 일본 남자들은 짓궂지 않거든요. 얌전하고 매너가 좋아요."

계속해서 말을 잇는다.

"그러나 호텔에 가면 달라요. 변태성욕자 같더라구요."

일본인들의 혼전순결과 정조관념

"내가 동정이 아닌데 어찌 처녀를 바라나요."
"처녀요? 모래 밭에서 진주 찾는 쪽이 훨씬 빠를 걸요."
"아, 그건 옛날 얘기예요. 지금은 시대가 시대잖아요."

혼전순결에 관한 얘기다. 일본의 성에 관한 풍속도는 우리의 상상을 초월할 만큼 어지럽고 종잡을 수 없다. 문란한 것 같으면서도 한계를 명확히 하는 정결함이 있고 정결한 것 같으면서도 들리는 얘기, 텔레비전, 스포츠 신문, 잡지 등 사회 전체적인 성에 대한 분위기는 문란한 느낌이다.

비디오 가게에는 포르노 테이프 일색이고 책방마다 포르노 잡지를 공짜로 뒤적이는 사람들로 만원이다. TV에서는 포로노 테이프에 전혀 뒤떨어지지 않는 외설적 프로가 안방의 인기를 독차지하고 있으며, 환락가의 밤거리는 벌거벗은 아가씨들의 야한 포즈를 찍은 대형 사진들을 길거리에 내걸어 오가는 손님을 유혹한다.

이 공원 저 광장에서는 젊은 남녀, 심지어 여중·고 학생들조차도 교복 차림으로 여기저기 앉아서 하룻밤을 핑크 빛으로 물들일 파트너를 기다리고 있다. 데레쿠라라는 풍속 영업을 하는 건물 내는 교복 차림의 여고생, 여대생들이 걸려오는 한량들의 전화에 몸값을 흥정하느라 여념이 없다. 도대체 어느 선까지가 정상이고 어디까지가 비정상인지, 아니 정상과 비정상의 개념이 어떠한 것인지조차부터 시작하지 않고서는 일본 사회에서 성 관념에 대하여 정(正)과 반(反)을 구별하여 얘기하기란 어렵다.

우리나라 사람들 중에는 일본 여성들의 정조관념에 대하여 결혼 전까지는 문란하지만 결혼 후부터는 철저히 지킨다고 얘기하는 사람들이 많다. 나도 그러려니 했으나 그게 그렇지만은 않은 것 같다.

애들과 남편을 출근시키고 텅빈 집에서 점심 무렵쯤이면 전화통에 매달리는 엄마, 아내가 많다. 대낮 시간을 이용하여 간단히 즐길 수 있는 상대를 물색하는 것이다.

이것을 주선해주는 곳의 명칭도 여러 가지가 있는데 그 중 대표적인 것이 데레쿠라다. 말하자면 엔조이도 하고 돈도 벌고 정신 건강에도 좋다는 경험 있는 여성의 TV에서의 설명이다. 이 장면을 방영한 TV는 낮에 혼자 집을 지키는 유부녀들에게 이런 짓을 해서는 안 된다는 것인지, 이런 좋은(?) 것도 있다고 홍보하고 있는 것인지 구별하기 힘들 만큼 흥미 있게 꾸며 놓았다.

일본의 TV는 상업방송에 철저하다. 상업방송을 위하여는 시청자를 많이 확보하여야 하고 그러기 위해서는 재미있어야 하기 때문에 고발 프로도 결국은 교육효과보다는 선정적이고 선동적 효과로 흘러가고 있는 것이다.

그래서 해서는 안 될 짓이라는 생각보다는 그런 기회가 주어진다면, 그리고 사람들 눈만 피할 수 있다면 당장이라도 전화를 걸어서 한번 해보고 싶은 충동이 먼저 앞서게 하는 것이다. 문제는 여중·고생들인데 재학시절 성교의 경험에 대한 어느 조사에서는 중3과 고1 때 70%, 고3 때까지 90% 이상이 성 경험을 한 것으로 되어 있다.

모 TV에서 누워 있는 여성의 양발을 양손으로 벌리고 양발 가운데의 중요 부분을 발로 비벼대는 장면을 태연히 방영하는 것도 그렇고, 특히 코 큰 외국인들의 어디가 무엇이 그리도 좋은 건지 백색 흑색 가릴 것 없이 너도나도 찰싹 달라붙어 만백태를 부리는 일본 여성들의 모습은 나로 하여금 몹시 복잡하고도 묘한 기분을 느끼게 하는 풍경이었다. 공원의 벤치나 광장에서 교복 차림에 책가방을 든 여중·고생들이, 곁으로 슬그머니 다가와 엄지와 검지를 동그랗게 만들어 돈 표시를 하는 젊은이 또는 중년 남자들과의 요금 흥정을 하는 풍경도 그러하다. 또 왜 교복 차림이냐는 TV의 인터뷰에 남성들이 교복 차림을 좋아하니까 교복을 입은 채로 나왔노라고 태연히 대답하는 여학생들의 모습도 내게 있어서는 이색적이었다.

한국 사회에서도 이러한 풍경이 없다고는 할 수 없겠으나 일본의 풍경은 그림이 너무도 다양하고, 풍경 속의 주인공들의 행동이 당당하며 태연스럽다. 여기에다 TV는 이를 흥미 위주로 기획 — 꼭 그런 것만은 아닐지 모르나 — 하는 특별한 재능을 가지고 있어 이 프로를 보고서 충격을 받기보다는 에로 드라마의 클라이맥스 장면과 같은 흥분을 느끼게 된다. 그러다 보니까 그 드라마의 주인공이 멋있게 성공하여 행복하게 끝나기를 바라거나 또는 최소한 주인공을 동정하기에 이르는 이상한 현상이 일어나는데 이것은 비단 나 혼자만이 느끼는 감정은 아닐 거라는 생각이 든다.

그만큼 일본의 TV는 한 마디로 재미있어서 한번 앞에 앉았다 하면 눈꺼풀이 무거워 견딜 수 없을 때까지 앉아 있게 된다. 심심하고 무료해서 켜는 그런 TV가 아니라 재미있으니까 앞을 떠나지 못하는, 자리를 뜨게 만들지 않는 그런 TV인 것이다. 그러므로 전술한 남녀관계에 관한 프로들이 얼마나 즐거운 분위기 속에서 펼쳐지고 있는가 하는 것에 대하여 다소나마 이해가 될 수 있을지 모르겠다.

말하자면 한도 끝도 없겠지만 하여튼 TV 앞에 앉아 있노라면 사회 전체가 먹고 마시고 그리고 즐기는, 다분히 향락적이고 자극적인 분위기 — 특히 성과 관련하여서는 — 라는 것만은 분명하다.

이와 같은 분위기 속에서 살아가고 있는 일본의 청소년들이기에 혼전순결을 지켜낸 여성을 찾느니 모래밭에서 진주를 찾는 쪽이 훨씬 빠를 거라는 일본인 친구의 자조적인 얘기도 농담이 아닌 것 같다. 즉 일본의 남성들은 이러한 사회적 분위기를 부정도 긍정도 하지 않고 있는 그대로 받아들이고 있는 것 같다.

그래서 남녀 모두 처녀성에는 연연하지 않는다. 일종의 체념일 것이다.

중년 남성과 여중·고생의 '원조 섹스'

최근에 원조 섹스(援助 SEX)라는 신조어가 유행하고 있다. 원조 섹스란 글자 그대로 서로 돕고 돕는 것이다. 상대는 중년 남성과 미성년자인 여중·고생.

십수년 또는 수십 년을 넘도록 똑같은 포즈로 잠자리를 해온 아내에게 지쳐 있는 일본의 중년 남성들이 무언가 새롭고 참신한 자극을 찾아 헤매고 있는 것이다. 아내에 대한 권태, 직장생활의 스트레스, 인생에 대한 무력감으로부터 탈출의 시도인 것이다.

아내는 더 이상 자기에게 관심을 보여주지 않을 뿐더러 나이가 들어갈수록 자기 목소리를 점점 더 크게 내고 게다가 사사건건 잔소리만 늘어간다. 물론 자신에 대한 아내의 애교는 이미 포기한 지 오래며, 아내 역시 그럴 의사를 손톱만큼도 가지고 있지 않는 듯하다.

설혹 애교를 부린다 하더라도 마치 이빨 빠지고 주름살투성이인 늙은 할망구가 징그럽게 웃고 있는 것 같아 정나미가 떨어질 것이다. 부부관계라야 기껏 한 달이나 두 달 만에 한 번 있을까 말까다. 그것도 맨 정신으로는 안 되고 어쩌다 술에 곤드레만드레 취해서 아내를 아내로 알아볼 수 없을 정도가 되어야 가능하다.

이 때는 아내가 아니라 자신이 항상 상상해온 허리가 날씬하고 젖가슴이 풍만하며 히프가 큰 그런 여자, 여자, 여자인 것이다. 정말 오랜만이다. 상상이 아니라 진짜로 그런 여자하고 섹스를 즐길 수 있다면 얼마나 좋을까. 어디서 구할 수 없을까. 이 친구하곤 감각이 다를 거야. 이 친구하고는.

끊임없는 상상 속에서만이 자신의 정력이 변함 없이 건재함을 확인할 수 있기 때문에 상상을 버릴 순 없다. 상상이 말라버린다면 그것은 늙음을 의미한다. 늙고 싶지 않다. 난 아직도 쓸 만하며 자신도 있다. 그래, 이대로 인생을 마무리하기에는 너무 아까워, 아깝고 말고.

아, 약병아리라 하지 않는가. 일흔이 넘은 회장 나으리들께서 정력이 펄펄 넘치는 데는 다 이유가 있다더라. 젠장, 다들 잘도 하는데 나라고 못할 게 뭐 있어. 돈이란 있다가도 없고 없다가도 있는 거지만 젊음은 지나버리면 그만 아닌가.

그리고 그것이 뭐 그리 큰 죄가 되는 건 아니지 않는가. 애들도 다 컸겠다, 경제적으로도 그럭저럭 부족한 것 없고 가정에는 이만큼 충실하면 됐지….

직장이라야 전부 제 잘났다고 설치는 데다 나보다 열 살이나 아래인 과장이 이래라저래라 하니 영 밥맛 없다. 빽도 없고 알아주는 놈도 없어 승진은 물 건너 간 것 같고, 친구들이라야 딱딱한 업무 얘기 외에는 마음 툭 터놓고 얘기할 수 있는 놈 하나 없다. 아침 9시 정각에 출근하여 점심은 혼자서 먹고 퇴근시간 되면 손가방 들고 집에 가서 씻고 밥 먹고 텔레비전 보고 자고 또 일어나서 출근하고…. 이거야 시계추지 사람이라 할 수 있겠어.

이러다간 아까운 내 청춘 다 보내고 남는 건 주름과 스트레스밖에 없을 거야. 그러다가 눈을 감게 되니 인생이란 참 허망한 거야. 도덕? 젠장! 나같이 도덕심 강한 사람 있으면 나와 보라 그래. 아직까지 남의 물건 손대본 적 없고 직장에서 부정 한번 한 적 없고 줄 서라면

서고 나오라면 나가고 들어가라면 들어가고, 승진 안 시켜줘도 불평 한번 안 하고 쥐꼬리만한 봉급받아 애들 가르치고 공공요금 성실히 내가며 먹고 살아온 나이지 않은가.

더구나 이게 어디 내가 강제로 하는 건가. 그 애들이 더 원해서 하는 거지. 전화 박스고 건물 벽이고 간에 어서 전화해 달라고 온통 선전물 투성이 아닌가. 말하자면 상업인 게지. 일종의 거래란 거야.

그 애들은 돈도 벌고 재미도 보는 것이고 난 돈 몇 푼에 소원 성취하는 게고. 그렇게 상부상조한다 해서 이름도 원조 섹스라 하지 않는가.

그렇다, 실천하자. 남자가 한번 칼을 뽑았으면 끝장을 보아야지.

가만 있자. 어떻게 할까. 공중전화 박스마다 잔뜩 붙어 있는 섹스 안내 사진 중에서 한 명 고를까. 아니면 매일처럼 TV에서 소개하는 데레쿠라에 전화를 할까. 전화번호를 몇 개 메모해서 러브호텔에서 전화를 해야 겠다.

이왕이면 여고생을 주문해야지. 그것도 교복을 입고 있으면 더 좋겠는데. 교복을 안 입고 있으면 여고생인지 여대생인지 직장 여성인지 직업여성인지 도대체 분간을 할 수 없단 말야.

만약 오늘밤에 잘 나가면 어쩌면 다음에 또 만날 약속도 할 수 있을지 몰라. 처음이니까 돈도 좀 풍족히 주고 신사적으로 멋있게 해야겠다. 그래야 좋은 오빠, 마음에 드는 젊은 오빠가 되는 거지.

한 달에 두 번 정도가 적당할 거야. 얼마에 계약을 할까. 두 번에 10만 엔 정도면 적당하겠는데 요즈음 아이들은 순진하지가 않단 말이야. 상한선을 한 번에 10만 엔, 한 달에 20만 엔으로 정했다가 정히 애교를 부리면 30만 엔까지 양보할 수는 있어. 상부상조하는 거지 뭐.

매일 야근을 하면 수당 최고액이 그 정도 되니까 돈은 아내를 속이지 않아도 마련될 수 있다. 아니, 아내가 내게 30만 엔을 주기라도 할 친구인가. 단돈 몇천 엔 도와 달래도 눈에 쌍심지 켜고 정신이 있네 없네 하면서 방바닥에 획 던져 놓는 그런 친구인걸. 어림 반푼어치도 없지.

아, 정말 얼마만인가. 무럭무럭 힘이 솟는다. 난 젊은 게 틀림없어. 내가 젊다는 확실한 증거야.

대담해진 여중 · 고생들

요즈음 일본의 여중 · 고교 선생님들은 매우 난처해 있다.

여학생 제자들에게 성적 음란행위를 곧잘 한다 해서 늘상 문제가 되어 국민들의 눈총을 사고 있기 때문이다.

탈의실에 비디오를 은밀히 세트시켜 놓고 체육시간에 옷 갈아입는 장면을 촬영하거나 층계 밑에서 학생들의 치마 속을 촬영하다가 발각된 교사, 컴퓨터 교육실, 피아노 교습실 등에서 상습적으로 여학생을 뒤에서 껴안는 교사, 도구실에서 제자와의 성 행위, 교감선생이라는 사람이 텔레크라에서 여중생과 알게 되 수차례 여관이나 러브호텔 등에서 성관계를 가져 오다가 수상히 여긴 학생의 부모가 딸의 핸드폰에 입력된 전화번호를 추적하여 덜미가 잡힌 사례, 제자들을 한 명씩 자기 아파트로 불러들여 성 행위를 강요해온 독신 교사 등등….

이렇게 모아 보니 마치 선생들이 순진한 딸들을 가장 쉽게 돈 안 들이고 농락하여 쾌락을 추구하는 곳이 여자 중 · 고등학교라는 느낌마저 들게 한다.

그런데 웃기는 것은 정작 이러한 선생님들이 하는 말인즉, "우리가 학생을 유혹했다고 매도되는 것은 너무 억울하다. 우리는 유혹을 당했다"는 것이다.

텔레비전의 대담 프로에 나온 어떤 인사도, "교사가 변한 것이 아니라 생도들이 변했다"고 한다. 스승을 유혹하는 여학생들, 키스하고 싶다고 선생님의 목에 매달리는 학생들, 집에 놀러 가겠다고 떼쓰며 전화를 놓을 줄 모르는 학생들, 학교가 파한 뒤 집에 가지 않고 길목에서 선생님이 나올 때까지 기다리고 있는 학생들이란다.

누구의 애기가 진실인지는 알 길이 없으되, 아니 땐 굴뚝에 연기 날 리 만무하다는 말처럼 요즈음의 일본 여학생들의 세태는 상상을 초월해 있는 것만은 확실한 것 같다.

데레쿠라에 교복을 입은 채로 버젓이 들어가 엔조이 상대를 물색한다. 나이야 상관없다. 오히려 중년들이 씀씀이가 좋아서 좋다. 엔조이도 엔조이지만 진짜로 사귀는 남자친구와 데이트할 용돈이 더욱 필요한 것이다.

포로노 잡지 출연은 여학생들에게 돈도 벌고 자기 표현도 하고 이름도 나고 해서 너도나도 원하지만 기회가 없어 한이다. 그래서 자기들끼리 몇명이서 돈을 내어 누드 잡지를 만들기도 한다.

별난 곳도 있다. 변태성욕자나 호색한이 고객인데, 유리문을 통하여 대기하고 있는 여성들 중 마음에 드는 여성을 선택하면 그 여성은 정해진 방으로 와서 자기가 입고 있는 팬티를 벗어주고 팬티 값에 용돈을 얹어 받는 진짜 별난 업소다.

이 때 커튼 뒤에서 벗어줄 때와 손님이 보는 앞에서 벗어줄 때, 그리고 생리상태에서 벗어줄 때의 가격이 각각 다르다. 그 중 손님이 보는 앞에서 벗어주고 사진을 찍게 해주는 것이 가격이 제일 비싸며 그 곳에서 가장 인기가 있는 것이 단연 여고생들이다. 세상에 별난 짓도 다하고 있다 하겠지만 모 TV에서 '재미있게' 방송되고부터는 여고생들이 줄을지어 대기하고 있어 골이 아플 정도라 한다.

길거리에서 여학생들에게 성 경험이 있느냐는 TV 인터뷰에 부끄
러워하며 피하는 여학생은 없다. 오히려 경험해보지 못한 여학생이
되레 얼굴을 붉힌다.

교복 입은 채로의 담배쯤이야 신경 쓸 일이 전혀 못 된다. 이들은
시부야[澁谷], 하라주쿠[原宿], 신주쿠[新宿]의 밤거리를 호기심과 자
극을 찾아 헤맨다. 짙은 화장에 머리염색, 귀걸이, 코걸이, 배꼽을 드
러낸 핫팬츠, 아슬아슬한 스커트는 이들의 패션이다.

그런데 이러한 세태는 일본에서 오래 살다보면 전혀 이상한 현상
이 못 된다. 사회 전체에 오락과 쾌락을 추구하는 정보물이 범람하고
있고 TV는 단연 선두에서 이를 부추긴다.

도쿄역에서 두 정거장 더 가면 우에노[上野]라는 곳이 있는데 그
곳에는 소프란드(창녀촌)와 라이브쇼(누드쇼) 업소가 집단으로 모여
영업을 하고 있다. 물론 이곳에도 여학생들은 진출해 있다.

수많은 관객들 앞에서 실오라기 하나 걸치지 않은 채로 갖가지 요
염한 포즈는 물론, 옆으로 누운 채로 양 다리를 벌려 밑을 보여주는
풍경, 심지어는 손님끼리 가위바위보를 하여 이긴 사람이 무대 위로
올라가 직접 섹스를 실연하는 곳도 있다.

그녀들은 TV 취재를 거부하지 않고 TV는 그녀들의 쇼를 그대로
방영한다. 기껏 아랫부분의 중요한 지점만을 흐릿하게 해놓았지만
검은 윤곽은 그대로 보인다.

그 곳에 출연하고 있는 한 여성의 어머니에 대한 TV 인터뷰 내용
이다.

"타인에게 폐를 끼치지 않는 한 무슨 일을 하든, 어떤 직업을 갖든

상관치 않아요.”

아빠도 알고 있느냐는 질문에 물론 알고 있단다. 처음에는 화를 냈지만 어차피 성인인 이상 자기 인생은 자기 책임하에 자기가 살아가는 것이기 때문에 부모가 이러쿵저러쿵 간섭할 수는 없는 것이란다.

록퐁기(六本木)의 밤거리에도 이들은 진출한다.

그 곳에서의 상대는 외국인들, 특히 흑인들을 주축으로 하는 미군 병사들이다. 도쿄에서 전철로 1시간 반 가량 거리의 남쪽에 위치한 요코스카(橫須賀)라는 곳에 기지를 둔 미(美) 항공모함 인디펜던스호의 병사들은 일과를 마치면 록퐁기로 몰려들어 밤을 지새고 새벽에 기지로 귀환한다.

이들에게 있어 일본 여성들은 쾌락의 도구요 봉이다. 옛날에야 영어를 배우겠다고 몸을 던졌지만 지금은 본능적 쾌감과 육체적 자극이 우선이다. 술집마다 무대에서는 하반신을 서로 맞추고 상체를 약간 뒤로 젖힌 채 요란한 음악에 맞춰 정열적으로 비벼댄다. 일본인들은 이를 유사(類似) 섹스라고 한다. 몸도, 마음도, 돈도, 차도 빼앗긴 여성들도 수두룩하지만 그대로 록퐁기를 떠날 수 없는 것이 이 여자들이다.

눈으로 보고 귀로 듣는 사회가 이러하니 여학생인들 별도리가 없지 않은가. 그래도 결혼 잘하고 행복과 풍요를 구가하며 평균연령 87세까지나 탈 없이 장수하고 잘 살아가는 일본의 여성들이다.

한국인들의 결혼식과 일본인들의 결혼식

일본인들의 사회생활과 대중적 행동 패턴을 살피는 데 있어 빼놓을 수 없는 것이 바로 이 결혼식 행사다. 결혼하지 않고 사는 사람은 있어도 결혼식장에 가보지 않은 사람은 아마 없을 것이며 이 결혼을 둘러싸고 이 세상에는 많은 이야기거리들이 풍성하게 존재하기 때문이다. 그만큼의 환희와 애락이 담긴 이 결혼식은 나라마다의 관습과 전통이 있어 각양각색으로 치러지며, 그래서 결혼 문화는 하나의 독특한 민족문화로서 자리하고 있는 것이다.

수억 원, 수백만 달러, 수억 엔을 들인 초호화판 결혼식이 있는가 하면, 예식장비, 신혼여행비가 없어 교회나 절에서 가족끼리 조촐하게 치르는 결혼식도 있으며 요즈음 젊은이들 사이에 유행하는 '아이디어 결혼식'이라는 것도 있다.

아이디어 결혼식이란 글자 그대로 보통의 결혼식과는 다른 새로운 사고에 의한 개성 있는 결혼식을 말하는데, 예를 들면 수만 피트 상공에서 고공 낙하하면서 스릴 있게 치르는 결혼식이라든가, 바닷속에 잠수하여 포옹하고 키스하며 치르는 수중결혼식, 산을 좋아하는 이들이 산꼭대기에서 야호를 외치며 치르는 산정결혼식 등으로서 세계적으로도 한창 유행하고 있다. 결혼식도 유행을 타고 있는 것이다.

그러나 역시 대부분의 젊은이들은 일반적이고 대중적인 결혼식을 치르고 있으며 이것은 세월이 지나면서 사회변화와 더불어 약간씩 변화를 거듭하며 민족문화의 한 장을 지켜오고 있는 것이다.

우리나라와 일본의 결혼 풍습은 총론에서는 유사하나, 각론에서는 많은 차이가 있다.

예물을 교환하는 풍습은 같으나 일본의 경우는 일정의 격식이 있어 이에 맞추어 조용하고 편하게 치러지는 반면, 우리는 함재비가 있어 신부집에서는 이 날만큼은 몸집 좋은 친척 몇 명을 대기시켜 놓기라도 하지 않으면 꽤 곤혹을 치러야 한다. 어떤 함재비는 신부측 대접이 마음에 안 든다고 함을 진 채로 근처 술집에 가서 신부측에서 사정할 때까지 술을 마시며 기다리는 사람도 있고, 또 어떤 이는 멀찍이 골목길에 털썩 주저앉아 오징어 안주에 소주잔을 기울이며 함값 올려가며 태평을 부리는 사람도 있다. 또 어떤 이는 신부측 여동생들이 풍성한 몸매에다 간 녹이는 애교를 섞어 등을 떼밀면 마음이 녹아 내려 더벅더벅 현관까지 쑥 걸어 들어가는 순정파도 있고, 사전에 신부측과 따로 만나 흥정을 벌여 협정가격에 함을 인도하는 현실파도 있다. 함재비야말로 우리나라의 결혼 풍습에서 제일로 꼽을 수 있는 하나의 독특한 문화라 할 것이다.

한편, 결혼식과 피로연을 따로 한다는 점은 같지만 일본의 경우 결혼식은 가족, 친지의 행사이고 하객은 피로연에 참석할 뿐이며, 우리나라는 두 행사를 하객과 함께 치르고 있는 것이 다르다.

청첩장을 돌리는 것은 같으나 일본의 경우는 좌석수에 맞추어 초청자를 한정하거나 초청장에 대하여 참석하겠다고 응답해 온 사람수에 맞추어 좌석을 정하는(좌석수 또는 참석 인원만큼 비용이 추가되므로) 반면, 우리의 경우는 참석하건 말건 일단 아는 사람, 기억에 있는 사람, 생각해낼 수 있는 모든 사람들에게 초청장을 보내놓고 몇 사람이나 올지 예측할 수 없기 때문에 음식점도 대충 몇 명 정도로 예약하는 점 등은 특히 다른 점이라 하겠다.

하여튼 좋고 나쁘다는 비판적 관점보다는 어디까지나 우리나라는 우리나라이고 일본은 일본으로서 제각기 다른 전통과 풍토 속에서 변화되고 성장해온 문화이기 때문에 이를 우리의 그것과 비교하면서 깊숙이 들여다보는 것도 이들의 의식과 사회 연구에 참고가 되리라 믿는다.

청첩장 함부로 보내지 않는다

결혼식 2개월 전에 초대 손님의 목록을 작성하고 청첩장을 발송하며, 결혼식 때 입을 의상을 결정하고 사회자 및 스피치를 부탁할 사람을 정한다. 또한 피로연이 끝난 다음에 참석한 축하객들에게 줄 선물을 선정하는데 이것을 일본에서는 매우 중요하게 생각하고 있다.

이와 같이 2개월 전에 준비하는 사항 중에서 우리나라의 경우와 비교하여 지적해 두고 싶은 것은 축하객의 초대와 청첩장에 관한 것이다.

사회생활을 하다 보면 한 달에도 몇 번씩 예고 없이 날아드는 고지서나 다름없는 청첩장 때문에 많은 사람들이 이거야말로 고쳐야 할 병폐라고 한마디씩 하고 있다.

보내는 사람들은 자기와 조금이라도 관련이 있거나 수첩에 이름 석 자가 메모되어 있는 사람들, 심지어는 아무 관련도 없는 이 부서 저 부서 이곳 저곳에 수백 통의 청첩장을 뿌린다.

직장 내 전 부서에 회람을 돌려 사무실의 게시판에 ○○ 씨의 몇째 딸 언제 어디서 결혼하니 꼭 참석해주십사 하는 청첩안내를 게시하거나, 업무와 관련 있는 회사 또는 거래처에도 청첩장을 보낸다.

청첩장을 받는 사람들 입장도 각양각색이어서 꼭 참석해야 할 사람인 경우와 인편에 축하금을 들려 보내도 될 사람, 전혀 기억에 없어 흥미가 없는 사람 등으로 구분되는데 경우에 따라서는 청첩장을 받고서 불쾌감을 느낄 때도 있다. 청첩장이 마치 수금표 또는 납부고

지서 정도로 치부되는 예일 것이다.

결혼식장에 축하객이 얼마만큼 오느냐가 그 사람의 권력과 인덕을 평가하는 잣대가 되고 있으니 혹시라도 초라해질까 봐 청첩장을 돌려 놓고도 다시 전화를 걸어 은근히 알림으로써 참석을 다짐받기도 한다.

축의금 또한 예삿일이 아니다. 최근에는 직장 자체적으로 당사자일 경우, 자식일 경우, 형제간일 경우 등으로 구분하여 상한액을 정하고 있는 곳도 많이 늘고 있기는 하나 청첩장을 많이 받는 간부들일수록 축의금 때문에 비명을 지르고 있다.

결혼 시즌이면 어떤 이는 자기 월급의 30% 이상을 축의금으로 지불해야 한다며 울상 짓는 이도 있고, 20~30건 이상의 청첩에 네다섯 곳만 축의금을 내는 냉정파도 있다.

또 어떤 이는 곧 다가올 자식의 결혼식을 염두에 두고 품앗이라며 청첩을 마다하지 않는 이도 있다. 베푼 만큼은 충분히 보상받을 수 있다는 생각이 전혀 없는 것도 아닌 것이다.

하여튼 우리의 청첩제도는 무언가 손질하지 않으면 안 된다는 생각에는 많은 이들이 공감하고 있을 것이다.

이에 비하면 일본의 예는 간결하다.

예식장의 좌석수만큼 초대하는 것이다. 축하객을 식장에 세워두고 결혼식을 진행한다는 것은 이들의 예절과 관습으로서는 상상할 수 없는 일인 것이다. 청첩장을 보내는 것을 대단히 어렵게 생각하고 있고, 그래서 참석해준 하객들에게는 대단한 고마움을 느끼는 것이다.

일본인들도 우리처럼 거식(擧式 : 결혼식의 진행절차)과 피로연으로 구분하고 있으나 거식은 신랑, 신부와 가족, 친척(통상 3촌 이내) 그리고 주례자 부부만이 참석하여 거행되므로 여기서 말하는 좌석수란 결혼을 축하해주기 위해 식장에 초청되어 온 하객들을 위한 피로연장의 좌석수(50~100석 규모)를 이야기하는 것이다.

결혼식은 가족, 친지들만 참석하여 하객들이 오기 전에 먼저 끝내 놓고 하객들을 맞이하게 되며, 도착한 하객들은 대기실에서 기다리고 있다가 함께 피로연장으로 곧장 입장한다. 이미 결혼식을 끝낸 신랑, 신부를 축하하는 그리고 신랑, 신부의 부모들은 자기 아들, 딸의 결혼을 축하해주기 위해 온 하객들을 대접하는 의미의 피로연이 상당한 격식을 갖추어 개최된다고 하는 점은 우리와 다르다 하겠다.

거식은 혈육적 친지들만의 행사지만 피로연은 친지와 하객 모두의 행사이며, 따라서 거식보다는 피로연이 더 큰 비중과 격식을 갖추어 치러진다. 내부와 외부, 자신과 타인의 관계인 것이다.

특기할 사항은 남성은 검정 양복 또는 예복에 흰 넥타이, 여성은 양장(검정 원피스 또는 검정 정장을 많이들 입는다)이나, 기모노를 입는 것이 기본적인 예의로 되어 있으며, 좌석 배치를 할 때 단상의 테이블에는 신랑, 신부를 중심으로 주례 부부가 좌우에 앉도록 되어 있다. 주례자 뿐 아니라 주례자의 부인도 큰 역할을 하고 있음이 우리와는 사뭇 다른 정경이다. 단하에는 축하객이 앉도록 되어 있으며 이 때 신랑, 신부의 부모는 단하 하객들의 맨 뒤쪽 단상에서 제일 먼(출입구 쪽) 말석에 앉는다.

그 이유는 축하를 위해 피로연장에 참석해준 하객들은 귀한 손님이고 부모들은 이 귀한 손님들을 접대해야 할 사람들이기 때문에 문간 쪽에 자리하는 것이다.

좌석 배치는 사전에 순서와 위치를 정한 대로 단상에 가까울수록 상석이 되고 주빈, 윗분, 친구, 친척, 가족순으로 자리를 마련하는데 좌석마다 하객들의 명패를 놓아 두도록 하고 있으며, 이 때 하객들의 명패에는 이름 뒤에 경칭인 '사마[樣]'를 붙이지만 신랑, 신부와 부모는 경칭을 생략하고 있다. 말하자면 거식에서는 신랑, 신부와 부모가 주역이지만 피로연에서는 손님을 접대하는 입장으로 바뀐 것이라고 이해하면 될 것 같다.

결혼자금 마련 위한 혼전 동거생활

일본인들의 결혼식에 드는 비용 역시 만만치 않다. 예물(예금)로부터 거식, 피로연, 신혼여행까지 호사스러울라치면 한이 없으나 일반적인 경우를 예로 하여 대략 평균액수를 다음에 소개한다.

우선 남성측에서 여성측에 보내는 예금 즉 결납금(結納金)은 봉급쟁이의 경우 월급의 2~3배가 보통이며, 여성측은 그 반액을 보내는 것이 보통이다.

거식료는 신전(神殿)의 경우는 5만~10만 엔, 불전(佛殿)의 경우 10만~15만 엔 정도며, 교회에서는 5만 엔 정도가 든다.

다음은 피로연인데 요리, 술, 식탁꽃값 등을 합해 1인당 1만 5,000~2만 엔 정도가 소요되므로 50명이 초대되었을 경우에는 75만~100만 엔, 100명이 초대되었을 경우에는 150만~200만 엔이 드는 셈이 된다.

신혼여행은 국내여행의 경우 일반적인 4박5일 정도라면 숙박료, 교통비, 선물비, 잡비 등 들어서 적어도 50만 엔은 소요될 것이다.

여기에 신혼생활에 당장 필요한 지참금까지를 고려하여 계산해보면 총 300만~400만 엔은 필요한 것이다.

그러면 이러한 비용의 분담은 어떻게 하고 있는가인데 이것은 양가의 합의에 따라 또는 중매인의 중재로 조정하고 있다.

통상적으로 거식료, 피로연장 사용료, 승용차 사용료, 사진대 등은 공통 비용으로서 양가가 반분하며, 피로연의 식사대금은 양가에서 초청한 하객수에 따라 금액을 배분한다.

그러나 여성측이 남성측에 비해 아무래도 지출이 많게 되므로 남성측에서 여유가 있을 경우는 거식비용을 6대 4로 부담하기도 한다.

가장 큰 관심거리는 주택마련인데 전세금이나 주택구입 자금은 남성측에서 부담하는 것이 정착되어 있으며, 가구라든가 집기류는 여성측에서 부담하는 것이 상례다.

신혼여행은 식이 끝나고 신부가 남성측의 가족이 된 상태에서 이루어지는 것이므로 남성측이 부담하여야 한다.

하객들로부터의 축의금은 피로연의 음식비와 하객에 대한 기념품 비용으로 사용된다.

중매인과 주례자에 대한 사례 역시 빠뜨릴 수 없는데 중매인은 결납금(신랑월급의 2~3배 금액)의 10% 정도, 주례자는 5만~10만 엔 정도다.

이와 같은 막대한 결혼 비용 때문에 요즈음 일본의 젊은이들 중에는 동거 생활자가 많다. 함께 돈을 모아 결혼자금을 마련하여 결혼식을 치르자는 것이다.

일본에서 남녀가 동거생활하는 것은 이제 특별한 일이 아니다. 주변 사람들도, 직장에서도 별로 문제시하지 않으며 부모들 역시 자식들이 대학을 졸업하고 나면 완전한 성인으로서 간주하기 때문에 간섭하지 않는다. 비단 결혼자금 때문만은 아니겠으나 동거는 일본의 신세대 젊은이들에게 있어 하나의 '생활방편'으로서 정착하고 있지 않는가 하는 느낌이다.

한국인들의 장례식과 일본인들의 장례식

일본인들의 장례식은 그들의 결혼식이 그러하듯이 상당한 격식 속에서 행하여진다. 한국인들의 장례식이 대체적으로 병원의 영안실에서 — 일부는 자택에서 — 치러지고 있음에 비하여, 일본인들의 경우는 병원에서 장례를 치르지 않고 절이나 신사 — 또는 자택에서 — 행해지고 있음이 가장 큰 차이점이며, 따라서 자연히 절 또는 신사의 룰에 따라 치르게 되어 있는 셈이다.

이와 관련하여 우리나라의 관습과 다르다고 생각되는 몇 가지 특징을 들어보면 다음과 같다.

우선 첫째, 정숙한 가운데 진행되고 있다는 것이다. 조문객이 방문하는 시간이 정해져 있기 때문에 문상을 하려면 시간을 지켜야 하고, 식장에 와서도 상주 또는 유족에 대한 간단한 인사말 외에는 거의 조용히 헌화하고 정해진 시간 — 대체적으로 오후 6~10시 — 까지만 머물다가 돌아간다.

즉 문상객은 밤을 지새우기는커녕 오래 앉아 있는 것도 실례에 해당되는 것이다. 이후의 시간은 유족 및 친척들만으로 교대해 가며 — 항불이 꺼지지 않도록 — 밤을 지샌다. 조문객들끼리의 큰 소리나 웃음소리가 존재할 리 만무하고, 특히나 밤을 지새우며 화투 따위의 잡기를 즐기는 장소는 더더욱 아닌 것이다.

문상객들이 밤을 함께 새워 준다고 하는 것은 한편 고마운 일이나 다른 한편으로는 유족측에 많은 심적 부담을 주는 것도 사실이다.

비좁은 영안실에서 문상객들이 밤을 지샐 수 있도록 잠자리, 술, 음식, 식사 등을 요구대로 또는 알아서 챙겨 대령해야 하고(실지로 금전적 부담도 무시 못함) 다른 문상객들에게도 불편을 주게 된다.

그 중에서도 상가에서의 화투는 정리되어야 할 악습 중의 악습이 아닌가 한다. 이를 상주를 생각하는 미덕으로 여기고 있다면 더욱더 착각이 아닐 수 없다.

모르긴 해도 장례식장에서 고인의 명복을 빌거나 귀신을 쫓는다 하여 춤을 추는 의식은 있으나 화투를 치며 놀음을 하는 나라는 부끄럽게도 세계에서 우리나라뿐일 것이다.

둘째, 부조금이 대략 정해져 있고 이 부조금의 일부를 후일 조문객들에게 사례품 등의 형태로 반환한다는 것이다.

부의금은 고인의 명복을 빌어 영전에 바치는 것임과 동시에 유족에 대한 상부상조의 의미도 있는 것이므로 반환은 필요 없는 것으로 되어 있었으나, 최근 들어 이것은 고인에 대한 참된 예의가 아니라는 관점에서 부의금을 반환하는 관습이 형성되어 있다.

어떤 사람들은 부의금을 직접 반환하지 않고 사회복지시설이나 육영기금으로 기부하는 사례가 많아지고 있다.

또한 부의금은 고인이 남기고 간 어린이들에 대한 양육비로 필요한 경우도 있기 때문에 이러한 경우에는 사례 편지에 이 사실을 밝혀 부조금을 낸 조문객들에게 알리는 것이 예의로 되어 있다. 이 시기는 49일 기명의 인사장을 돌릴 적에 인사장 속에 함께 명기하여 주는 것이 일반적이다. 돌려주는 금액은 대략 조문객이 낸 부조금에 따라 각 조문객별로 1/2~1/3 정도며 오차, 김, 과자 등의 사례품 형태로 반환하게 된다.

부조금 수입이란 부정한 돈은 아니나 이를 자신의 수입으로 잡는 것은 고인의 명복을 빌기 위해 일부러 와주신 친척, 친지, 동료들에 대해 정서상으로나 윤리적으로 도리가 아니라는 관점과, 이것이 오히려 고인을 욕되게 한다는 관점에서 부조금을 반환하는 관습이 정착되어 있는 일본의 사례는 우리들에게 있어서도 시사하는 점이 많다고 하겠다.

셋째, 복장을 매우 중요시한다는 것이다. 남자는 검은 색 양복, 검정 넥타이, 검정 구두, 여자는 화려하지 않은 검정 색 양장, 검정 핸드백, 치장 없는 검정 구두에 귀금속류(흑진주는 예외)를 하지 않는 것이 기본적 예의로 되어 있다. 시내에서 검정색 옷을 입은 사람들은 결혼식이나 장례식에 다녀온 사람이거나 야쿠자(폭력단)들이며 평상복으로 검정색을 입지 않는 것은 이러한 연유에서다.

넷째, 식의 준비 및 진행 그리고 화장, 사망신고에 이르기까지를 장의사가 대행하고 있음이다. 장의사는 유족들과 상의하여 정해진 가격과 등급에 따라 예산 수준에 맞는 장례식 일체를 진행하기 때문에 유족들의 번거로움이 없다는 것이다. 영안실을 빌리기 위한 가격 흥정에서부터 장례용품 구입, 손님 접대를 위한 음식준비, 출관, 묘지 준비에 이르기까지 모두 유족이 하지 않으면 안 되는 일이기 때문에 장례식은 유족에게 있어 글자 그대로 일생 일대의 대사가 되는 법이다.

이러한 일들을 장의사로 하여금 대행하게 하는 것은 매우 합리적이라는 생각이 든다. 이렇게 하기 위하여는 장의사들 스스로가 정보를 축적하고 상품을 개발하거나 서비스 제공 편의 등에 대한 자구적 노력이 선행되어야 할 것이며 정부로서도 장의사의 영업활동을 의례 준칙에 따라 지도, 육성시켜 나가야 할 것이다.

다섯째, 유체를 화장하여 납골당에 안치한다는 것이다. 1년에도 수십만 개씩 늘어나는 묘지 때문에 강산이 묘지로 변하고 있는 우리나라의 현실로 보아 납골당이나 가족 묘소는 긴급한 현안 문제며, 최근에 정부가 이 시책을 강력히 추진하고 있어 그나마도 다행이라 생각된다.

모든 절차를 대행해주는 장의사

　장례식을 치르기 위하여 가장 먼저 하는 일은 물론 임종을 알리는 일이다. 임종을 알리는 범위는 가족, 친족, 우인, 지인, 근무처 등이며 여기서 친족이란 일본의 민법상 6촌 이내의 혈족, 배우자 그리고 3촌 이내의 처가 친척을 말한다.

　다음은 장례식의 준비와 진행을 전담하여 추진해줄 사람 즉 '세와닝〔世話人〕'들을 정하는데 친척, 우인, 지인, 반상회 사람들 중에서 적당한 사람에게 의뢰하고, 이들 중 모두를 총괄해줄 대표 한 사람 즉 '세와닝 대표'를 정한다.

　세와닝이란 도와주고 보살펴주는 사람을 말하며 통상 회계담당, 문서담당, 접수담당, 접대담당, 잡무담당으로 구분하여 정해진다. 따라서 장례의 모든 진행은 세와닝 대표에게 맡겨지고 그가 유족과 협의하여 의식방법, 예산, 진행 등을 정한 후 장의사와 협의하여 추진하게 된다.

　장의사는 납관으로부터 쓰야〔通夜 : 우리나라의 철야에 해당하나 밤을 새우지는 않음〕의 준비, 사망통지, 사망신고, 화장터에의 연락및 융자까지 조달하는 등 장례에 관한 일체의 사항을 추진하는 것이 우리와 다른 점이라 하겠다.

　참고로 장의사가 준비해주는 것들은 다음과 같다.

　즉 제단, 관, 사진 확대인화, 사망통지와 장례장 인쇄, 장의 등, 장의 표시 깃발, 향, 사망신고, 화장 증명서 수속, 생화, 제물, 사원 등의 수

배, 장례식 접수용품, 텐트, 상복(차용) 등이다.

일본의 장례식은 사망 후 24시간 이후에 처리하도록 법률로써 정하고 있다. 즉 법률상 전염병에 의한 사망 이외에는 사망 후 24시간을 경과하지 않으면 화장이나 매장할 수 없도록 하고 있는데, 이는 심장과 폐의 움직임 등 24시간이 경과해야 몸 전체의 조직세포가 완전히 죽기 때문이다.

장례식은 보통 자택에서 행하나 집이 협소한 경우에는 사원이나 교회, 장의장에서 행하는데, 일반적으로는 사망한 날 저녁에 납관하고 가족, 친척들만의 '가리쓰야〔假通夜〕', 다음날에 제단을 만들어 '혼쓰야〔本通夜〕', 그 다음달에 장례식과 고별식으로 진행되나 사망한 시간이 밤일 경우에는 하루씩 순연하여 진행하는 것이 보통이다.

가리쓰야는 극히 친한 친척들만으로서 북쪽에 병풍, 제상(촛불, 향불, 조화, 밥, 국) 그리고 유체순으로 하여 제등과 향불이 꺼지지 않도록 하는 것이며(교대로 밤을 새움), 쓰야는 저녁 6~7시경부터 시작하여 9~10시경에는 종료하게 되는데 이 쓰야가 종료되면 조문객들은 모두 돌아간다.

이외에는 가족, 친척, 그리고 고인과 절친했던 몇 명의 사람들만 교대로 밤을 지샌다.

장례식과 고별식은 오전 10시부터 오후 3시 사이에 행한다. 연말연시에 사망한 경우는 3일이 지나고 나서 장례식을 치르는 관습이 있으며 이 때는 드라이아이스로 유체를 보호하고 있다.

조문 매너와 부의금

　우선 복장에 관한 것으로서 유족측의 경우 지방에 따라서는 장례식과 고별식을 똑같은 정식 상복으로 착용하는 경우도 있으나 일반적으로는 준상복(準喪服)을 착용한다.

　쓰야 때는 남성의 경우 검정 양복에 흰색 와이셔츠, 검은 색 넥타이, 검정색 양말, 검정색 구두를 착용하고, 여성은 검정색 ─ 혹은 감색, 짙은 회색 ─ 원피스나 투피스 또는 수수하고 무늬가 없는 검정색 기모노를 착용한다.

　장례식과 고별식 때는 남성은 상주는 정식 상복을 착용하고 친척(고인의 사촌 이내)들도 정식 상복을 착용하는 것이 예의로 되어 있으며, 화장(和裝 : 우리 한복의 일본식 명칭)이라면 위는 흑색, 아래는 쥐색, 양말은 흑색을 착용한다. 여성은 양장이든 기모노든 정식 상복을 착용하며 양말은 남성과 달리 백색을 착용한다.

　조문객들의 경우는 유족과 똑같이 상복을 착용하는 것은 바람직하지 않으며 고인과 먼 관계일수록 약식 복장이 된다.

　쓰야 때는 남성은 검정색 평복에 검은 넥타이, 여성은 검정색 원피스 또는 투피스를 착용한다.

　장례식과 고별식 때는 남성은 준상복 또는 약식 상복으로 하며 검정색과 검은 넥타이는 필수다. 여성은 준상복 또는 약식 상복이며 화려하지 않은 검정색 핸드백과 검정색 ─ 치장 없이 밋밋한 ─ 구두에 흑진주목걸이, 흑진주 반지 ─ 없을 경우에는 보통 진주 또는 안

해도 무방함 — 를 착용하고 평상시의 금반지, 금목걸이 등 일체의 치장류는 금기시되어 있다.

앞서 얘기한 바와 같이 일본식 장례는 우리처럼 유족, 친지 및 조문객들이 철야를 하지 않는 것이 특징이며, 쓰야라고 하여 시간이 정해져 있기 때문에 시간을 지키지 않으면 안 되도록 되어 있다.

너무 오래 앉아 있으면 유족측에 부담이 되므로 오래 머물지 않도록 하는 것이 중요한 매너로 되어 있는 것이다. 대체적으로 상주의 인사가 끝난 시간이거나 늦어도 10시 이전에는 돌아가야 한다.

또 장례식과 고별식으로 식이 구분되어 있으므로 고별식에 참석치 못할 경우에는 쓰야 때 미리 그 이유를 설명하고 사과를 구해야 한다. 경우에 따라서는 고인과 종교나 종파가 다를 수도 있으나 이 때는 고인에게 맞추어 고인의 종교를 따르도록 하고 있는 것도 우리와는 다른 점이라 하겠다.

조문시의 부의금은 향전(香奠)이라 하여 너무 많아도 실례, 너무 적어도 실례로 되어 있다. 이는 가까운 친척일수록 많아서 1만~5만 엔 정도며 먼 친척은 5,000~1만 엔 정도가 보통인 듯하다.

또한 직장 내의 상사에게는 적게, 부하에게는 많이 하는 것이 일반적인 룰로 되어 있는 점이 특징이며 이것은 매우 합리적이라 여겨진다. 즉 상사에게는 3,000~1만 엔, 부하에게는 5,000~1만 엔이 통상적이다.

친구, 지인의 경우는 특별히 친하지 않은 경우는 3,000~5,000엔 정도, 직장 동료인 경우는 1인당 2,000~3,000엔 정도로 몇 사람씩 합하여 내는 것이 보통으로 되어 있다.

공물로서는 조화, (검은 리본으로 묶은)생화, 과자, 술, 양초, 향 등이 있는데 이것을 제단 등에 장식해놓기 때문에 쓰야로 정한 날의 오전중이나 늦어도 오후 2시까지는 도착할 수 있도록 하여야 한다. 재미있는 것은 장례를 치르고자 하면 조화 또는 깃발 등을 밖에 내걸기 위해 자연히 집 밖의 도로를 일부 점용케 되는데 이 때 반드시 도로사용 허가를 신청하여 허가를 받아 사용하고 있으며, 아무리 장례라 하더라도 주차금지 장소에 차량을 주차시키면 가차 없이 벌금을 물고 있다는 것이다. 우리나라의 경우 장례는 고사하고 무단도로 점용사용으로 인하여 시민들이 겪고 있는 불편은 헤아릴 수 없다.

조문객들은 이러한 일련의 장례의식이 끝나면 다른 곳에 들르지 않고 곧장 집으로 돌아가는 것이 관습으로 되어 있으며, 돌아갈 때는 상주측에서 준비한 사례품이 있을 경우에는 그것을 가지고 간다.

이 사례품이란 소금과 조그마한 정종 한 병, 그리고 정종잔이나 오차가 들어 있는 것으로서 소금이 들어 있는 이유는 일본인들이 장례식을 마치고 집으로 들어가기 전에 대문 밖이나 현관 밖에서 소금을 몸에 뿌려 액을 쫓는 관습이 있기 때문이다.

이것은 우리나라의 옛 관습에서 연유된 것이 아닌가 하는 생각이 든다. 사람에 따라서는 장례식을 치르고 집으로 돌아가는 길은 같은 길을 걷지 않는다는 관습도 있긴 하나 모두가 그렇지는 않다.

'이지메'의 나라 일본

주로 학교에서 집단적으로 특정 학생을 표적으로 삼아 괴롭히거나 못 살게 굴거나 무시하는 등의 가해 행위를 일본어로 '이지메(いじめ)'라 하고 우리나라 말로는 '집단 괴롭힘'이라 하며, 최근에는 우리나라뿐 아니라 세계적으로도 이 이지메라는 용어를 그대로 사용하고 있다. 그것은 일본이 이지메의 종주국임을 뜻한다.

말할 것도 없이 일본인들 스스로가 이지메의 주역인 것이며, 이지메를 연구하지 않고서는 일본과 일본인들을 파악했다고 할 수 없다.

최근에는 이지메가 학교에서 군대나 회사에까지 아이, 어른 할 것 없이 번져 나가고 있어 일본의 큰 사회문제로 대두되고 있다.

일본 전국 공립 초·중·고교에서 1995년 1년간 발생한 이지메 건수는 총 약 6만여 건(일본 문부성 조사)으로 1994년도에 비해 약 6%인 3,000여 건이 증가했다. 이 건수는 사립학교를 포함하면 훨씬 더 많을 것이다.

학교별로는 초등학교가 2만 7,000건, 중학교가 2만 9,000건, 고등학교가 4,000건, 기타 특수학교 등이 200건으로서 초·중학교가 압도적으로 많다.

이지메가 원인이 되어 자살한 학생은 6명(중학생 5명), 전학한 학생은 초·중학교만 해도 400명을 훨씬 넘고 있다. 이지메와 관련한 학생간의 폭력, 교사에게의 폭력, 기물 파손을 포함한 '교내 폭력' 발생건수는 중학교가 1994년보다 27% 증가한 6,000건, 고등학교가 16% 증가한 2,000건으로서 학생들의 폭력이 일상화되고 있음을 알 수 있다.

이지메 그룹은 몇 명에서 학급 전체가 되는 경우도 있으며 대체적으로 리더, 중간 그룹, 동조자로 구성된다.

리더와 중간 그룹은 꽤 호흡도 맞고 항상 함께 행동하는 경향이 있으나 동조자들은 이지메를 할 때 방관하거나 거드는 정도의 참여를 하고 있다. 이 동조자들은 이지메에 참여하지 않을 경우에 예상되는 사태, 즉 참여 거부는 이지메 그룹의 리더나 중간 그룹에 대한 소극적인 반항으로 간주되기 때문에 자신이 이지메의 대상이 되는 것을 무서워하고 있는 것이다. 다시 말해서 이지메당하지 않으려면 이지메 그룹에 붙어야 한다는 것을 자기보호의 철칙으로 하고 있다.

이들은 타인을 이지메하여 타인이 고통스러워하는 것을 보고 쾌감을 느끼며 이에 대하여 손톱만큼의 죄의식도 갖지 않는다. 이지메를 당하는 쪽도 담임 선생님이나 부모에게조차 얘기하지 않는다. 만약 일렀다는 것이 알려지거나 이지메 그룹이 선생님으로부터 주의를 듣기라도 하면 더욱 심하게 이지메를 당하게 되기 때문이며, 그래서 이지메는 상당 기간 동안 외부에 알려지지 않은 채 계속 진행되는 것이다. 간혹 다른 애들 중에 이지메가 너무 심해서 불쌍하다는 식으로 자기 부모에게 얘기를 하는 경우가 있는데 부모들 역시 자기 자식이 이지메를 당하고 있지 않는 이상 철저히 외면하고 만다. 학교에 이 사실을 알리기라도 했다가 자기 자식이 된통 맞는다면 큰 일이기 때문이다.

　자기와 관계없는 일이면 자기 옆에서 사람이 죽어가도, 일이 거꾸로 돌아가도 참견하지 않거나 방관하는 것이 일본인의 퍼스낼리티라는 것은 누차 강조한 바와 같다.

　이지메의 대상은 예외 없이 약자가 선택되며 외국인은 이 약자의 단골 손님이다. 따라서 외국인이 일본인 학교를 다니고자 하면 이지메를 각오하지 않으면 안 된다.

　우리 한국인 중·고생들이 일본인 학교에 1~2년쯤 다니다가 한국인 학교로 전학하는 경우는 대체적으로 이 경우에 속하며, 우리집 아이의 경우도 예외는 아니었다.

　초등학교 6학년 과정을 1년 내내 이지메 속에서 견디다 못해 중학교부터는 이사까지 해서 학군을 바꾸었으나 결국 중학교 2학년 1학기를 끝으로 한국인 학교로 전학시키고 말았다.

　문제는 교사들의 태도인데 이지메를 당하고 있는 것을 알면서도 적극 개입을 꺼리며 소극적인 지도로 일관한다. 이지메의 실태를 정확히 파악하려 하지도 않는다. 참다 못해 담임 선생을 찾아가 이지메를 막아달라고 상담을 하면 "좀더 지켜 봅시다" 하고 의사처럼 얘기한다. 심지어는 자신의 눈으로 이지메의 현장을 확인하지 않으면 지도하기 어렵다고까지 말한다. 아무리 거꾸로 가는 세상이라도 선생이 보는 앞에서 이지메를 할 애들이 누가 있겠는가. 이 교사들은 이지메하는 학생들도 똑같은 학생들이며 이들을 꾸중했을 때 안 했다고 버티면 그뿐이고 꾸중을 듣고 마음에 상처를 받을 수도 있기 때문에 확실한 증거가 필요하다는 식이다.

교사들도 강자 편에 서 있는 느낌이다. 약자에게 강하고 강자에게
약한 일본인들의 성격은 이렇듯 이미 어릴 때부터 형성되는 것이다.

두 번 다시 생각하고 싶지 않은 악몽

딸애가 일본의 소학교 6학년에 전학한 것은 1994년 4월초였다. 10년 전 일본에서 유치원을 다녔으나 일본어는 완전히 잊어버린 상태였기 때문에 벙어리나 마찬가지였다. 학교 친구들은 처음 한 달 동안은 외국인에 대한 호기심에서 집에까지 놀러오고 매우 상냥하게 대해주었다. 그러나 두 달째부터 소위 이지메 그룹에 의한 이지메가 시작되었는데 시간이 흐를수록 딸애의 학급뿐 아니라 다른 학급에도 번져 사태는 개선될 기미는커녕 점점 악화되어 가고 있었다.

여기서 잠깐 딸애가 직접 체험했던 이지메 사례들을 나의 일기장을 바탕으로 하여 소개하기로 하자. 직접 경험해보지 않은 사람들은 모르는, 두 번 다시 되뇌이고 싶지 않은 추억을 더듬다 보니 악몽이 되살아나고 피가 거꾸로 솟는 듯한 전율마저 느껴진다. 그러한 이지메가 어떠한 분위기 속에서 어떻게 행하여지고 있는지, 그 실상을 엿볼 수 있다.

- 여럿이서 뒤를 쫓아다니며 "간코쿠진, 간코쿠진(한국인)" 하고 조롱하거나 꾹꾹 찌른다. 때로는 주먹으로 머리를 치거나 앞을 가로막거나 하면서 울 때까지 놀려댄다.
- 모두들 놀고 있는 곳에 함께 놀고 싶어 다가가면 노는 것을 중단하고 다른 곳으로 가버린다.
- 이지메 그룹 중의 한 사람과 다투기라도 하면 전후 관계를 불

문하고 우루루 모여들어 함께 편을 든다. 이것은 결국 땅바닥에 주저앉아 울 때까지 계속된다.

- 만약 누군가가 딸애와 놀아주면 그 애는 당장 이지메의 대상이 되어 상당 기간 고통을 당하게 되며, 그것은 이 애가 스스로 우리 딸애를 이지메할 때까지 계속된다. 경우에 따라서는 이 애가 제일 악랄하게 이지메할 때도 있다. 즉 이지메를 하지 않으면 이지메를 당하게 되므로 자신을 보호하기 위해서는 이지메를 하여야 한다. 따라서 딸애는 더더욱 외톨박이가 되어야 했다.

- 점심 급식 때 소금이나 양념통을 앞에서 뒤로 돌리도록 되어 있는데 딸애에게는 돌리지 않고 건너뛰어 돌리는 바람에 양념 없이 반찬을 먹어야 할 때도 많다.

- 방과 후 청소시간에 가장 싫어하는 것이 물걸레 청소인데 돌아가면서 당번을 하게 되어 있으나 항상 물걸레 청소만을 하도록 강요한다.

- 필통이나 가방을 던져버리거나 가방 속의 책을 몰래 꺼내 찢어서 다시 넣어 놓는다.

- 신발장에서 신발을 꺼내 감춰 놓거나 다른 사람의 신발을 바꿔 넣어 놓고 이에 대한 책임을 추궁한다.

- 어떤 학생의 물건이 없어지면 무조건 딸애가 그랬다고 여럿이서 본 것처럼 얘기함으로써 선생으로부터의 보호를 차단한다.

- 어떤 때는 너무 무섭고 불안하여 도망하면 더욱 기세 당당하게 쫓아와 빙 둘러싸고 괴롭힌다. 기가 죽고 떨린 나머지 도로

변에 있는 가게로 뛰어들어가 살려달라고 애원할 때도 있다. 가게 주인의 전화를 받고 달려가보면 딸애는 눈물로 범벅이 되고 공포에 질려 차마 볼 수 없을 정도로 초췌해 있다.

이지메와의 싸움

학교에 가기 싫다고 흐느끼는 딸애를 달래고 얼려 도로 앞까지 바래다주고 힘없이 축 처져 걸어가는 뒷모습을 한참 동안 지켜보고 있노라면 가슴이 메어지는 것 같아 견딜 수 없었다.

등교길에서도 이지메가 빈번하던 터라 종종 학교 정문 앞까지 바래다주기도 하였으며 하교길에는 아내가 교문에서 기다렸다가 데려오곤 하였다.

사실 고학년을 장애자도 아닌 터에 부모가 바래다주고 데려오는 것 자체가 있을 수 없는 행동이며, 그것만으로도 이지메의 표적이 되기에 충분하다는 것을 알고 있으면서도 아이가 등하교길이 무서워서 그렇게 하지 않으면 안 가겠다고 훌쩍이는 바람에 어쩔 수 없기도 하였지만, 또 한편으로는 공포에 떨고 있는 아이에 대하여 부모가 해줄 수 있는 유일한 시위이기도 하였다.

딸에게는 어르고 위로해주는 부모보다도 장난치며 함께 뛰놀 수 있는 친구가 더 필요했을 것이다. 한창 커가는 애들에게 있어 친구가 없는 고독감 따위를 느낄 리 만무하건만 고독감은 차치하고 공포감에 빠져 있는 딸이기에 나로서는 더더욱 가슴 아팠는지 모른다. 어떤 때는 온종일 학교 보건실에 누워 안정을 취하거나, 머리가 아프거나 고열로 조퇴하고 돌아오는 경우도 많았으니 아이의 신경이란 온통 주변 친구들의 가해 행위에 대한 피해의식에 사로잡혀 있었다.

수업시간중의 이지메도 그러하지만 아이를 가장 괴롭혔던 것은 휴

식시간, 점심시간, 방과 후 청소시간, 등하교길 등으로 자유롭게 마음
껏 어우러져야 할 시간이었던 것 같다.

이러한 아이에게 우리 가족 모두는 한편으로는 친구가 되어 놀아
주고 위로하며, 한편으로는 용기를 북돋우고 강하게 되는 교육, 그렇
게 교육해서는 안 되는 교육, 반교육적 교육 등을 시켜야 했으니 내
가 생각해도 한심한 생각이 들곤 하였다.

"이 친구들은 평생에 너의 친구가 될 친구들이 아니다, 필요 없는
친구들이니 그네들이 너를 끼워주지 않더라도 무시하더라도 서운해
할 필요없다, 오히려 네가 무시해버리고 너희들이 안 놀아줘도 난 외
롭지 않다, 너희들은 내 친구가 아니니까라고 생각해버려라, 등교길
에 '안녕' 하고 인사해도 인사를 받아주지 않으면 앞으로 인사를 하
지 않으면 그만이다, 또 네쪽에서 먼저 고개 돌려버리거나 노려보고
이지메해버리면 되잖니, 꾹꾹 찌르거나 때리면 맞붙어서 싸워라, 네
가 강한 마음을 갖지 않으면 넌 계속 이지메를 당한다, 강하지 않으
면 당한다, 강하게 되라, 강하게…."

어처구니없다. 딸에게 건전한 교육, 건강한 사회, 선진 사회를 경험
시키고자 일부러 일본인 학교에 전학을 시켰는데 기껏 지금 나는 딸
에게 학교에서 이지메하는 일본 애들 속에 살아 남도록 변태적인
교육을 하고 있으니….

일본의 학교에서는 연락장이라는 게 있어 학교로부터의 연락뿐 아
니라 부모와 교사 간의 의견교환 등도 이를 통하여 이루어지고 있는
데 아이의 선생은 매일같이 딸애의 일과 행동을, 나는 딸애의 심경과
요망사항을 적어 보내곤 하였으나 그래도 이지메는 개선될 기미가

보이지 않아 결국 학교를 찾아가기로 하였다.

교장실에는 교장과 담임 그리고 학년 주임이 배석하였다.

사전에 약속이 되어 있었기 때문에 간단한 인사를 교환하고 나서 본론으로 들어갔다. 나는 우선 학교에서 딸애의 이지메에 대하여 어떻게 파악하고 있으며 어느 정도의 인식을 가지고 있는가를 물었다.

놀랍게도 배석한 선생들의 대답은 한결같았다. 괴로움을 끼쳐드려 죄송하다, 특별관찰 대상으로 선정하여 주의 깊게 관찰하고 있다, 외국인이라는 두드러짐이 이지메의 대상이 되는 것은 어느 학교에서나 마찬가지다라는 등의 변명, 이지메하는 학생들을 주의줄 경우에는 이지메가 더욱 심해지는 경향이 있기 때문에 신중하게 대처해야 한다는 소극적인 답변들 뿐이었다.

처음에는 조용조용히 애기하여 학교의 성의 있고 적극적인 대책을 바랐던 나는 결국 화가 머리 끝까지 치밀어 버럭 소리를 지르며 언성을 높였다.

"한창 커가는 딸애에게 선진국의 좋은 면과 많은 친구들을 사귀게 하고 싶었소. 적어도 교육자인 당신들만큼은 외국인에 대한 인종차별이 없을 것으로 믿었소. 자신의 행복보다도 다른 사람들의 행복을 더욱 소중히 여기는 국민이라고 믿었소. 연락장에 써 보낸 담임 선생의 사과와 성의는 새빨간 거짓이라는 것을 이 자리에서 알게 됐소. 이지메 문제로 대상 학생들의 부모들을 불러 토론회도 한 번 하지 않았지 않소. 도대체 당신들이 한 노력이란 무엇이오. 이지메당하는 것을 보고도 못 본 척 그럭저럭 시간이 흘러 졸업하게 되기만을 기다렸던 거요. 골치 아픈 애라고만 생각했을 거요. 애의 고통은 물론

한 가정의 행복이 엉망진창으로 깨지고 하루하루를 가슴 태우며 지내고 있는 그 기분을 당신들은 모르고 있는 거요. 당신들의 자식들이 이지메를 당하여 당신들 가정이 고독과 슬픔과 공포 속에 잠겨보기 전에는 이해할 수 없을 거요. 결국 당신들에게서 기대할 수 있는 것은 아무 것도 없다는 것을 알았소. 당신들 역시 우리들로부터 당신들을 좋아하게 될 것을 기대하지 마시오.”

그 후 학교에서는 전 교사 공청회가 열리고 학부모 회의가 열리는 등 법석을 피워댔다. 덕택에 이지메는 얼마간 잠잠해지는 듯싶었다. 그러나 그것은 한 달을 채 넘기지 못했으며 다시 이전과 같은 고통이 우리 가정을 엄습해 왔다.

학교로부터는 더 이상의 해결을 포기한 채 나는 학부모들을 직접 만나서 해결을 도모하기로 하였다. 자기들도 자식들을 키우고 있으니 대화가 통하리라 믿었기 때문이다.

이지메 그룹의 리더격인 서너 명의 집에 전화를 하여 근처 다방에서 만나기로 하였다. 그런데 참 이상하게도 부모들 역시 선생들과 똑같았던 것이다. 자초지종을 얘기하면 금시초문이라는 식으로 강하게 부정을 하는 것이었다. 자기 딸도 이지메를 당하여 왔고 그렇게 되지 않기 위해서 이지메 그룹에 들어가려고 발버둥치고 있는 실정이란다. 그래서 실제 있었던 일들을 조목조목 구체적으로 얘기하자 마지못해서 단단히 주의하겠노라고 고개를 조아릴 뿐이었다.

그 다음날 몇몇 학생들은 우리 아이에게 와서 미안하다고 사과를 했다. 그러나 그 사과는 자기 엄마가 무서워서 형식적으로 한 것이었을 뿐 며칠 뒤부터는 더더욱 심한 이지메가 시작됐다. 눈만 마주치면 노려보거나 심하게 무시하듯 조롱하고 괴롭히는 것이다. 이 애들은 이지메가 재미있는 것이다.

상대에 대한 이해 따위는 아예 없다. 오히려 상대가 고통스러워하거나 무서워할수록 쾌감은 점점 커지는 것이다.

주변의 아이들 역시 즐거워하며 동조한다. 그렇지 않으면 자신도 당하게 될 것이 두려운 것이다. 심하게 이지메할수록 그 학생은 이지메 그룹의 리더에게 두툼한 신뢰를 받는다. 이렇게 되면 일단 자기 자신은 보호받을 수 있는 것이다. 상대를 괴롭힘으로써 자기 보호를 꾀한다는 일본인들의 변태적 성격은 바로 일본의 소학교 때부터 공개적으로 양성되고 있는 것이다.

벌써 며칠째 B학생이 학교에 등교하지 않고 있다. A그룹으로부터 이지메를 당해서 그렇다고 한다. 며칠째 학교에 나오지 않고 있으니까 선생이 학생들에게 '누가 B학생에게 왜 안 나오느냐고 전달해 줄 사람'을 찾았다.

그러나 손을 드는 학생이 한 명도 없었다. 조용한 침묵이 흘렀다.

한 학생이 조심스럽게 손을 반쯤 들었다. 우리 아이다. 집은 모르니까 전화로 하겠다고 했다. 그리고 집에 와서 전화를 걸었다. 학교에서 선생님이 왜 안 나오느냐고 묻더라고.

전화에 나온 것은 B학생의 엄마였다. 우리 아이의 말에 주춤거렸으나 전화기 속 저편에서 아빠인 듯한 남자 목소리가 "몸이 아프다고 그래"라고 들렸단다. 그 말대로 B의 엄마는 B가 몸이 아프니 그렇게 선생님께 전해달라는 것이었다.

여기서 내가 느낀 것은 두 가지다. 첫째는, 이지메당하는 학생에 대하여 돕겠다고 나서는 학생이 없다는 것, 그것은 어린 학생들이지만 이지메의 논리와 현실을 깊게 간파하고 있다는 뜻이 된다. 만약 이 학생을 돕는다면 그는 이지메 그룹에 반항한 것이 되어 당연히 이지메를 각오해야 할 것이기 때문이다.

우리 아이는 아직도 이지메의 논리와 현실을 파악하지 못하고 있는 것이다. 자신은 옳다고 한 행동인데도 왜, 무엇 때문에 자신이 이지메를 당하고 있는지를 몰라 당황하고 방황하는 것이다.

두번째는 담임 선생의 태도다. 왜 선생은 직접 B학생의 집에 전화하지 않고 학생들을 통하여 물어보아 달라고 부탁한 것일까. 그것은 B학생의 부모로부터의 추궁을 겁냈기 때문일 것이다. 이지메 그룹의 부모와도, 이지메당하는 학생의 부모와도 접촉을 꺼리는 것이다.

말하자면 문제에 대하여는 철저히 덮어두고 시간의 흐름만을 재촉하고 있는 것이다. 그렇기 때문에 이지메 문제는 해결되지 않는다. 학생들이 그렇고, 선생들이 그렇고, 부모들이 그러하며 직장인들이 그렇고, 정치인들이 그러하기 때문이다.

아마도 일본이라는 나라에서 이 이지메는 이지메의 종주국답게 영원히 존재할 것이다.

최후의 선택과 다시 찾은 행복

1994년 가을 어느 날.

퇴근을 하니 딸애가 활짝 웃으면서 "아빠, 오늘은 참 좋았어요. 애들이 모두 친절하게 대해주었어요. 오늘은요, 물걸레 청소도 안했구요, 친구들이 집앞까지 바래다주었어요. 정말 기뻤어요" 하고 목을 껴안는다.

하도 기뻐서 우리 가족은 이날 오랜만에 외식을 하였다. 그 날은 모처럼 참고 지냈던 술도 꽤 마셨던 것 같다. 딸이 적응을 잘해서든 일본애들이 딸애에게 잘해주기로 마음 먹었든 간에 이지메로부터 해방된 기쁨은 딸애는 물론 나를 비롯한 우리 가족 모두의 기쁨이기도 했다

"그것 봐, 아빠가 얘기했잖아. 네가 잘하면 결국은 모두들 너를 이해하게 될 것이라고. 지성이면 감천이란다. 내일 학교에 가서도 오늘처럼 친구들에게 친절하게 잘 대해주도록 해라. 네가 그렇게 밝으니 아빠, 엄마도 너무너무 기분이 좋구나."

이렇게 기쁜 날은 그 후 며칠간 계속되었고 그 동안은 우리 가정은 무한히 행복했다.

그런데 며칠 후 서울에서 온 방문단을 안내하고 퇴근시간 무렵이다 되어서 사무실로 전화를 하고 곧장 집으로 퇴근하는 길이었다.

집에 다 와 가는데 집옆 골목길에서 딸애가 담벽에 기대어 서서 울고 있는 것이다. 가슴이 철렁 내려 앉았다.

딸애는 나를 보자 내 품에 달려들며 크게 소리 내어 울기 시작했다. 나는 무슨 말로 위로해야 좋을지 몰라 한참 동안 딸애를 감싸안고 그 자리에 마냥 그대로 서 있었다.

얘기는 듣지 않아도 충분했고 나 역시 감싸안고 있는 팔에 꾸욱 힘을 주는 것으로 얘기를 대신했다.

그런데 눈물로 범벅이 된 딸애가 울먹이면서 입을 열었다.

"아빠, 죄송해요. 더 이상 못 참겠어요. 나 학교 안 가게 해줘요. 지금까지 집에서 한 말은 거짓말이었어요. 아빠, 엄마가 나 때문에 너무 걱정하셔서 기쁘게 해드리려고 거짓말로 웃은 거예요."

아! 그랬었구나, 정말 그랬었구나. 집옆 골목길에서 실컷 울고 문을 열고 들어오면서는 아무일 없었던 것처럼 웃었단다. 그런 것도 모르고 아빠, 엄마는…. 웃음 뒤에 살짝 드리워져 있었던 그 때 그 어두운 그림자가 '터질 것 같은 슬픔'이었음을 미쳐 헤아리지 못한 아비, 어미는 무엇인가.

결국 우리는 이지메와 싸워 이기지 못하고 다른 사람들이 다 그렇게하듯이 이사를 하기로 결정하였다.

이제 보통 일본애들 수준의 일상 대화를 구사할 수 있게 되었고 마침 새로 이사한 곳 옆집에 친구들도 있어 새 학교에서는 1년여를 잘 보냈던 것 같다. 너무 지루하고 괴로웠던 어둠의 터널로부터 빠져나와 우리는 이 1년간 안정과 행복을 맛보는가 싶었다.

그러나 그것도 1년뿐, 그 후 다시 시작된 새로운 이지메에 견디다 못해 일본인 학교를 버리고 도쿄에 있는 한국인 학교로 적을 옮기고 말았으며 현재우리 가정은 너무너무 행복하다.

참고로 새로 이사한 곳의 중학교에서 이지메의 시작은 역사시간이 계기가 되었다.

일본의 우리나라에 대한 침략과 지배는 학생들에게 반성은커녕 우월감을 심어 주었고 여기에 지지 않으려고 맞섰던 딸애의 자존심이 이지메를 자초하였던 것이다.

이것이 일본의 교육 현장이다. 이것이 일본의 장래 푸른 꿈들인 학생들이며 선생들이고 일본인이고 일본 사회인 것이다. 마치 동남아 주변 약소국들은 무시하고 냉대하고 군림하려 하며 강대국인 미국이나 유럽 선진국들에는 아무리 굴욕을 당하여도 큰소리 한 번 내지 않고 비굴한 아양을 떠는 그런 나라.

그러면서 방글라데시나 아프리카인들에게는 쓰다 못해 남은 돈을 베풀며 마치 세계에서 평화를 가장 사랑하는 나라인 양 떠들어대는 그런 나라.

도대체 어느 얼굴이 진짜인지 아무리 들여다보아도 감을 잡을 수 없는 아마도 백의 얼굴, 천의 마음을 가진 그런 사람들의 나라.

처음 만난 사람에게 보여지는 굉장한 친절, 백화점이나 은행에서의 사람 간장 다 녹이는 친절, 그러나 그 친절 뒤에는 백 가지도 넘는 모습의 다른 얼굴들이 가려져 있으니….

제4부

일본 속의 한국 여행객들

팔 길고 목소리 크면 제일

'줄서기'야말로 질서에 대신하는 말로 사용해도 부족하지 않을 만큼 질서의 기본이자 본질이라 할 것이다. 앞으로 우리나라도 전제적·독재적인 지도자가 아닌 민주적 리더십을 지닌 지도자의 모습은 직접 줄을 서서 기다렸다가 표를 사본 사람이 아니고는 안 된다. 외국에 여행을 갔을 때 그 나라 사람들이 정류장에서 버스를 기다리며 질서 정연하게 줄을 서 있는 모습을 본 사람들은 그 나라는 질서의식이 대단하다는 둥, 문화 수준이 높다는 둥의 찬사를 아끼지 않는다. 결국 역으로 우리나라는 아직 그런 수준에까지 가 있지 못하다는 뜻이 되겠고, 우리나라 사람들의 질서의식이 부족함을 스스로 인정하는 것이기도 하다.

사실 지금부터 기술하고자 하는 사항들은 선진국에서는 너무도 당연한 일상 생활이기 때문에 이를 사례로 들어서 얘기한다고 하는 자체가 부끄럽다는 생각이 들어 망설여졌으나, 일본 속에서 내가 보고 느낀 일들을 있는 그대로 기술함으로써 우리 모두의 자성(自省)의 계기로 삼고자 하는 것이다.

잘 알려진 바와 같이 일본 사회에 있어서 줄서기는 시간과 장소를 불문하고 사회적 규범이자 룰로써 잘 지켜지고 있다.

서울의 어느 백화점에서나 볼 수 있는 진풍경.

그것은 다름 아니라 카운터(계산대)에서 계산을 하기 위해 서 있는 손님들이 종(縱)으로 줄을 서 있는 것이 아니라 계산대를 에워싸고 옆으로 넓게 벌려 서 있는 모습이다. 이렇게 되니 순서고 뭐고 없고 먼저 돈을 내고 계산하면 그만인 것이다.

다시 말해서 팔이 길고 목소리가 크면 제일이다. 키가 작은 어린이나 할머니는 옆 사람이 한 마디 거들어줘야 순서를 차지할 수 있을 뿐이다.

이러한 무질서에 젖어 있다 보니 순서를 제대로 지킨 사람이 오히려 손해를 보게 되고, 그러다 보니 괜히 스트레스만 차곡차곡 쌓이게 되는 것이다.

이러한 행동은 외국여행을 할 때도 자연스럽게 나타나서 일본으로 간 한국 방문단이나 여행객들은 예외 없이 무질서의 실력을 유감 없이 발휘한다.

줄을 서 있다가 자기 차례가 오면 지갑에서 돈을 낼 준비를 해야 되는데, 4~5명이 계산대를 에워싸고 여점원의 코앞에다가 돈을 내밀어댄다. 뒤에서 차례를 기다리는 다른 손님들은 이 사람들 중 누구의 뒤에 서야 바른 줄인지 몰라 엉거주춤한다.

여점원이 참다못해 질서를 지켜달라고 "미안합니다만 줄을 좀 서주세요…"라고 해도 막무가내다. 여기에다 목소리까지 거칠고 커서 점포를 지나치는 사람들조차 이 진풍경을 곁눈질하며 쌀쌀맞게 쳐다보는데도 이를 눈치 채는 사람은 없다.

하기야 이러한 시선을 알아챌 수 있는 사람이라면 기분 나빠서라도 그렇게들은 안 할 테지만….

일상생활에서 '줄서기'의 줄이란 횡(橫)으로 서는 줄이 아니라 종(縱)으로 서는 줄이라는 것을 새삼 강조해 두고 싶다. 지난번 강릉

무장공비 침투사건 때 한국군의 수색대는 횡(橫)으로 벌려야 하는데 종(從)으로 줄을 서서 수색하였다고 일본 신문에 비난 기사가 난 것을 본 일이 있다. 종으로 서야 할 때는 횡으로 벌리고, 횡으로 벌려야 할 때는 종으로 서 있으니 비웃음을 샀을 수밖에 없었다.

빈자리에 먼저 앉으면 임자

대중 음식점이나 다방에 동료들과 함께 갔을 때 우리들의 통상적인 습관으로는 입구에 들어서자마자 빈자리가 있으면 무조건 그 쪽으로 들어가 앉는다. 그리고 점원이 오기를 기다리거나, 점원이 늦기라도 하면 "아가씨, 주문받아요" 또는 "커피 한 잔 주세요", "소주 갖다줘요"라든가, 심지어는 "어이, 이 집은 아가씨도 없나? 되게 불친절하군" 하고 목청을 돋우게 된다. 이래도 전혀 어색하지 않은 것이 우리 사회이며 음식점 문화인 것이다.

그러나 유럽 등 선진국이나 일본에만 가도 상황은 다르다. 음식점(술집 포함)에 들어서면 입구 카운터에서 종업원이 안내해줄 때까지 기다려야 한다. 최근에는 입구 카운터 앞에 안내할 때까지 기다려달라는 팻말을 세워둔 곳이 늘고 있다. 안내받아 자리에 앉게 되면, 종업원은 물을 가지러 가는데 그 동안에 손님들은 메뉴표를 보고 메뉴를 결정해두는 것이다. 이 종업원은 결국 자기가 안내한 손님들이 식사를 다 마치고 계산을 끝낸 뒤 식당문을 나설 때까지 전적으로 자기 책임하에 담당을 하게 된다. 안내자 책임제이기 때문이다.

이와 관련하여 안내를 하는 이유는 홀이 넓은 경우 말없이 들어가 앉아버리면 누가 새로 온 손님인지 잠시 분간이 어려워질 수도 있고 담당도 애매해지기 때문이다.

손님도 왕(王)이기에 앞서 같은 시민의 한 사람으서 기본적인 매너를 지녀야 한다는 사실을 명심해야 할 것이다.

머리 먼저 들이대면 임자

도쿄 신주쿠(新宿)역 근처에는 신호기가 없는 횡단보도가 몇 군데 있다. 신호기가 없으니 차나 사람이나 상황을 보아가며 어느 쪽이든지 머리를 먼저 들이대면 임자겠지만 천만의 말씀이다. 이 경우라면 철저히 사람이 우선이다.

두 사람이건 한 사람이건 모두 지나갈 때까지, 그리고 보행자 스스로가 멈춰 서서 비켜줄 때까지 차량들은 클랙슨 한번 누르지 않고 끝까지 기다려 준다. 자동차의 클랙슨 이야기가 나왔으니 말인데 일본 도쿄의 그 복잡한 긴자(銀座)거리에서도 여간해서는 클랙슨 소리를 듣기가 힘들다.

일본 사람들은 자동차의 클랙슨을 일생동안 세 번 정도 울리면 많이 울린다고 한다. 그 중 한 번은 자동차 출고시의 시험동작이고 나머지 두 번은 긴박한 경우에 울리는 것으로서 그 밖에는 클랙슨을 울리지 않는다. 그러나 서울의 거리는 어떤가?

더욱 이상한 것은 차량이 서너 대 이상 늘어서게 되면 이번에는 보행자들이 걸음을 멈추고 차량에 도로를 양보해주는 것이다.

두 갈래의 도로가 한 가닥으로 합쳐지는 병목 구간에서는 길을 잘 비켜주지 않기 때문에 마음 약한 운전자들은 선뜻 머리를 내밀지 못하고 뒷차량으로부터 빵빵거림과 하이빔 불총을 당하면서 이러지도 저러지도 못하는 딱한 경우에 처할 것이고, 상대방 자동차를 처박을 듯한 기세로 섬뜩하게 머리를 내밀어 길을 비키라는 위협적이고 공격적인 운전자도 있을 것이며, 또 한번 양보해주면 계속 밀고 들어올 것이 겁나 아예 눈 딱 감고 양보를 회피하는 운전자도 있을 것이다.

이런 구간에서의 운전은 자기 차의 의사표시에 대한 상대 차량의 움직임을 보고 상대 운전자의 반응을 순간적으로 파악하여 과감히 머리를 들이밀 것이냐, 다음 기회를 기다릴 것이냐를 판단해야 하며, 이 판단과 동작은 자기 뒷차량과의 관계도 있으므로 빠를수록 좋다.

더 중요한 것은 담력과 결단력이다. 상대를 위협하여 상대에게 겁을 주어야 비켜주기 때문이다.

약간 과장되긴 했지만 이것이 우리나라 교통 문화의 현주소다.

그러나 일본에서는 이런 경우에 전혀 고민할 필요가 없다. 오른쪽에서 한 대가 가면 다음은 왼쪽이고 그 다음은 오른쪽, 그 다음은 왼쪽으로 철칙처럼 정해져 있다. 비켜주어야 하는 것은 의무요, 들어갈 수 있는 것은 권리처럼, 그리고 그것이 마치 교통법규나 되는 양 잘도 지켜지고 있어서 일본에서의 운전은 누워서 식은 죽 먹기다.

일본인들이 한국에 와서 특히 택시 기사들의 곡예운전과 난폭운전을 경험하고서는 "숨도 제대로 쉴 수 없을 만큼 긴장했었습니다. 식은땀이 주르르 흘렀어요. 정말 아찔한 순간이었죠" 하면서 고개를 절레절레 흔들며 비아냥거리는 것도 무리는 아닌 것이다.

자존심 건드리는 농담

우리나라 사람들은 대체적으로 자신의 감정을 숨기지 않고 직선적으로 솔직하게 표현한다. 일본인들과 가장 뚜렷하게 대조되는 것이 바로 이 점이기도 하다.

일본인들은 상대의 실수를 지적하기를 매우 꺼린다. 그것도 상대의 면전에서 직선적으로 지적하는 경우란 거의 없다. 지적을 받으면 당장은 머리 숙여 잘못했다고 얘기하겠지만 감정을 상했을 경우라면 지적한 사람과는 평생 등을 지게 될 것이며, 지적하는 사람도 이를 잘 알고 있기 때문에 마음속에 넣어둔 채 입 밖에는 내지 않는다.

일본인들은 이러한 습성을 교양과 매너라고 생각하고 있는 반면, 한국인들은 이러한 일본인들의 성격을 종종 이중인격이라고 꼬집는 사람들도 있다.

한편, 우리나라 사람들은 상대의 실수를 보면 당장 그 자리에서 지적한다. 설혹 자신이 같은 실수를 저지르는 데 익숙해 있다 하더라도 자신의 실수와 자신 이외의 타인의 실수는 다르게 취급한다. 즉 자신(자신의 가족 포함)에게는 관대하고 타인에게는 엄하다. 감정을 숨기지 않고 솔직하게 표현하는 것은 특히 일본인과 비교하여 매우 좋은 퍼스낼리티라고 생각하나, 자신에게 관대하고 타인에게 엄한 습성은 좋지 않은 퍼스낼리티일 것이다. 알고도 모르는 척하며 마음속에 차곡차곡 쌓아두는 일본인들이나 자신에게는 관대하고 타인에게 엄한 한국인들 역시 이러한 점에서만 국한하여 얘기한다면 이중인격

자라는 굴레를 벗기 어렵다고 하겠다.

이야기가 약간 다른 방향으로 흘러갔지만 남의 나라 사람들의 오랜 사회 관습에서 자연적으로 형성된 성격을 가지고 이러쿵저러쿵하는 것은 옳지 않다고 생각되므로 지금부터는 우리나라 사람들의 이야기를 좀 해보기로 하자.

한국 방문단이 도쿄도청 직원들과 회의실에서 마주 앉았다.

도쿄도청의 한 여직원이 한국 방문단원들에게 말을 건넸다.

"홋또코히와 오챠가 있습니다만 어느 쪽을 드시겠습니까?"

"뜨거운 커피와 녹차가 있답니다. 어느 쪽을 드시겠습니까?" 하고 통역 겸 가이드가 전한다.

이 말을 듣고 방문단원 중 한 사람이 가이드에게, "저 직원이 홋또코히라고 말한 것 같은데 그거 혹시 핫커피를 홋또코히라고 말하는 거 아니예요?" 하고 물었다.

가이드가 그렇다고 대답하자 갑자기 방문단원들은 모두가 재미있다는 듯이 킥킥거리고 웃어댄다. 그리고는 그 여직원더러 들으라는 듯이 제각기 핫커피와 홋또코히를 대조시켜 연발한다.

"홋또코히, 핫커피, 하하하!" 하면서 웃고 있다. 여직원은 분위기를 알아챈 듯 얼굴이 빨개졌다.

음식점에서의 일이다.

생맥주를 한 잔씩 주문해놓고 서울에서 간 조사단에게 일본어에는 '어'라는 발음이 없어서 beer를 '비어'라 발음 못하고 '비루'라고 한다고 귀띔해주었다.

한 잔씩을 다 비운 뒤 아르바이트 학생 여종업원을 불러 한 잔 더

갖다 달라고 주문하려는 참이었다. 단원 중 한 사람이 "비어구다사이!(맥주 주세요)" 하고 큰 소리로 말했다. 여종업원은 못 알아들은 듯 바싹 다가서며 "하이? 하이?(예? 예?)"라고 다시 묻는다. 이 때 바로 옆에 앉아 있던 젊은 직원이 말을 거든다.

"디스 이즈 낫 비루 벗 비어~"

그래도 여종업원은 무슨 영문인지 잘 모른 채 당황해 한다. 우리 조사단이 여종업원을 보면서 꽤 우쭐해 했음은 말할 필요도 없다. 안 되겠다 싶었는지 가이드가 나서서 "비루구다사이" 하고 나지막이 얘기하니까 그때서야 여종업원은 "하이" 하면서 사라졌다.

그러나 조금 후에 맥주를 가져온 것은 아까 그 여종업원이 아닌 남자 종업원이었고, 그녀는 우리가 음식점을 떠날 때까지 한 번도 우리 곁에 오지 않았다.

일본에서 장기간 근무하다 보니 한국에서 오는 별의별 여행객들과 접할 기회가 많았다. 이렇게 각계각층의 다양한 사람들과 접하면서 나는 나름대로 몇 가지의 기준을 가지고 이들의 수준을 몇 등급으로 분류를 해보았다. 그것은 첫째 언어의 구사, 둘째 행위의 매너, 셋째 사고의 건전성, 넷째 전문지식의 충실도, 다섯째 사물의 관찰력, 여섯째 절약정신이었으며 그리고 마지막으로 무엇보다도 중요시했던 것은 사람과 사람의 '만남'을 소중히 생각하고 있는가, 그것도 어느 정도 소중히 생각하고 있는가 하는 것이었다.

'**일**본놈' 이란 말은 절대금물

'일본놈'이라는 표현은 한국에서 온 여행객들 중 상당수가, 그것도 지식인임을 자처하는 소위 상류층에 속하는 사람들도 즐겨 쓰는 말이다. 심지어는 회의도중이나 회식중에 함께 자리한 일본인들의 면전에서도 우리들이 쓰는 한국어를 못 알아들을 것이라고 생각해서겠지만 천만의 말씀이다.

자고로 욕지거리는 다른 단어보다 전파가 빠르고 잘 외워지게 마련이며, 그 중에는 요사이 한국어를 공부하고 있는 사람들도 꽤 많을 뿐만 아니라 한국역사와 한국문화에 대해서 상당히 조예가 깊은 사람들이 있다는 것을 잊지 말아야 한다.

만약 일본인들이 우리 면전에다 대놓고 '한국놈'이라고 얘기했다치면 아마도 당장 술상을 뒤집어엎기라도 했을 것이다. 어떤 이는 벌떡 일어나 자기가 내뱉을 수 있는 최대한의 저질 욕설과 함께 발길질이라도 했음직하지 않은가.

물론 악의가 전혀 없는 경우도 많다. 아니 오히려 이 경우가 훨씬 더 많을 것이다. 예를 들면 '일본놈들, 역시 대단한 놈들이야. 무서운 놈들이야' 등에서 표현되고 있는 일본놈들은 시기 내지는 질투가 섞인 하나의 '도쿄'이기 때문이다. 어쩌면 욕을 사용하여 칭찬하는 것이 우리들의 언어 특성인지도 모른다.

그러나 앞서도 얘기했지만 언어는 그 사람 또는 그 사회의 정신적·문화적 수준을 가늠하는 척도다.

말은 항상 상대가 있음을 잊어서는 안 된다. '가는 말이 고아야 오
는 말이 곱다', '말 한 마디로 천냥 빚을 갚는다' 는 속담처럼 화답을
원한다면 언어구사에 특히 신경을 써야 할 것이다. 생각 없이 한 마
디 던진 말로 좋은 분위기 망치고 평생 서먹한 관계가 되어버리고
마는 사례는 우리 주위에 얼마든지 있지 않은가.

목욕탕에서는 아래를 가려야

우리나라 사람들이나 일본인들이나 온천을 즐기기는 매한가지다. 다만 일본은 화산지대로 전국 곳곳에서 온천이 나오기 때문에 일상 생활 속에서 온천욕을 즐길 수가 있는 반면, 우리는 무슨 계(契)라도 하든지 해서 큰 마음 먹고 준비해야 온천장에 갈 수 있다는 것이 다르다.

그래서 일본으로 여행을 떠나는 사람들 — 특히 여성들 — 은 경유지 중에 온천관광을 필히 집어 넣게 된다.

나도 일본 근무중 한 달에 한 번 정도는 방문단과 함께 온천에 가곤 했는데 갈 때마다 느끼는 것이 몇 가지 있다. 우선 첫째로 우리나라 사람들은 목욕탕에 들어갈 때나 나올 때 또는 목욕탕 내부에서 자리를 옮길 때 아랫부분을 전혀 가리지 않고 보무 당당하게 활보하기 때문에 현지인들의 눈총을 사고 있다는 것이다.

귀띔이라도 해줄라치면 당장 "어허참, 남자놈들, 달릴 거 달리고 날 거 나고 다 똑같은 물건들 차고 있는데, 아 좀 보여주면 어때? 뭐 그렇게 감출 것까지 없잖아?" 하면서 오히려 더 배를 앞으로 내밀고 의기 양양, 기세가 등등하다.

이쯤 되면 난 입을 다문다.

그렇기 때문에 온천 목욕탕에서 한국인을 구별해내는 것은 간단하다. 가리지 않으면 한국인인 것이다. 물론 이에 해당하지 않는 사람들도 많이 있을 것이다.

그러나 한 번쯤 집고 넘어가야 할 것은 아무리 남자라 하더라도 서로 마주보고 얘기하거나 탕내에서 움직일 때 아랫부분에 시선이 갈까 봐 시선을 피하거나 고개를 돌리거나 했던 경험은 누구나 가지고 있을 것이다. 또 설혹 그러한 관념이 전혀 없는 사람일지라도 욕탕 내에서 다른 사람들이 모두 자리를 움직일 때 아랫부분을 가리고 움직이는 것을 보면 그 상황에 맞춰 센스 있게 대처해야 하는 것이 아닌가 하는 것이다.

'우리 식대로'를 너무 주장하지 말고 외국에 가면 그곳의 매너를 지켜주는 것이 도리라고 생각한다. 일본인들이 한국의 목욕탕에서 아랫부분을 내놓고 다니든 일본식으로 가리고 다니든 그거야 우리가 내놓고 다니니까 상관없는 일이겠으나 일본에서는 가리는 것이 기본적인 매너로 되어 있다. 그거 한번 가렸다고 해서 완전히 죽는 물건도 아니지 않은가.

명함지갑과 돈지갑은 따로따로

일본 사회는 서양 선진국과 마찬가지로 명함 소지가 기본 매너로 되어 있다. 학생들도 대학생이 되면 명함을 만들어 가지고 다닌다. 조사라든가, 자료수집차 방문시 자기 소개나 인사교환에 필요하기 때문이다. 우리나라도 명함 문화가 점차 정착되어가고 있기는 하나 아직도 명함에 대하여 특별히 필요성을 느끼고 있지 않는 사람들이 많다.

공무원들의 경우 간부직들은 대부분 명함을 가지고 있으나 일반 직원들은 그렇지 않다. 일반 직원들이 명함을 갖고 있지 않은 이유는 직급이 낮거나 직명이 없어서 명함 건네기가 창피하다거나, 지금까지 없이 살았는데 새삼스레 웬 명함이냐라든가의 이유도 있다. 그러나 과거 공무원들의 부정부패가 심했던 시절에 일부 공무원들이 업자들에게 자신의 연락처를 알리는 데 사용되었다 하여 명함 소지를 금지시켰던 웃지 못할 사연도 있다.

하여튼 이제는 시대도 바뀌었고 국제화를 국가 정책으로 표방하고 있는 만큼 그러한 고리타분한 사고에서 한시바삐 빠져 나와야 겠다.

명함은 사회생활에서 없어서는 안 될 필수품이며 명함을 가지고 다니는 것이 기본적인 매너라고 하는 것을 인식해야 한다.

이것을 전제로 해두고 여기에서 얘기하고자 하는 것은 조그마한 명함지갑은 돈지갑과 별도로 준비할 필요가 있다는 것이다.

간혹 일본에 여행 온 분들 중에 일본인과 명함을 교환하면서 지갑에서 명함을 꺼내는 경우가 많다. 이 때 명함을 꺼내기 위해서 지갑을 펼치면 자연히 지갑에 들어 있는 돈이 눈에 들어오게 되는데 앞에 서 있는 일본인은 아마도 눈을 옆으로 돌려 이를 보지 않으려 할 것이다. 남의 프라이버시를 들여다보는 것 같아서 이를 피하기 위함이다. 지갑에서 명함을 꺼내는 사람 역시 지갑 속에 들어 있는 돈까지 상대에게 보이고 싶지는 않을 것이다.

그래서 명함지갑을 가지고 다니는 것은 사회적 매너의 기본이다.

돈을 꼬깃꼬깃 구겨가지고 다니는 사람들

우리나라 사람들처럼 지폐를 함부로 취급하는 민족도 아마 드물지 않나 싶다. 모르긴 해도 매년 한국은행에서 헌돈을 폐기 처분하고 새 돈을 찍어내는 데는 수백억으로도 모자랄 것이다. 세상에 이런 낭비와 소모가 어디 있을 수 있는 일이며, 있어서 될 일인가.

이것은 바로 우리나라 사람들이 지갑을 사용하지 않고 호주머니에 꼬깃꼬깃 구겨넣어 가지고 다니기 때문이라는 이유 외에 달리 없다. 도대체 매스컴은 무얼 하고 있으며 더욱이 은행들은 왜 이를 방관한 채 사회운동, 국민운동으로 홍보·확산시켜 나가고 있지 않은가? 돈 지갑 만드는 회사에 한국은행에서 보조라도 해주는 것이 훨씬 국가적으로 경제적이 아닐는지 모른다.

미국에 가서 꼬깃꼬깃 너덜너덜한 달러 지폐를 구경한 적이 있는가? 일본에 가서 이러한 엔화를 구경한 적이 있는가? 왜 유독 우리나라 사람들은 자신들이 그렇게도 좋아하고 쫓아다니는 그 귀중한 돈을 그렇게 휴지처럼 관리하는 것인가?

호주머니에서 돈을 꾸깃거려 꺼내는 사람들에게는 새돈 찍어 내는 세금으로 물건값을 더 받아내야 한다고 억지를 부리고 싶을 정도다.

카운터에서 돈을 받는 일본의 백화점 여점원들이 이런 사람들을 보면 눈을 아래로 내려 까는 모습을 눈치 채지 못했다면 이 사람은 센스조차 꾸깃꾸깃 호주머니에 넣고 다니는 무던히도 둔한 사람이라 아니할 수 없을 것이다.

짤그랑짤그랑 동전소리는 신사 체면 구겨

위에서 이야기한 명함지갑과 돈지갑, 그리고 여기서 이야기하고자 하는 동전지갑은 일본인들의 세 가지 기본 휴대품이다.

간혹 여행객들 중에 호주머니에서 동전을 한 뭉치씩 꺼내거나 거리를 거닐 때 동전소리를 짤그랑거리면서 걸을 때가 있는데 이것은 신사숙녀 체통에 관한 문제인 것이다. 깨끗한 용모에 말끔한 양복을 입은 신사가 한 발자국 움직일 때마다 호주머니 속에서 동전 몇 닢이 짤그랑거린다고 상상해보라.

우리가 의식하지 못하고 있는 이런 부분들, 그리고 우리가 의식하지 못하고 있는 이런 사이에 국제사회는 발 빠르게 변해가고 있다.

사소한 문제라고 넘겨버리지 말고 선진국 후보답게 세련된 매너와 국제적 감각을 몸에 지녀야 할 것으로 생각된다.

가져가는 선물, 가져오는 선물

　해외여행을 하다 보면 갈 때나 올 때나 제일 골치 아픈 것이 바로 이　선물이다. 갈 때는 공식적으로 방문을 해야 할 곳의 담당자나 기관의 대표 등에게 시간을 내주고 안내나 자료수집 등에 협조해 주어 고맙다는 사례의 표시로 의례적으로 주고받는 선물을 준비해야 하고, 여행을 마치고 돌아올 때는 사랑하는 처자식을 비롯한 가족들과 직장 상사, 동료, 그리고 무사히 잘 다녀오라고 많건 적건 촌지를 주신 친지들에게 나누어 주어야 할 선물을 준비하지 않으면 안 된다. 출발할 때도 고민이고 귀국할 때도 고민이다. 수첩에 깨알같이 적힌 선물해야 사람들의 명단과 선물내용, 여기에 별도로 주문받은 물건까지 차질 없이 챙겨야 하기 때문에 여행자들은 여행기간 내내 마음이 무겁다. 쇼핑 시간이 주어지면 우루루 몰려가 처음에는 선별해서 선물을 사지만 귀국 날짜가 다 된 경우에는 다른 사람이 사는 물건을 무조건 인원수에 맞춰 10개씩, 20개씩 집단으로 구입한다. 소위 싹쓸이 쇼핑이다.

　물건을 고르는 데 있어 가장 신경을 쓰는 것은 직장 상사의 선물이고, 다음이 가족, 그 다음이 직장 동료의 순인 것 같다. 또 직위가 높을수록 상사의 선물에 신경을 쓰고 직위가 낮을수록 가족들의 선물에 신경을 더 쓰는 경향이다.

　물론 선물에 별로 집착하지 않는 사람들도 많다.

　최근 들어 직장 상사나 동료들에게는 넥타이라든가 볼펜 등으로,

그리고 가족들에게는 기내에서 판매하는 면세 화장품이나 과자 등으로 의례적인 감사의 표시를 하는 간소파가 늘어나고 있다.

반면에 수백만 원씩이나 하는 진주목걸이나 반지 등 값비싼 보석류를 덥석 사는 사람들도 있기는 하나 공무원들 중에 그런 사람들은 드물고 주로 개인 사업을 하는 사람들 중에 많이 있는 것 같다. 조니워커 블루나 로열 살루트, 발렌타인 30년, 그리고 루이 13세 등이 일부 일본 사람들을 포함해서 주로 한국 사람들을 대상으로 판매대에서 기다리고 있다니 말이다. 특히 프랑스의 화장품회사 사장이 한국 고객 아니면 회사가 부도가 날 뻔하였는데, 이를 막아주어서 고맙다는 인사를 위해 특별 방한하였다는 이야기는 기절초풍할 노릇이다.

내친 김에 한국 여행객들이 일본에 올 때 가져오는 선물과 귀국할 때 일본에서 사가는 선물에 대하여 이야기해 보기로 하자.

우선 일본에 오는 한국 여행객들이 선물로 준비해 오는 물건들은 인삼차나 홍삼 등 인삼관련 제품이 공통적으로 가장 많고, 다음은 전통 공예품으로서 목각으로 된 원앙새, 신랑·신부 인형과 같은 소품들, 청자로 된 꽃병, 찻잔, 젓가락 받침대, 최근에는 전통 가면(탈), 금관, 에밀레종 등이 눈에 많이 띈다. 그러니까 대체적으로 전통 공예품이 주류를 이루고 있다고 보겠다.

반면 귀국할 때 일본에서 사가는 선물인데 이것 역시 사람에 따라 천차만별이어서 간단히 이야기하기는 어렵지만 워크맨, 소형 라디오, CD 플레이어, 게임 소프트, 면도기, 카메라 등과 같은 전자제품이 가장 많고, 여성들에게 선물하는 이름조차 모를 화장품류도 많다.

어떤 이는 스타킹이 값싸고 질기다 하여 50족씩이나 사기도 하고 동료직원들에게 나누어줄 선물로 손톱깎이를 상점에 있는 대로 싹쓸어 사가기도 한다.

면도기의 칼날이나 고장난 기계의 부품만을 사는 실속파도 있고 아내의 코르셋이나 브래지어 등 속옷류를 치수에 맞춰 사는 애처가도 있으며, 전문 서적이나 베스트셀러 등 책만을 잔뜩 사가는 학구파도 있다.

이렇게 볼 때 우리가 가져가는 품목은 전통 공예품이 주류를 이루고 있고 일본에서 사오는 품목은 전자제품을 비롯한 생활용품이 주류를 이루고 있음을 알 수가 있다.

자, 그러면 어떻게 하는 것이 좋은 선물 매너인가.

이에 대한 대답은 사람과 상황에 따라 각기 다를 수 있겠지만 일본인들의 사례를 예로 들어 비교해 가면서 나의 의견을 얘기하고자 한다.

우선 공식 방문의 경우이다.

일본인들 역시 해외출장이나 공식 방문시에 상대방에게 어떤 선물을 해야 할지를 놓고 많은 고민을 한다. 선물 비용은 자기 호주머니에서 각자 갹출해야 하니까 비싼 고급품은 살 수 없고 그렇다고 아무렇게나 무턱대고 살 수도 없는 노릇이기 때문이다. 이들이 통상적으로 준비해 가는 것은 자기 회사 또는 기관의 소개 책자, 회사 마크가 든 넥타이나 타이핀, 지방의 경우 자기 지방에서 나는 특산물 정도인 것 같다. 가끔 술을 선물하는 경우도 있으나 이것은 일과시간에 관공서나 회사를 공식 방문할 때는 좋지 않다고 되어 있다. 어떤 이는 자기 지방만의 자랑이라면서 조그만 액자에 천 조각을 곱게 넣어 선물이라고 주는 경우도 있고, 한국인들 입에는 맞지 않는 짜디 짠 과자라든가, 종이로 만든 지갑을 선물하는 경우도 있다. 어느 것이나 포장은 기가 막히게 아름답지만 풀어보고서는 아무 데나 팽개치는 그런 것들이다.

이러한 물건들이 실제로는 그렇게 싸지 않은 물건들이라는 것을 아는 한국인도 드물며, 이 선물을 선택하는 과정에서 함께 가는 사람들끼리 골똘히 상의한다는 사실을 아는 이는 더욱 드물 것이다.

이에 비하면 우리가 가져가는 선물은 고가품에다 호사스럽기조차 한 것들뿐이다. 건삼이나 홍삼도 일반 가정에서는 큰맘 먹어야 먹을 수 있는 보약인 것이고, 목각 원앙새, 전통 가면, 금관, 에밀레종 등등도 수만 원에서 십수만 원씩 하는 것들이며, 공무원들이 출장오면서 몇 개씩 가져오는 티스푼 세트 역시 도쿄도청 직원들이라면 극히 제한된 경우에만 지참이 가능한 귀한 선물인 것이다.

일본인들의 손님 접대

이야기를 바꾸어서 일본인들이 한국을 공식방문했을 때 한국의 상대측으로부터 공식·비공식으로 받아오는 선물을 보면 깜짝 놀랄 것이다. 한국 사람들은 자기에게 찾아온 손님을 빈손으로 돌려보내는 것을 큰 실례라고 생각하고 있다. 그만큼 인정이 깊다. 자신의 형편으로 보아 꽤 부담스럽다고 느끼면서도 선물만큼은 과감히 마련하며 손님에게 한아름 안겨주어야 직성이 풀린다.

말하자면 선물을 받는 손님의 만족보다는 오히려 선물을 주는 자기 스스로가 더 만족해 하는 그러한 민족인 것이다.

그러면 이렇게 선물을 잔뜩 받은 일본인들은 어떻게 생각하고 있는 것일까. 물론 선물을 받고 좋아하지 않는 사람은 없을 것이며, 선물을 준 상대에게 감사하는 마음을 갖지 않는 사람도 없을 것이다.

그러나 우리가 착각하고 있는 것은 이렇게 선물을 잔뜩 주었으니 자신이 일본에 가게 되면 이에 상응하는 좋은 대접을 받을 수 있을 것이라고 생각한다는 것이다. 만약 이러한 생각을 조금이라도 가지고 있다면 이 순간부터 말끔히 씻어버리기를 바란다. 왜냐하면 일본인들의 손님 접대는 절대로 어느 한도를 넘는 법이 없고, 그것도 함께 갔던 사람들이 공동으로 돈을 내어 한 끼 정도 식사대접을 할 뿐 개인적인 접대란 거의 없기 때문이다. 선물 역시 함께 갔던 사람들이 공동으로 부담하여 과자나 케이크 또는 오차 등 식료품류를 선물할 뿐이며, 우리의 손님 접대 또는 선물 형태와는 큰 차이가 있음을 알아둘 필요가 있다.

　즉 일본인들은 봉급 중에서 자기가 쓸 한 달 용돈이란 게 확실히 정해져 있어서 — 그것도 씀씀이가 정확히 계산된 융통성이 거의 없을 정도로 — 이 범위 내에서 한 달 생활을 하고 있을 뿐 아니라, 기본적으로 선물이나 접대라고 하는 것에 대한 감각이 지극히 검소하기 때문이다.

　따라서 일본에 와서 이들이 고급음식점에서건 대중음식점에서건 식사대접을 받았다면 그것은 큰마음 먹은 접대로 생각해야 한다.

해외여행 선물은 초콜릿 한 알

그러면 다음은 일본인들이 해외여행에서 돌아올 때 어떠한 선물을 준비해 오는가에 대하여 내가 2년간 근무했던 도쿄도청 공무원들의 예를 들어 이야기해보자.

이들이 해외여행에서 돌아와 출근한 첫 날은 직원들의 책상 위에 어김없이 초콜릿 '한 알'씩이 놓여 있게 된다. ○○ 씨의 귀국 선물이라는 것이다.

이것은 동료직원에게도, 자기 과의 계장·과장에게도, 부장·국장에게도 마찬가지다. 자기가 소속해 있는 계·과 직원 십수 명과 부장·국장이니 초콜릿 알 20개 정도가 들어 있는 한 상자만 사면 직장 사람들에게 줄 선물은 끝이다. 과장이라고 해서 국장이라고 해서, 별도로 선물을 준비하는 사람은 없다. 그런 사람이 있다면 그는 좀 이상한 사람으로 취급될 것이 뻔하다.

이것이 일본인들의 선물 형태인 것이다.

하루 이틀 휴가를 내서 등산을 갔다 왔다든지, 며칠간 지방출장을 다녀올 때도 그 지방, 그 지역의 특산 과자 ─ 또는 빵류 ─ 한 상자를 선물로 내어놓고, 이를 한 개씩 과 직원들에게 나누어 주는 것으로 충분하다.

아니 그 이상 더도 덜도 있을 수 없는 것이다.

선물은 반드시 준비하되 ─ 준비하지 않으면 결례거나 매너가 부족한 사람으로 취급받으므로 ─ 초콜릿 한 알을 넘지 않는 이들의 풍토가 나로서는 매우 신선한 충격이었다.

이러한 애기를 일본에 여행오는 방문단들에게 들려주면 대부분의 사람들이 우리도 그렇게 되어야 한다고 긍정은 하면서도 한숨을 내쉰다.

다들 그렇게 하고 있는데 나만 다른 행동을 하면 동료들로부터 욕을 듣게 된다는 것이다. 결국 방문단들의 애기를 종합해보면 상사에게 선물을 하지 않으면 뭔가 꺼림칙한 느낌이 들어 못 견디는 마음들을 가지고 있는 것이 일반적인 것 같다.

'선물' 자체가 문제를 안고 있는 경우가 허다하기 때문이다.

건전한 사회, 절약하는 사회, 그리고 무엇보다도 진짜 속마음은 그리하고 싶은 의사가 없으면서도 할 수 없이 해야 하는 위선과 부담에서 탈피하여 스스로는 물론 모두에게 솔직해지는 그런 사회를 건설해 가기 위해서라도 우리들의 손님 접대방식과 선물에 대한 잘못된 관념은 하루빨리 재고되어야 할 것이다.

허풍은 제발 그만

"귀국하면 초청할 테니까 꼭 놀러 오세요. 끝내줄 테니."

"한국에 오면 연락주세요. 김포공항에서부터 돌아갈 때까지 책임지고 돌보아드릴 테니까."

"이 정책은 내가 창안해서 장관을 움직인 거요."

"우리 회사에서는 내 말이면 다 통하니까, 걱정 마세요."

"당신들 사는 것을 보니 좀 그렇군요. 우리는 그렇게는 살지 않아요. 멋있게 산다구요."

"내가 한턱 낼 테니 한잔 합시다."

"사장은 나를 최고로 신임하고 있소. 내 말이면 사장도 무조건 꺼뻑하니까요."

한국 사람들은 한결같이 기가 살아 있다. 나의 경험도 물론이려니와 여행사에서 가이드를 하고 있는 한국 유학생들도 이구동성으로 이를 지적한다. 며칠 동안 함께 움직이다 보면 대단하다는 것이다.

돈 같은 것에 쩨쩨하게 신경 안 쓰는 무지무지한 갑부인 것도 같고, 자기 말 한 마디에 조직이 좌지우지되는 막강한 권력자이기도 한 것 같고, 의리에 죽고 의리에 사는 사람 같아 이 사람만 믿으면 취직도 당장 될 것 같은 기분이 들기도 한다는 것이다. 그러나 이틀만 지나면 상황은 달라진단다.

자기 선물 살 때는 최고급품만 골라 지갑에서 현찰을 펑펑 내쓰면서 함께 먹는 1,000엔 안팎의 저녁식사 값이 비싸네 싸네 한다는 것이고, 방문하기로 사전에 협의를 마치고 안내자가 시간에 맞춰 현장에서 기다리기로 된 상황에서, 그곳은 지난번에 와서 다 보았으므로 갈 필요가 없다며 관광온천장이나 백화점으로 차를 돌리게 하는 데 그 막강한 권력을 휘두르고 있다는 것이며, 의리를 생명같이 여긴다는 사람들이 돌아가서는 엽서 한 장, 전화 한 통 보내주지 않아 이쪽 상대에게 만날 때마다 쑥스러움을 감출 수 없을 정도라는 것이다.

이에 비하면 일본인들은 엄살쟁이들이다.

'돈이 없다'는 것이 입버릇이며, 업무협의를 하다가 새로운 제안이나 문제가 제기되면 '우리에겐 힘이 없다'는 것이 단골 메뉴다. 관계 부서와 상의해보아야 하고 윗사람에게 보고하여 결정할 일이라는 것이다.

그러니까 우리나라 사람들은 돈이란 있다가도 없고 없다가도 있는 것이니까 '있는 것'이나 마찬가지고, 힘이란 큰소리 칠 수 있고 양기 오른 '입'만 살아 있으면 되는 것이니까 '있는 것'이라고 해석을 한다면 이 해석은 몇 점이나 될까.

돈도 없고 힘조차 없다고 하면 스스로 초라해져서 견딜 수가 없는 것인가.

일종의 자기 위선과 기만을 우리는 어느새 몸에 지니게 되었고 의식하지 못하는 가운데 사회생활을 영위해 가고 있는 것이다. 우리 가족이 일본에서 생활하면서 크게 배운 점이 있다면 이 '없다'인지도 모른다. 서울에서는 친구들한테 놀러가자고 전화가 걸려오면 돈이 얼마 들든지 간에 보내달라고 투정부리던 딸이, "우리 아빠, 엄마는 돈이 없어서 난 갈 수 없을 거야"라고 대답하는 것을 보고 측은하기보다는 대견스러웠다. 일본 주재상사나 은행가족인 아들 친구들의 엄마 모임에서 놀러가자고 졸라대도 돈이 없어 움직이기 어렵다고 대답하는 아내 역시 미안스럽다.

돈 대줄 테니 돈 걱정 말고 가자고 하지만 그런 여행이 어찌 편한 여행이 될 수 있겠는가.

이야기가 약간 다른 방향으로 흘러갔지만 하여튼 허풍이란 한번 내뱉으면 주워담을 수 없고 후회로 남게 된다.

아니 정말 언제까지 이렇게 허풍스럽게 살아야 할 것인가. 지금쯤이면 우리나라도 겸허해질 때가 됐지 않는가.

세계에서 제일 최고니 최초니 하여 주변국들로부터 질투와 경계심을 자극하지만 말고 그것들을 세계 최고로 계속 유지할 수 있도록 하는 것이 더 최고이지 않은가. 한때 자동차가 최고다, 조선업이 최고다, 반도체가 최고다 하더니 지금은 어떤가. 있더라도 감추는 겸손과 미덕이 우리 국민들의 의식개혁 과제가 아닌가 한다.

한국인은 처음에는 열심이지만 꾸준하지 않아

신주쿠(新宿) 그 많은 음식점들 중에 한국인 종업원을 볼 수 없다.

중국인, 필리핀인, 말레이시아인, 아프리카인들은 많은데 왜 한국인은 없을까? 내가 자주 들르는 음식점 — 외국인을 아르바이트 등으로 고용하고 있는 — 몇 개소의 주인들을 대상으로 그 이유를 물어보았으나, "글쎄요, 최근에는 신청을 해오지 않는군요"라고 대답할 뿐 그 이상의 얘기를 들을 수는 없었다. 그러나 이전에 한국인을 고용해본 적이 있느냐는 질문에는 모두들 있다고 하는 것이다.

왜일까? 요즈음의 한국 유학생들은 돈이 많아서 궂은일은 하지 않으려 하기 때문인가? 그런데 한국 유학생들에게 되물으면 사실과는 다르다. 일본인들이 한국인에 대해 유독 차별을 하며 무시하고 있다는 것이다.

도대체 어느 쪽이 맞는 말인가?

마침 센다이(仙臺)가 고향이라며 손님이 없을 때는 단둘이서 맞술도 함께 하는 이토(伊藤)라는 60세가 다 된 술집 주인이 오해하지 말라며 다음과 같은 말을 들려주었다.

"한국 사람들은 말이야, 처음 며칠간은 주변 사람들이 깜짝 놀랄 만치 열심히 일을 하는 거야. 일을 따로 시킬 필요도 없어. 자기가 스스로 일을 찾아서 땀을 뻘뻘 흘리며 열심히 하는 거야. 그런데 말이야 한 달쯤 지나면 달라지는 거야. 목소리가 커져. 이야기하는 풍이 다른 종업원들한테 명령조로 지시하는 것 같고 게으른 종업원에게 주의를 주기도 하지. 그런데 이런 정도는 괜찮아. 문제는 손님들하고 자주 다툰다는 거야. 우리 가게에서야 손님이 왕이고 손님만큼 소중하고 높은 게 어디 있겠어. 그렇잖은가."

술을 단숨에 비우길래 한 잔을 따라주었더니 계속 말을 잇는다.

"또 있어. 그 때는 급료로 1시간당 900엔씩 주고 있었는데 옆집에서는 1시간에 1,000엔을 준다며 종업원들을 선동하여 급료를 올려달라고 항의하는 거야. 아, 옆집이야 큰 가게고 우리집보다 손님이 배나 많지 않은가. 그래서 그럴 수 없다고 하니깐 말야, 그 날까지의 급료를 계산해달라더니 그 다음날부터 안 나오는 거야 글쎄."

이 아가씨가 한국인 종업원으로는 두번째였다고 한다. 첫번째 아가씨는 예쁘고 마음씨가 착한 아가씨였는데 툭하면 미리 이야기도 하지 않고 결근을 하는 바람에 할 수 없이 그만두어 달라고 부탁한 적도 있었다고 한다.

주인인 이토오 씨 얘기만을 일방적으로 믿을 수는 없는 것이지만 유학생들끼리 모여 자기들끼리 비판(반성)하는 얘기를 들어보면 이토오 씨 얘기는 어느 정도 맞는 것 같다.

나의 경우만 하더라도 유학 당시 동남아시아계 학생들에 대하여 은근히 우월의식을 가지고 있었음을 부인할 수 없기 때문이다.

급작스럽게 잘살게 되고 물질적으로 풍요로워져서 그런지는 모르나 못살았던 스스로의 과거가 돌이켜지면 실로 부끄러워진다.

그렇다고 현재 우리나라가 진짜 잘사는 나라인가 하면 그렇지도 못하지 않은가. 껍데기뿐인 나라경제로 모두 폼만 잡고 있는…, 알 만한 사람은 모두 한숨을 내쉬고 있는 마당인데…

　신주쿠의 거리마다 상점마다 우리 유학생들이 팔을 걷어붙이고 땀을 흘리며 성실히 일하는 모습, 모든 일본 사람들이 한국인들을 가장 신뢰하고 그래서 자기 가게에 한국 유학생들을 서로 소개해달라고 부탁하는 그런 시대는 언제 올 것인가.

한 번의 실수도 절대로 잊지 않는다

1996년 8월 어느 날이다.

도쿄도청 홀에서는 한국의 서울에서 열리는 1996년도 제4회 우호 자매도시 소년 축구대회 결단식이 거행되고 있었다. 도쿄도내 2만 6,000명의 초등학교 축구선수 중에서 선발된 16명의 선수단과 축구협회 관계자, 도쿄도 관계자 그리고 선수들을 보살피기 위하여 따라가는 부모들이 홀을 메우고 있다.

관계자 두세 명을 제외하고는 한국여행이 처음이라는 그들은 그 자리에 초청되어 참석한 우리 사무소 직원들에게 잘 부탁한다고 인사를 하며 즐거움과 기대에 찬 표정을 감추려 하지 않았다.

"여러분들은 도쿄, 나아가서는 일본을 대표하는 선수들입니다. 실력을 유감 없이 발휘하여 잘 싸우고 무사히 돌아오기 바랍니다. 한국 소년 축구 수준은 매우 높다고 합니다. 또 그 소년들은 여러분과 마찬가지로 장차 한국을 대표할 선수가 될 것이 틀림없습니다. 훌륭한 매너와 기량으로 잘 배우고 특히 서로의 우호와 친선을 무엇보다도 중요시해야 합니다."

어린이들의 장도를 축하하고 격려하는 인사가 차례로 이어졌다.

그런데 진풍경이 그 다음에 펼쳐졌다. 사회자가 선수들의 이름을 호명하자 한 사람씩 단상에 올라가서는 "저는 ○○라고 합니다. 감사합니다"라고 뚜렷한 한국어로 인사하는 것이었다. 꽤 연습을 시켰는지 발음도 좋았고, 또 그렇게까지 세심한 배려와 준비를 해준 관계자들에게도 고마움을 느꼈다. 뒤에 들은 얘기지만 이번 한국여행에 대비하여 관계자들과 부모들은 여러 차례 회합을 갖고 서울 지리에 밝은 경험자들을 초빙하여 강의를 듣는 등 한국에 대하여 많은 공부를 하였다고 한다.

하기야 단순한 모임이나 단체로 국내여행을 하더라도 사전에 몇 차례씩 만나 예비지식을 충실히 하는 일본인들의 습관에서 보면 특별히 이상할 것도 없지만. 그 날은 그렇게 서로 축하하고 격려하며 화기애애한 분위기 속에서 결단식을 마쳤고 악수를 교환한 뒤 헤어졌다. 썩 기분 좋은 저녁이었다.

그러나 이상한 일이 벌어졌다. 그들이 서울에 도착한 날, 그러니까 결단식 바로 다음날의 일이다. 도쿄도 국제부로부터 우리 사무실로 항의전화가 걸려왔다.

내용인즉 도쿄를 출발할 때까지만 해도 숙박처가 도심의 K호텔로 정해져 있어 함께 따라간 부모들(자비부담)도 같은 호텔로 예약을 해놓았는데 서울에 도착해보니 숙박처가 갑자기 K호텔과 한참 떨어진 양재동에 있는 서울 교육문화회관으로 바뀌어 그 쪽으로 안내하더라는 것이다. 딱하게 된 것은 아이들을 보살피기 위해 따라간 부모들에 대한 고려가 전혀 없었기 때문에 아이들과 부모들이 제각기 떨어져 숙식을 해야할 판이 된 것이다.

이런 상황은 다 큰 아들이 군대에 간다고 논산훈련소까지 따라가는 우리 부모들과 아마 입장을 바꿔놓고 생각해보면 상상이 갈 것이다. 더구나 국내도 아닌 외국, 그것도 첫 해외여행에서 이들은 자기들의 사회에서는 상상키 어려운 매우 당혹한 상황에 직면한 것이다.

그들은 당장 도쿄 국제교류 재단측에 전화와 팩스를 넣어 강력히 항의하였고, 국제교류 재단측은 도쿄도청 국제부에, 그리고 도쿄도청 국제부는 우리 사무소에 항의를 해왔다.

그런데 정작 우리 사무소에 항의를 마지막으로 전달한 도쿄도 국제부의 항의내용은 약간 수정되어 있었다. 즉 숙박처가 바뀐 것은 서울시가 주최하는 대회이고 하니 임의로 바꿀 수도 있는 문제라 할지라도 왜 사전에 이러한 사실을 일언반구 통보해주지 않았느냐는 것이었다. 그래서 서울의 담당자에게 확인했더니 담당자의 대답이 또한 걸작이다.

"우리는 선수들을 초청했지. 학부형은 초청하지 않았어요."

서울 일정을 마친 도쿄 소년축구 선수팀은 도쿄도청 레스토랑에서 해단식을 가졌다. 물론 우리 사무소도 초대되었다. 사회자의 사회에 따라 맨 먼저 단상에 오른 관계자의 말이다.

"… 수고하셨습니다. 여러 가지로 좋은 경험이 되었으리라 믿습니다. 물론 숙박 호텔이 갑자기 변경되어 당황하신 경우도 있었고, 또한 넘어져 다친 선수도 몇 명 있었습니다만 그러나 전반적으로…."

여기에서 나는 이번 선수단이 숙박처가 바뀐 것에 대해 서운했던 마음을 깊이 담고 있음을 새삼 감지하고 몹시 긴장하기 시작하였다. 한번 뒤틀리면 평생 등을 돌리는 일본인들의 생리를 잘 알고 있기 때문이다.

이러한 분위기 속에서 어떻게 처신해야 할지 이 궁리 저 궁리 하고 있는데 내 소개 차례가 되었다. 원래 나의 스피치는 예정에 없었으나 양해를 구하고 단상으로 올라갔다.

"우선 무사히 그리고 건강한 모습으로 돌아와 다시 만나게 되어 정말 기쁩니다. (中略) 숙박처가 돌연히 바뀌어 무척 당황하셨으리라 생각됩니다. 이 점 관계자의 한 사람으로서 깊이 사과 드립니다.

그러나 이번 일은 매우 호의적 관점에서 이루어졌던 일입니다. 수영장도, 광장도 없는 답답한 도심의 호텔보다는 어린 선수들이 마음껏 뛰어놀 수 있고 각국 선수들끼리 서로 자유스럽게 교류할 수 있는 장소로서 쾌적한 교육문화회관으로 정하는 것이 오히려 어린 선수들에게 있어서는 훨씬 더 교육적이고 즐거운 서울의 추억이 될 것이라는, 그야말로 선의에서 이루어졌던 것입니다. 다만 이를 사전에 알려주지 않았음에 대하여는 저를 비롯하여 관계자 모두 깊이 반성하고 있습니다. 이 점 부디 이해해주시기 바랍니다…."

이날 밤 우리가 참석해야 할 또 한 건의 행사가 바로 옆 호에서 있었기 때문에 우리는 도중에 자리에서 일어서야 했다.

나오면서 어린 선수들이 식사하고 있는 곳으로 가서 피곤하지 않느냐, 서울에서는 재미있었느냐, 부모와 떨어져 있어서 불편했겠다는 등의 의례적인 인사를 던지며 등을 어루만져 주었다.

그리고 등줄기에 땀이 흐르는 것을 느끼며 뒤를 돌아 나오려는 순간, 한 아이가 음식과 젓가락을 손에 든 채 제법 카랑한 목소리로 나를 향하여 말을 던졌다.

"괜찮아요. 이미 끝난 일인 걸요."

순간 나는 깜짝 놀랐다. 어린이가 했다고 할 수 없는 이 어른스러운 말은 그만큼 뇌리에 남아 있었기 때문에 할 수 있었는지 모른다.

아! 이거 끝난 것이 아니구나. 결국은 호의가 호의로 받아들여지지 못하고 오해만 사고 만 것이다.

식당을 나와서 다음 행사장을 향해 우리들은 약속이나 한 듯 서로 한마디도 교환하지 않고 무거운 발을 옮겨 놓고 있었다.

이 정도밖에 안 되는 것일까

"아, 천금 같은 아까운 시간을 이 사람들 만나는 데 다 소비해버릴 수는 없잖아. 뭐, 다 도토리 키재기인데 말야. 정히 뭐하면 귀국보고서 쓸 자료나 좀 달래서 가지고 가면 됐지. 시간 좀 세이빙해서 관광을 하든지 쇼핑을 하든지 하자구, 오히려 그게 더 중요한 공부라니까."

"이봐, 그 사람들 명단 보니까 실무자들뿐이잖아. 내가 참석할 자리가 아닌 것 같애. 체면이 있잖아. 당신들만 갔다오지. 나는 그 시간에 요 가까운 백화점에 잠깐 다녀올 테니까."

"일기예보에 내일 비가 온다는데 말야. 그럼 내일 관광하기는 텃잖아. 차라리 오늘 관광을 다녀오고 오늘 만나기로 했던 그 사람들을 내일 만나면 되잖아. 그렇게 교섭을 해봐. 그 사람들이 안 된다면 할 수 없지. 안 만나는 거지 뭐."

"1시간 정도 괜찮아. 이 사람아, 1시간 늦었다고 사람이 죽고 사나. 이제 보니까 이 사람이 일본에 와 있더니 꽤 쩨쩨해졌어. 사람이란 좀 융통성이 있어야지. 그렇게 빡빡하면 숨이 막혀 어떻게 사나."

"누가 마음대로 상의도 없이 (관광)코스를 이렇게 결정했어. 거기는 내가 2년 전에 와서 가 봤던 곳이야. 별거 없더라구. 거기 취소하고 다른데로 바꿔."

"선물 때문에 골치 아파 죽겠어. 이 사람 저 사람 해서 20여 명이 넘는데 말야. 적어도 하루는 몽땅 잡아야 겠어. 젠장, 이건 출장이 아니라 비행기 타고 현해탄 건너 쇼핑하러 온 것 같아. 그러니까 할 수 없어. 두 패로 가르자고. 관광할 사람 관광하고 쇼핑할 사람 쇼핑하기로. 스케줄 변경된 거야 가이드한테 잘 얘기해서 해결하라고 해."

"아니, 잠바에 운동화 신은 게 뭐 잘못됐나. 아, 미국 가보라구. 걔네들은 반바지 차림도 보통이야. 복장 자율화가 언제적 얘긴데 정장 타령하고 있어. 이 사람들에게 리버럴한 분위기를 한 수 가르쳐줘야겠어. 이 사람들은 너무 관료적이라 탈이란 말야."

"이봐, 질문 그만해. 당신 박사될 일 있나. 그런 건 다 책에 나와 있는 얘기야. 선물 빨리 주고 빨리 끝내고 빨리 나가자구. 빨리빨리."

"공문상으로는 공무해외여행 심사를 통과해야 하니까 할 수 없이 하루에 한 건씩 현장 시찰하는 걸로 했지만 일단 나왔으니까 일주일 분을 묶어서 이틀에 다 해치우고 나머지 닷새는 온천이나 관광지를 시찰하자구. 후지산도 한번 올라가고 말야."

"돈은 걱정 말아요. 일단 쓸 만큼은 가져왔으니까. 언제 또 올 수 있겠어. 이왕 온 김에 다 둘러보고 가야지. 이번 출장은 그간 노고가 컸다고 윗분께서 특별히 챙겨 보내주는 위로 출장으로 프리하게 왔으니까 부담없이 휴식을 취하고 돌아가야 겠어. 일본에서 제일 유명한 온천과 골프장이 어디지?"

"이봐, 통역. 실은 10시부터 한 시간 동안 만나기로 약속했는데 하코네 가는 관광버스 시간이 당겨져서 한 십여 분밖에 시간이 없겠어. 그냥 만나서 명함만 교환하고 바로 나와야 겠어. 이 사람들 오해 안 사게 미안하다고 정중히 사과하고 준비했던 자료는 우편으로 좀 보내달라고 얘기해주게."

내가 도쿄도청에서 주재관으로 근무했던 1994년 3월부터 1996년 말까지 근 2년 10개월 동안 도쿄도청을 다녀간 방문단은 인원으로 따져 무려 2,500명이 훨씬 넘는다. 그러니까 1년 365일로 단순히 산술적으로 계산하더라도 매일 네 사람 정도가 새로이 다녀간 셈이고, 이 사람들의 도쿄 체재기간 2~3일 정도씩의 중복을 고려하면 매일 10명 가까운 사람들을 안내해야 했으며, 어떤 때는 낮과 밤으로 2~3개 팀을 번갈아가며 만나야 했으니 가히 짐작이 가리라 생각한다.

이처럼 1994년도와 1995년도에 방문단이 집중했던 것은 1994년 초 대통령이 1994년을 국제화 원년이라 선언하고 선진국에의 해외 출장 또는 해외 여행을 장려했던 데서 기인한 것이라고 본다.

더구나 1995년의 지방자치단체장 선거를 앞둔 단체장들의 선심도 큰 몫을 했다. 국민소득도 1만 달러에 이르렀고, 또 그 동안 일반 직원들의 해외출장이란 매우 운이 좋은 경우에라야 가능했을 만큼 너무 가두어 두었으니 선진국에 직접 가서 여러 가지 견문을 넓히는 것이 국제화를 추진해가는 데 있어 분명 필요한 것이라고 생각된다.

그러나 2년간 내가 만났던 많은 사람들 중에는, 모두 다 그렇다는 것은 아니지만 대부분의 사람들이 출장과 관광을 구분하지 못하는, 아니 동의어쯤으로 당연시 생각하는 사람들이 너무도 많았다.

이런 상황에 처할 때마다 나는 얼굴이 따가워서 고개를 쳐들 수 없었고 이 일이 잊혀질 때까지 상당 시간 우울에 빠지곤 하였다.

'왜 우리가 이 정도밖에 안 되는 것일까?'

오고 오고 또 오고…

"아니, 또 옵니까? 이러면 저희들도 일을 할 수 없어요. 우리 공장 견학하러 오는 방문단 중 90%가 한국 사람들이에요. 서울시 공무원뿐만 아니라 한국의 모든 도시에서 매일처럼 몰려와요. 신문사, 방송국, 기업체, 교수, 학생 할 것 없이요."

"그만큼 쓰레기 처리문제로 우리나라 전체가 골머리를 앓고 있다는 증거지요. 소각장은 지어야 하는데 지역 주민들은 혐오시설이라 해서 못 짓게 하고 있으니 가까운 일본에서는 관(官)·민(民)이 협조해서 잘 해 나가고 있다는 것을 직접 견학하고자 하는 거지요. 여러분들의 경험을 생생하게 듣고 싶은 거예요. 부탁합니다."

"기술이나 기계를 조사하기 위해서가 아니라면 지금까지 수십 차례 왔다간 사람들한테 얘기를 듣거나 사진, 비디오를 통해서 보면 알 수 있을 텐데요. 방송국이나 신문사에서도 수차례나 왔다 갔으니까요."

"그래서 더더욱 보고 싶어지는 거지요. 백문이 불여일견이라 하지 않았습니까."

"자기 눈으로 직접 보고 만져보아야 믿겠다는 말씀이로군요."

"그런 셈이죠. 여하튼 우리 시로서는 쓰레기 문제가 최대의 과제이자 가장 시급한 실정이니까 우리로서 주민들에게 할 수 있는 최대한의 노력을 하지 않으면 안 될 형편입니다."

"그러면 결국 서울 시민, 아니 한국 국민 모두가 다 한 번씩 다녀가고, 팜플렛이나 자료도 모두 다 얻어 가지고 가야 끝이 나겠군요."

"……"

떨떠름해하는 담당자의 얼굴에서 심한 모욕감을 느꼈지만 이미 출국 일자까지 확정된 출장이니 어떻게든 성사시키지 않으면 안 될 형편이라 치밀어 오르는 역겨움을 억누르며 이 사람의 표정을 살펴야 한다.

진작부터 소각장을 지었더라면 이 법석을 떨지 않아도 될 텐데, 난지도 쓰레기 매립장만 믿다가 매립장이 다 차고 나니 이제야 부랴부랴 법석을 떨어대는 모습이란 정말 한심하기 짝이 없다. 정말 우리 한국인의 모습이 이 정도인가! 기껏 주선해 놓은 시찰인데 정작 공장에 와서 묻는다는 게 전번 방문단이나 그 전번 방문단이나 이번 방문단이나 그저 똑같은 천편일률의 질문들뿐이다.

"공장은 언제 지었습니까?"

"주택가 한가운데다가 건설해 놨는데 건설 당시 주민들 반대는 없었습니까?"

"그 때 주민들의 반대를 어떻게 해결했습니까?"

"현재 주민들로부터 진정은 없습니까?"

"분진이라든가 환경에 피해는 없는지, 있으면 어느 정도입니까?"

"예산은 얼마나 들었습니까?"

"직원은 몇 명입니까?"

최근 우리나라에서 한창 문제가 되고 있는 다이옥신의 일본 환경 기준치와 이 공장에서 배출되는 양, 그리고 이의 제거방법이나 기계 등에 대해서 묻는 방문단은 그리 많지 않았다.

한국에는 쓸 돈이 그렇게 많습니까

간과해서는 아니될 것은 이러한 출장들이 국민이 낸 세금으로 이루어지고 있음에도 불구하고 무엇을 하기 위하여 온 출장인지 목적 자체가 분명치 않다는 것이다.

예를 들면 친절봉사 현장을 조사한다며 20여 명씩 무더기로 해외출장을 와서 관공서나 백화점 또는 전철역 등을 몰려다니는 방문단이 좋은 사례일 것이다.

민원인과 손님에게 어떻게 친절하게 대하느냐 하는 것인데 친절이란 인사 잘한다고 되는 것이 아니라 그 사람의 마음가짐과 교양이므로 눈으로 확인하기 어려울 뿐 아니라, 한국 공무원들은 도대체 얼마나 불친절하길래 친절 현장을 보겠다며 아까운 예산을 들여 수십 명씩 그룹으로 연달아 해외출장을 보내고 있는가 하는 점이다.

친절이란 단어의 의미를 모르는 사람은 없을 것이고, 또 어떻게 해야 친절하다는 것인지를 모르는 사람도 없을 것이다. 그런데도 비행기 태워 외국에까지 보내서 이 사람들의 친절을 구경하겠다고 하니 도대체 어이가 없는 것이다. 친절한 걸 자기 눈으로 보고 확인한 다음 친절히 하겠다는 거나 마찬가지이니 말이다.

이런 목적으로 출장 온 수많은 공직자들이 귀국하여 친절하게 변모해 있는지는 확인할 길 없어 알 수는 없지만, 친절이란 눈으로 구경해서 해결될 문제가 아니기 때문에 아마도 자기를 찾아온 민원들에게 "일본 사람들 친절하더군요. 네다섯 번씩이나 인사를 해대니까 면전에서 돌아 설 수가 없을 정도더라구요. 우리 백화점 아가씨들도 흥내를 내긴 하는데 표정이 굳어 있어 어색하잖아요. 근데 일본 사람들은 그렇지 않더라구요. 사람을 살살 녹이더라니까요. 포켓 안 털고 갈 수 없더라구요” 하는 말로 자기 친절을 대신하고 있을지 모른다는 생각이 드는 것은 내가 너무 과민한 탓일까.

어쨌든 이러한 해외출장과 예산 씀씀이에 대해 일본 공무원들은 한국 공무원들이 부럽다고 얘기하고 있으나 속으로는 절대로 그렇지 않고 그 반대일 것이라는 것쯤은 충분히 짐작이 가리라 생각된다.

해외출장 한번 가려면 적어도 1년 전에 계획을 수립하여 예산에 반영되어야 하고 예산에 반영이 되면 출장 준비를 위하여 출장자끼리 ‘도시에의 해외출장 준비를 위한 벤쿄카이(공부하는 모임, 스터디 클럽)’라는 명칭의 모임을 결성하여 상대도시에 대한 전문적인 정보와 자료를 입수하여 공부를 하거나, 경험자들을 초청하여 그 도시에 대한 출장 경험에 대한 강연을 듣거나 하는 식으로 수십 차례에 걸쳐 예비 지식을 갖추는 것이 상식으로 되어 있는 이들이기 때문이다. 이들은 출장 기회도 매우 적고, 한번 출장 갔다 온 곳에 똑같은 목적으로 다시 출장을 보내거나 하지 않으며 사전 준비가 충분하므로 귀국보고서가 연구보고서만큼이나 건실하게 작성되고 있다.

또 최근에는 공무원들의 해외출장 규제를 더욱 강화하고 회의비나 접대비를 대폭 삭감하는 등 예산 절감을 위해 각종 아이디어를 동원하고 있다.

여기에는 공무원 자신들뿐 아니라 의회와 시민단체들도 감시에 합세하여 공무원들의 예산 사용의 목을 죄고 있는 것이다. 관으로부터

예산 씀씀이에 대한 자료를 제공받아 검증을 하여 만약 부정한 사용이 발견되면 경찰에 고발하거나 변상을 요구하고 담당자에 대한 조치를 주장한다. 자신들이 낸 세금이기 때문에 자신들은 감시·감독할 권리가 있다는 것이며, 이 때문만은 아니겠으나 공무원들의 해외 출장이란 도시 상호간의 협정에 의한 방문 등 정례적인 경우와 국제회의 참석 등과 같은 중요 행사 외에는 매우 드문 것이다.

그러므로 그들의 눈에는 한국 공무원들의 출장 행태가 예산의 낭비, 세금의 낭비, 행정의 낭비로 비쳐지고 무언가 잘못되고 있다는, 비정상적이라는 시각으로 주시하게 됨은 어쩌면 당연한 것인지도 모른다.

실제로 술자리와 같은 사석에서 나에게 직접적으로 이를 지적하는 공무원들이 많았으며 이에 대해 나는 부정도 긍정도 아닌 채 묵묵부답으로 일관하였다. 국제화를 위하여 또는 선진 도시의 좋은 면에 대한 견문 지식을 넓히기 위하여라는 변명 따위는 오히려 더 구차스러워질 것 같아서다.

한국인의 '우루루 출장' 비웃는 일본 공무원

1994년도부터 지금까지 우리나라에서 일본에 온 방문단 중 가장 빈도가 많았던 방문단을 순서별로 보면 소각장이 단연 으뜸이고 다음이 하수처리 문제다.

이 방문단들의 요구는 대체로 신문이나 방송에서 소개되거나 다녀간 사람들을 통하여 이야기를 들은 똑같은 곳을 방문하겠다는 것이다. 벌써 수십 차례나 다녀갔으니 보고서가 많을 거라고 해도 윗분이 그 곳에 가서 보고 오라고 지시했다는 것이다. 인원도 두세 명이 아닌 20여 명이 넘고 그 중 한두 사람 빼놓고는 청소 분야와는 전혀 관계도 없는 사람들이다.

그러나 이왕 이 곳까지 온다 하니 함께 견학하는 거야 나쁠 것까지는 없지 않느냐고 자문자답하며 일건서류를 챙겨 들고 담당자를 찾아간다.

이 친구의 굳어질 표정을 연상하면서….

이 경우 내가 항상 느꼈던 것은 두 가지다.

하나는 우리 행정의 무계획성·불성실성에 대한 자탄이고, 또 하나는 일본 공무원들이 우리나라 공무원들을 경시 또는 무시하는 태도에 대한 역겨움이 그것이다.

전자는 얘기하지 않아도 짐작되는 부분이겠지만 구태여 얘기한다면 출장의 목적 자체가 그야말로 출장을 위한 애매한 출장, 보고 오라는데 무엇을 보고 와야할지 모르는 허깨비 출장, 각 분야의 실무자들을 20여명씩이나 팀을 구성하여 상대방의 실소를 자아내게 하는 뒤죽박죽 출장, 이쪽 의사나 형편은 묻지 않고 그것도 며칠 내에 도착하겠다고 일방적으로 통고하는 도깨비 출장, 신문이나 방송에 한 번 보도되었다 하면 공무원, 구의원, 시의원, 국회의원 너도나도 할 것 없이 그 곳으로 비행기 타고 몰려가는 우루루 출장 등등으로 그 종류는 다양하다.

일례로서 일본 시마네[島根]현에 있는 이즈모[出雲]시는 인구 8만 3,000명에 불과한(서울의 동사무소 2~3개 합쳐놓은 규모) 조그마한 시로서 수려한 자연환경과 적정한 상업을 배경으로 하여 일본 전국에서 가장 살기 좋은 도시로 평가된 바 있다. 이 곳의 시장인 이와쿠니 테쓴토[岩國哲人, 60세]는 주민주권을 제창하며 '행정은 최대의 서비스 산업'이라는 슬로건으로 우리나라에서도 널리 알려진 유명인사다.

그런데 우리나라 언론에서 이를 클로즈업하여 보도가 나간 이후부터 이와쿠니 시장의 비서실은 갑작스럽게 바빠졌다. 매일 찾아오는 한국 방문객들을 처리하기 위해서다.

오고 오고 또 오는 한국 방문객들 때문에 비서실은 골머리를 앓고 있었으며, 도쿄에 있었던 나도 비서실과는 수도 없이 전화로 업무 협의를 하곤 하였지만 그 때마다 그 비서들은 즐거운 건지 싫은 건지 분간할 수 없는 비명을 질렀다.

"그저께는 ○○시의 시의원들이 다녀갔고, 어제는 ○○군의 군수와 공무원들이 다녀갔으며, 오늘은 ○○, 내일은 ○○…, 정말 정신이 하나도 없어요."

  그래도 이와쿠니 시장은 거의 모든 방문객을 직접 만나주었고 자기의 신념과 철학을 강연해주기도 하였으며, 비서들에게는 절대로 방문객을 소홀히 하지 않도록 단단히 지시를 하는 등 일본인들 중에서는 보기 드물게 개방적이고 폭넓은 사람이었다. 30여 년간 금융계, 그것도 미국의 유명한 증권회사의 부사장까지 지낸 경험과 성장 환경에 영향을 받은 것일 것이다.

  여하튼 근 2년 동안 — 요즈음은 약간 식은 것 같지만 — 우리나라 사람들의 이즈모시 열풍과 이와쿠니 시장에 대한 짝사랑은 대단한 것이었다.

  이와쿠니 시장 덕택에 아담한 도시 이즈모시는 항공수입, 관광수입도 짭짤했을 것이다.

  이즈모시 열풍과 같은 우루루 출장은 내가 가장 안타까워했던 부분이기도 하다.

이것이 당신들의 두 얼굴인가

한편 이러한 출장단을 맞아들이는 일본 공무원들의 태도인데, 물론 하도 많이, 자주, 똑같이 오기 때문에 그렇지 않아도 바쁜 업무에 다소의 지장이 있을 수 있고 지겨울 수도 있을 것이라는 생각이 안 드는 것은 아니다. 그러나 그것이 우리 공무원, 나아가서는 한국인들에 대한 경시, 무시 또는 반우호적인 감정으로 발전, 확산되고 있음에 대하여는 우려를 금할 수 없다.

일본 역시 20여 년 전에는 미국, 영국, 프랑스 등 선진국에 무수한 출장을 하였고, 이것이 사회문제가 되어 국민들의 비판대상이 된 바 있음을 상기한다면 마치 개구리 올챙이 적 생각 못 하는 격이다. 아시아에서는 물론 세계의 리더를 꿈꾸는 자들이라면 그 첫번째가 될 자질과 덕목으로서 세계에의 공헌과 봉사를 꼽아야 할 것이고, 그 방법의 하나로서 세계의 많은 나라 사람들이 자기 나라에 직접 와서 보고 느끼게 하고, 무엇을 어떻게 해야 이 사람들이 돌아가서도 일본과 일본인들에 대하여 호감을 갖게 할 것인가를 생각할 수 있어야 할 것이다. 이것이 세계를 시장으로, 세계인들을 소비자로 하여 성장한 국가로서 가져야 할 최소한의 의무가 아닌가 생각한다.

경비를 대주고 초청하여 자기 나라를, 자기들의 기술을 알리는 것은 어렵다손 치더라도 자비를 들여 자기 나라를 배우겠다고 제 발로 걸어 들어온다면 이거야 말로 과시도 되고 공헌도 하는 셈이며 외화도 벌고 친목도 도모할 수 있는 절호의 기회가 아니겠는가.

우거지상 짓고 볼멘소리 내뱉으며 눈살 찌푸릴 것까지는 없지 않은가. 그 곳에 손이 모자란다면 20만 명이나 되는 도(都) 공무원 중 방문단을 전담할 수 있도록 직원을 증원시키면 되지 않겠는가. 일부러 찾아온 외국 손님들을 푸대접하여 불쾌감을 갖고 돌아가게 할 필요는 없지 않은가. 이 사람들이 돌아가서 주변의 많은 사람들에게 그 불쾌감을 전달하여 수십 배, 수백 배나 더 많은 사람들을 불쾌하게 할 필요는 없지 않은가.

좋은 기술, 좋은 공장 가지고 있다고 소문이 나 있어 그걸 좀 보고 가겠다는데 그렇게 인색해서야 되겠는가. 무슨 첨단 기술이나 국가 기술 기밀을 가르쳐달라는 게 아니지 않은가.

그것도 상대가 공무원이지 않은가. 공무원이라면 시민들의 생활과 관계가 있는 것이고, 이런 문제들은 같은 입장에서 서로 도와가며 문제 해결이 될 수 있도록 하자는 게 국제협력이 아닌가.

배우겠다고 제발로 찾아오는 순수한 사람들을 왜 그렇게 실망을 안겨주는가. 자신들의 형식, 절차, 예법에 맞지 않는다 하여 외국인들까지도 자신들의 그것에 맞추도록 요구함은 교만한 사고가 아닌가.

입으로는 국제협력과 평화를 외치면서 마음을 굳게 닫고 있다면 누가 당신들을 신뢰하겠는가.

이것이 바로 세계 사람들이 얘기하는 당신들의 두 얼굴인가.

그렇지 않다고 부정하겠는가. 그렇다면 우선 당신네들의 얼굴 표정부터 좀 고치게나.

정에 죽고 정에 사는 한국 사람들

한국 사람들은 정(情)에 약하다. 인정이 많고 눈물이 많다. 이 점은 일본인들에게도 잘 알려져 있는 듯하다. 그러나 일본인들이 질겁을 하는게 한 가지 있다. 한국에서 온 여행객들, 특히 남자들끼리 포옹하는 장면인 것이다. 왜냐하면 이것은 일본인들에게 있어서는 호모 외에 아무도 생각해볼 수 없는 것이기 때문이다. 호모가 아니고서 어떻게 포옹하고 눈물까지 흘릴 수 있겠느냐는 것이다.

TV나 영화에서 코 큰 외국인들이 서로 포옹하는 거야 그들의 인사방식이고 또 가볍게 살짝 볼을 맞대는 정도지만, 한국인들이 포옹하는 것을 보면 등짝이 으스러지지 않을까 할 정도로 정열적이라는 것이다.

한국에 대하여 잘 알고 있는 일본인들이 한국인들의 정에 관하여 다음과 같이 몇 가지 자신들의 경험을 애기한다.

우선 첫번째로 한국인들은 모르는 상태에서 만나자마자 먼저 서로의 사이에 무언가 공통점을 발견하고자 열심히 묻는다는 것이다.

고향이 어디냐, 성이 같으면 본관이 어디냐, 학교는 어디를 다녔느냐, 직장이 어디냐, 내가 알고 있는 그 사람을 당신도 알고 있느냐 등등. 만약 그 중에 한 가지라도 공통점이 있거나 관계가 있으면 몇 년 된 친구라도 만난 것처럼 반가워하며 당장 친해지고, 여기에 저녁 술이라도 한잔하게 되면 나이관계를 따져 한 살이라도 많은 사람이 형, 적은 사람이 동생이 되어 형님, 아우 한다는 것이다.

단 몇 시간 만에 형님, 아우가 되는 이 정열과 스피드 그리고 친형제 간이 아니면 형, 아우라는 호칭은 상상도 못하는 일본인들의 사고에서 보면 이것도 기절할 노릇일 것인데, 여기에다 조금만 더 기분이 좋아지면 평생 형제의 의(義)를 맹세하며 의형제를 맺는 것을 보면 어안이 벙벙해져 말도 안 나온다는 것이다. 아니, 어떻게 난생 처음 만난 사람끼리 단 몇 시간 만에 친구가 될 수 있는 것이며 더구나 의형제를 맺을 수 있느냐고 혀를 내두른다.

두번째로 놀란 것은 사실 자신들이 아는 한국어라야 기껏 '안녕하시무니까', '감사하무니다', '저는 ○○라고 하무니다' 정도인데도 한국인들은 일본인의 입에서 한국어를 들으면 매우 감동스러워한다는 것이다.

"한국말 잘 하는군요", "어디서 배웠나요" 하며 금방 친해질 수 있었다고 얘기한다. 또 일본 문화는 한국으로부터 왔다, 역사적으로 한국은 일본의 형님에 해당한다는 등으로 한국을 치켜세우면 지극히 만족스러워한단다.

특히 일본인을 미워하는 사람들이 모인 서먹서먹한 분위기에서도 일본의 침략행위는 나쁜 짓이며 깊이 반성하고 있다, 한국 국민들에게 깊이 사죄한다라고 얘기하면 박수를 치며 "그만 하면 됐어요, 우리는 친구가 된 거요. 자, 한잔합시다" 하고 바로 조금 전까지의 험상궂은 주름살이 활짝 펴진다고 한다.

또 한 가지는 이렇게 조금이라도 친해졌다고 느끼게 되면 어깨에 손을 짚는다든가(어깨동무일 것이다), 등을 다독거린다든가 하여 감정의 표현을 몸으로 전한다는 것이다. 솔직히 본인은 이것이 가장 징

그러웠다고 얘기하며 몸을 움츠렸다.

물론 이런 얘기들은 일본인들과 여럿이 모인 자리에서 선의적으로 하는 얘기였고 분위기로 보아 그렇게 어색하지 않은 대화였으나, 나로서는 왠지 불쾌하고 기분이 언짢아졌으며 이것은 꽤 오랫동안 나로 하여금 여러 가지를 생각하게 했다. 정에 죽고 정에 사는, 정에 약한 한국 사람들이기 때문에 정에 호소하고 정을 자극하면 쉽게 접근할 수 있고 쉽게 가까워질 수 있으며, 쉽게 친구가 되고 쉽게 의형제가 되는 그러한 쉬운 국민, 가벼운 국민이라고 비웃는 듯한, 비웃음을 당한 듯한 기분이 들어 견딜 수 없었기 때문이다.

물론 나는 그렇지 않은 일본인도 많이 있다는 것을 알고 있다.

제5부

관료가 움직이는 나라

국민들을 살리지도 않고 죽이지도 않는 관료들

　일본의 관료들은 일본 시장이 결코 폐쇄적이지 않다는 예로서 코카콜라와 IBM 등이 일본에서 성공한 예를 들고 있다.

　일본 시장을 폐쇄적이라고 지적하는 외국인들, 외국 기업들은 자신들 스스로 노력은 하지 않고 무임승차하려 한다는 것이며, 실제로 일본 시장은 개방되어 있다고 주장한다.

　그러나 일본 시장에서 성공한 외국 기업은 실제로는 그들의 창조적인 개성을 희생하여 일본의 관료 또는 일본 기업들의 입맛에 맞추는 데 성공했다는 사실은 이미 널리 알려져 있다.

　현재의 일본이 높은 국민소득을 달성하고 감당 못 할 만큼의 무역흑자를 내면서 매우 낮은 실업률을 유지하고 있는 것은 일본 관료들의 능력과 노력에 힘입은 바 크다는 것을 부인하는 일본인은 없다. 그리고 그것이 바로 일본 국민들의 관료에 대한 신뢰와 의존을 깊게 하고 있는 것이다.

　일본 국민들은 관료들에게 순종하며 그 모습은 일본의 군국주의와 황국신민을 외치던 제2차 세계대전중에 군인들의 요구에 순종했던 과거 일본인들과 흡사하다. 이들은 전후 경제 고도성장을 실현시킨 주역들로서 어려운 시험에 합격하여 엄한 훈련을 거친 엘리트 의식에 충만되어 있으며 국민들의 신뢰에 만족해 하고 있다.

　그래서 일본의 관료들은 거만해 보이며 프라이드가 대단히 높고 국민의 존재보다는 자기가 속해 있는 조직을 더없이 소중히 한다.

미야모토 마사오(宮本政於 : 정신분석 의사) 씨는 이러한 일본의 관료들에 대하여 《관료들의 대국》이라는 책의 내용 중 자신의 글 속에서 다음과 같이 말한다.

"일본의 관료제도에는 일종의 필터 기능이 있다. 그것이 어떠한 기능을 하고 있는가 하면, 필터를 통하면 통할수록, 즉 한 가지의 결정에 많은 사람들이 관계되면 될수록 개성이 풍부한 발상은 어디론가 없어져 버리고 만다. 창조성에 넘친 사고는 결코 나오지 않는다.

좋게 얘기하면 아무도 반대하지 않을 '평등'한 결정을 내리는 것이 되겠지만 솔직히 얘기하면 좋은 게 좋다는 식이다.

그러나 재미있는 것은 이러한 '평등' 의식을 존중한 관료적인 결정에 이르기까지는 두 가지의 조건을 충족시키지 않으면 안 된다. 하나는 현상유지가 확보되어야 할 것, 또 하나는 조직에 속해 있는 사람들의 체면을 유지하는 것이다. 관료의 체면을 유지하기 위하여 쓸데없이 많은 세금을 사용한다. 국민으로서는 천만 부당한 일이나 관존민비가 침투되어 있는 일본 사회에서는 모두 불평 한 마디 없이 감내하고 있다.

일본 관료들은 국민들을 '살리지도 않고 죽이지도 않는' 정신으로 취급해야 한다는 제왕학(帝王學)을 가르치고 배워 몸에 익숙해 있는 것이다."

나는 일본의 관료들을 대할 때마다 미야모토 씨가 지적한 필터론과 관료적인 결정에 대한 두 가지 충족조건이 현재의 일본 관료들의 모습을 너무도 정확히 간파하여 지적한 것이라는 생각을 하게 된다.

1995년부터 1996년에 걸쳐 일본 국내는 물론 전 세계를 경악케

한 일본 금융계의 파탄과 부조리가 대장성의 책임이라 하여 한때 대장성을 분할하느니, 축소하느니 하며 법석이더니만 불과 한두 명이 책임 진다고 하여 사표를 낸 것 외에 몇 달 만에 국민들 뇌리에서 잊혀지고 만다. 대장성은 절대로 없어지지 않고 고작 이름을 바꾸거나 자리를 옮기거나 사람을 바꾸는 등으로 하여 더욱 강하게 존속할 것 같다.

1996년 10월 하시모토 내각은 국회를 해산하고 총선거를 실시하였다. 그런데 각당이 내걸고 있는 공약 중에 재미있는 게 있다. 당선되면 관료들이 국민의 말을 잘 듣도록 확실히 장악하겠다는 것이다. 말하자면 정치 우위의 행정을 구현하겠다, 국민의 뜻에 따른 정치가 직접 행정을 지휘하겠다는 등등이다.

어느 당수는 관료라는 말을 없애고 공무원 또는 공복이라는 용어로 바꾸겠다고 공약하였다. 정치가가 선거 공약으로 행정개혁을 외치는 것은 들어보았으나 '관료들을 장악하겠다'는 공약은 아마도 세계에서 그 유례를 찾을 수 없을 것이다.

그래서 도쿄도청에서 근무하는 일본인 친구에게 이 이야기를 했더니 그것은 있을 수 없는, 있어서는 아니 될 불가능한 희망사항일 뿐이라고 단언한다.

일본에서 정치가들은 국민들로부터 관료보다 더 신뢰받지 못하는 집단일 뿐 아니라, 그들이 행정부를 정치적 목적에 따라 지휘하게 된다면 몇 년 내에 일본은 망할 것이란다.

관료들은 그렇게 되도록 결코 방관하지 않을 것이며 이러한 관료체계가 붕괴될 확률은 제로라고 그는 자신 있게 얘기하였다. 정말 일본의 관료들은 국민들에게도, 정치인에게도, 매스컴에도 요지부동인 것이다.

따라서 관료제도는 더욱더 폐쇄적이고 보호되며 국민들은 항상 관료들의 지배하에 놓이게 되는 것이다.

실지로 미국의 25분의 1에 지나지 않는 일본의 국토를 땅값으로 따지면 미국 전 국토 땅값의 4배에 달한다고 하며, 국민총생산이 세계 제1위라고 할 수 있게 된 일본경제도 국민 생활의 질이나 수준에서 보면 미국이나 유럽 선진국에 비해 훨씬 뒤떨어져 있다.

그것은 말할 것도 없이 국민들을 살리지도 않고 죽이지도 않는다는 관료들의 정신에서 연유된다고 보는 것이다.

일본에서 불로소득은 존재할 수 없다. 소득이 있으면 반드시 세금을 내야 한다. 당연한 얘기지만 그러나 그것이 그렇지 않다.

적게 주고 많이 받아간다는 것이다. 그러다 보니까 국민들로서는 여유가 없다. 죽을 것까지는 없지만 풍요를 느끼며 살 수 있는 형편이 못 된다. 그저 그저 사는 것이다.

일본 사람들 중에는 자신도 언젠가는 한번 큰 부자가 되겠다든가, 사장이 한번 되어 보겠다는 꿈은커녕 외식 한 번 하는 것도 큰맘 먹고 준비하여야 한다.

얼마 전 우리나라 신문에도 보도된 바 있듯이 부엌에 쌀 한 톨 없고 지갑에 단돈 28엔 남겨놓은 채, 그리고 마지막 식사를 마치고 먹을 것이 없다는 일기를 남겨놓고 굶어 죽은 77세와 41세 모자를 비롯하여 생활고에 시달리다 자살하거나 병들어 죽는 사람이 늘고 있어 일본의 사회문제가 되고 있다.

이것이 세계의 부국 일본의 기현상인 것이다. 그래도 일본 국민들
은 말이 없다.

조직에 몸도 마음도 다 바치는 양순한 국민

이러한 현상에 대해 미야모토 씨는 일본의 교육제도에 문제가 있다고 진단하고 있다. 즉 관료가 그리고 있는 일본 국민으로서의 이상형은 '거세되어 양과 같이 순한 국민'이며, 이 이상을 추구하는 곳이 학교라고 말하고 있다. 이것은 과거 군국주의 전성시대의 일본 국민의 모습이었으며, 앞으로도 언제 어떻게 그렇게 변할는지 모른다고 경계하고 있는 사람들이 매우 많다.

학교에서는 국민들을 틀 속에 끌어들여 괴로움을 즐거움으로 자기희생을 미화시켜 현실과 환상의 구별이 안되게끔 한다는 것이며, 이는 흡사 제2차 세계대전 전과 그 사고의 기본이 같으며, 전쟁이 한창일 무렵 일본 국민이 대일본제국(大日本帝國)이라는 조직체에 몸도 마음도 다 바친 당시의 심리 상황과 같다는 것이다.

즉 현재의 일본 사회는 멸사(滅私)의 정신을 바탕으로 하여, 가정과 학교는 기업 전사를 양성해내는 훈련장이 되어 있다는 것이 그의 주장이다.

패전이라는 비극을 경험했음에도 기본적 가치관에 변화가 없는 일본 국민들, 그것은 한 마디로 일본 국민들의 멸사정신, 그리고 이를 치밀하게 양성해온 일본 관료들이 일본을 지배하고 있기 때문이라 생각된다.

일본 국민들에게 '일본인이라면 모두 같다'라는 환상을 공유하게 하는 것이 일본 관료들의 소망인 것이다.

이와 관련하여 미야모토 씨는 재미있는 얘기를 소개하고 있다. 유치원에 갓 입학한 어린이가 선생으로부터 받은 지시 중 한 가지로서 '도시락은 흰밥으로 싸오세요'라는 것이었다. 이해가 잘 되지 않은 그 어린이가 선생에게 왜냐고 묻자, 선생의 답은 "볶음밥, 샌드위치 따위를 가져오면 그것을 보고 먹고 싶어하는 어린이가 있기 마련이에요. 그렇게 생각하는 어린이의 기분을 생각해서 모두 흰밥으로 싸오도록 하고 있는 거예요"였다.

유치원이라고 하는 개성이 확립되어 있지 않은 시절부터 '모두 같은 것을 먹고, 같이 행동하고, 같은 생각을 합시다'라는 개성의 부정을 통한 '능력의 조직화·공산화'가 시작되고 있다고 그는 강도 높게 비판하였다.

개인의 차를 인정하는 것은 능력이 모자라는 학생들의 마음에 상처를 주게 된다. 이러한 상태야말로 피해야 할 것으로서 재능 있는 어린이는 입을 다물고 참아야 한다.

이렇듯 개인차를 인정하지 않는 것 자체가 아름다운 사회, 명랑한 사회 형성에 필요하다는 식이다.

대세는 따르고 고립은 피하고

일본의 관료들은 결과보다도 의사결정 과정이 중요하다는 말을 즐겨 사용한다. 반대를 무릅쓰고 결정해버렸다든지 또는 반대자가 존재한다는 것 자체를 매우 탐탁치 않게 여긴다.

그것은 상사로서는 리더십이 문제시되고, 담당자로서는 능력과 수완을 의심받게 되며, 조직으로서는 내부의 불협화라는 달갑지 않은 외부의 눈총을 받아야 하기 때문이다. 그래서 그들은 반대자가 그만 지쳐 두 손을 들 때까지 대화를 계속한다. 대화와 토론 없이 채택된 결정은 변칙적 결정이며 정당성을 상실한 것이라는 생각을 가지고 있다.

그렇게 해도 최후까지 남는 반대자에 대하여는 결국 합리성보다는 대세를 앞세워 설득한다. '당신의 입장은 이해한다. 그러나 전체가 그러하니 협조해달라' 는 식이다. 대부분은 이 전체라는 무게에 눌려 이 단계에 이르면 손을 들게 된다.

이것은 전체라는 조직에서 자칫 자기만이 제외될 수도 있다는 위압감과 불안, 그리고 뒤따라 이어질 조직적인 이지메, 냉대, 소외가 무섭기 때문이다. 조직으로부터의 고립은 일본인들에게 있어서는 공포 그 자체인 것이다.

비록 극단적인 예에 해당하겠으나 제2차 세계대전 당시의 전몰자 위패를 안치해놓은 야스쿠니 신사(靖國神社) 내에 있는 전쟁박물관에는 제2차 세계대전 말기 전투기에 탑승한 채 연합군의 항공모함에 돌진하여 자폭하는 소위 가미카제(神風) 특공대를 자원하여 전사한 학도병들의 편지가 붙어 있다. 학교에서 특공대 지원자를 모집하는데 손을 들어 지원했던 한 학생이 전쟁터로 향하면서 남기고 간 유언장의 일부다.

"죽는 것은 싫다. 그러나 더 싫은 것은 다 나가는데 나 혼자 남는 것이다."

일본어에 '네마와시(根回し)'라는 말이 있다. 우리말로는 '사전에 관계자와의 의견 조율'이라고 해석할 수 있겠는데, 일본의 조직사회에서는 이 네마와시를 매우 중요시한다. 의사결정 전에 관계자들에게 취지와 배경을 설명하고 협조를 요청하는 것인데 이를 통해서 관계자의 반응, 즉 반대성향자를 사전에 발견하여 의사결정 전까지 포섭 또는 회유하는 것이다. 자기가 안 되면 그 사람과 절친한 또는 그 사람이 회피할 수 없는 사람을 동원하기도 한다.

만약 이 네마와시가 없으면 관계자들 중에는 자기와 상의 없이 결정 됐다, 자기를 무시했다, 충분한 검토가 되지 않았다, 정당하지 않다는 등등의 반대자가 반드시 존재하기 마련이다.

그래서 일본인들의 결정은 매우 시간이 걸린다.

이렇듯 이들이 의사결정 과정을 중요시하고 반대자 설득에 노력과 많은 시간을 소비하는 이유는 무엇인가.

그것은 한 마디로 책임이다. 결정을 추진하는 담당자도, 최고 의사결정권자도 반대를 무릅쓰고 한 결정의 결과에 대한 책임이 두렵기 때문이다. 여러 사람의 얘기를 들어서 결정한 민주적 결정, 전원 합의에 의한 완벽한 결정, 설혹 결과가 잘못되더라도 어느 개인에게 책임이 몰리지 않도록 책임 분산을 위한 결정이 필요한 것이다. 따라서 최고 의사 결정권자의 독단적 행동을 탐탁스럽게 여기지 않을 뿐 아니라 최고 의사 결정권자 역시 자기가 해야 할 결정도 아랫사람에게 위임하거나 아랫사람들을 참가시켜 합의를 도출해낸다. 결과는 마찬가지일지라도 그 과정이 존재하느냐, 하지 않느냐는 매우 중대한 문제가 된다.

그것은 책임의 분산과 집중에 지대한 영향을 미치기 때문이다.

이것이 일본의 관료들이 개혁보다는 현상유지에 더 힘을 쏟는 이유다. 즉 개혁을 주장하는 관료가 있다 하더라도 의견 수렴과 대화를 거치는 과정에서 모험적이거나 위험 요소가 전부 제거되어 버리고 결국 최종적으로 남겨진 것은 안전한 현상유지뿐인 것이다. 정치가들이나 국민들이 관료들에게 개혁을 주문하지만 번번이 원점으로 돌아가버리고 마는 것도 이 때문이다.

의사결정 과정에 참여하는 관료들의 행태도 여러 가지다.

우선 일반적으로 자기 의견을 노골적으로 밝히기를 매우 자제한다. 자기 본심이 밖으로 알려지는 것을 싫어하고 또 때로는 위험 부담을 감수해야 하니 그야말로 백해무익인 것이다.

특히 자기 이해와 무관한 사항에 대하여는 절대로 참견하지 않고 전체적으로 결정된 의견에 따라갈 뿐이다.

또는 잘난 사람들은 대세를 미리 가늠하여 그 대세를 자기 의견이나 신념처럼 얘기하는 자들도 있고, 대세가 그렇다는 것을 강조함으로써 은연중 합의를 강요하는 자들도 있다.

그런데 지금까지 얘기한 의사결정 방법에 관한 것들은 우습게도 평상적인 문제, 사소한 문제들이 대부분이고 정말로 중요한 문제들은 놀랍게도 무대 뒤에서 해결되고 있다는 사실은 일본 사회의 아이러니를 극명히 나타내주고 있는 예일 것이다.

앞에서도 얘기한 '네마와시'는 바로 그 때문에 존재한다. 미리 은밀하게 결정을 해놓고 형식적인 의사결정 과정을 거치는 것이다.

그럼에도 이 방식은 매우 잘 먹혀들고 있다. 그것은 첫째로는 일본인들이 대세 밖에 있음을 겁내고 고립을 무서워하는 속성을 가지고 있기 때문이며, 둘째로는 의사 결정권자나 의사결정에 참여하는 자 모두가 직접 테이블에 앉아 면전에서 서로 설전을 벌이는 것은 서로에게 유익하지 않다는 데 공감하고 있기 때문이다.

자신이 곧 국가라고 생각하는 관료들

자신은 국가, 자신의 의사는 법, 자신의 권한으로 한 행동은 공익을 위한 것, 자신에게 이익이 되는 것을 국익으로 치부하는 관료가 일본국의 관료다. 가히 관료지상주의, 관료국가에 부합되는 말이다. 국가의 성립과정과 움직임, 국민들의 생활에 관한 각종 정보를 독점하면서 어느 누구로부터의 간섭도 배제한 채 국가의 살림살이를 자신들의 사고와 계획대로 꾸려나가는 이들 관료들은 강한 자부심과 엘리트 의식을 가진 독립된 세계를 형성하고 있다. 그러므로 자신들 이외의 인간들은 무지몽매하고 자기 이익만을 추구하는 이기적 집단으로 생각한다.

이것은 정치인들에게도 적용되며 따라서 정치인들의 지배란 당초부터 용납되지 않는다. 일본의 각 성(省)의 장관을 대신(大臣)이라고 부르며, 이 대신들은 총리가 각 파벌에 안배하여 임명한 국회의원들로 구성되어 있는데 이 대신들 역시 관료들로부터는 무식한 사람으로 취급받고 있다. 그래서 부처의 대신이면서도 관료들의 인사에 대해서는 거의 권한을 행사하지 못하는 허수아비에 불과하다. 가끔 대신들이 이를 타파하고 개혁적 권한을 행사하려 하지만 역부족이며 관료들은 요지부동이다. 오히려 관료들은 풍부한 정보와 끈끈한 상하관계를 바탕으로 대신에게 조직적으로 대항하며, 대신의 실각을 기다린다. 대신들의 개혁과 욕심은 정치적 발언이나 일삼다가 곧잘 실패하고 만다. 영리한 대신들은 관료를 지배하려 하지 않으며 그럴 경우에만 관료들은 대신들에게 협조한다.

대신들 역시 관료들의 도움이 없이는 대신으로서의 역할도 수행하기 어려울 뿐 아니라 자신의 정치 생명에도 크게 악영향을 미치기 때문에 이를 반긴다. 이러한 관계로 대신들은 각 성의 국장급을 움직일 수 있는 인사권을 가지고는 있으되 관료와의 싸움을 피해 이를 행사하지 않는다. 이 인사권은 실질적으로 관료들의 최고 직위인 차관에 의해 그 부처의 오랜 룰에 따라서 처리된다.

여기에는 예외가 많지 않으며, 그래서 규제완화와 행정개혁이 어렵다는 것이 내외 지식인들의 지적이다.

관료들은 대신이 전문가일 필요는 없다고 믿고 있으며 전문가를 기피한다. 일은 조직 즉 자기들이 하며 대신은 가오마담으로 존재하는 것으로 충분하다는 것이다. 신참대신이 환영받는 것도 이 때문이다. 어떤 일본의 지식인은 관료들의 정치가와 국민에 대한 인식을 원숭이에 비유하여 얘기한다.

정치가는 무식하고 수치를 모르는 원숭이와 같으며 이러한 정치인을 뽑는 국민들은 차라리 원숭이가 낫다고 생각하는 현명한 인간이거나, 원숭이보다 못한 인간이 자기보다 나은 원숭이를 선택한다는 식의 인식이다.

이렇듯 일반적으로 공무원이란 공복이라 하여 국민의 수족이 됨을 의미하나 일본의 관료들은 수족이 아닌 머리인 것이다.

그러면 수족의 역할은 누가 하는가. 관료들의 수족은 정치인들이라는 것이다. 관료들이 머리를 써서 만들어준 법안을 국민들에게 홍보하고 국회를 통과시키기 위해 투사를 자처하며 난투도 불사하는

것이 정치인들이다. 관료들 입장에서 보면 믿음직스럽고 쓸 만한 데
가 있는 정치인들인 것이다.

정치인들이 대신으로 임명되어 관료들과 대항하여 성공한 사례로
는 1996년도 야당인 신진당 출신의 후생성 대신 칸 나오토〔管直人,
48세〕 씨를 들 수 있다.

당시 일본은, 비가열성 혈액제제에 의해 수혈을 받은 사람들 중에
HIV 즉 에이즈에 감염된 환자가 2,000여 명을 넘어서고 그 중 400
여 명이 이미 에이즈로 사망한 사건을 두고 정부와 피해자들 간에
격전을 벌이고 있는 상황이었다. 피해자들은, 정부가 비가열성 혈액
제제가 에이즈에 걸릴 위험성이 있는 것을 알고도 국민들에게 투여
를 계속했으며 이 사실이 입증된 후에도 혈액제제 회수에 성의를 보
이지 않아 에이즈에 감염되도록 방치한 죄를 추궁하였다. 이에 대해
정부는 비가열성 혈액제제와 에이즈 관계를 몰랐으며 알고 난 후부
터는 즉시 가열성 혈액제제로 교체했다고 주장하는 등 상호 한 발자
국도 물러서지 않았다.

십수년간 지속되어 온 이 사건은 칸 나오토 씨가 대신으로 임명됨
으로써 전환점을 맞이하게 되었다. 칸 씨는 전적으로 정부의 잘못임
을 피해자들과 매스컴에 머리를 조아려 사죄하였고, 책임 있는 처리
를 약속하였던 것이다. 한 마디로 돌발적인 대사건인 것이다.

매스컴과 전 국민들은 감동에 겨워하며 칸 대신을 응원하였고, 관
료들은 폭풍처럼 몰아치는 천재지변과 같은 대세에 굴복하지 않을
수 없었다. 그 후 후생성의 에이즈 연구 반장인 아베 교수를 비롯하
여 역대 제약회사 사장, 담당 공무원들이 살인죄로 고발되거나 구속

되어 재판이 진행중이며, 이 사건으로 칸 씨는 일본에서 일약 최고의 유명인사가 되어 어린이에서 노인에 이르기까지 칸 씨를 모르는 사람이 없을 정도다.

일본 국민들에게 있어 칸 나오토 대신은 고고한 관료 나으리들의 아성 속에서 단신으로 혈투를 벌여 악당들을 물리친 정의의 무사로 보여졌으며, 자신들의 관료 나으리들에 대한 오랫동안 묵은 욕구불만을 후련히 해소해준 국민적인 영웅이었던 것이다.

이른바 칸 나오토 대신과 관료조직과의 싸움이었던 '칸칸〔管官〕전쟁'으로 불린 HIV 사건은 완벽하게 정치인의 승리로 끝난 유일한 사례로서, 그리고 정직하고 용기 있는 정치인도 존재할 수 있다는 가능성을 보여준 사례로서 일본 국민들의 뇌리에 오래도록 기억될 것이 틀림없다.

그러나 이러한 역전 드라마는 앞으로 일본에서는 두 번 다시 볼 수 없을 것이다. 그것은 정치인에 대한 굴복으로 따끔한 경험을 한 관료들이 더 이상의 굴욕을 허용치 않을 것이며 더욱더 단단히 뭉칠 것이기 때문이다. 근면하고 성실한 엘리트 집단, 국가의 충복으로서 세계적으로 이름 난 일본 관료들의 폐쇄성과 오만성, 그리고 이들의 군국주의적 본성은 적어도 히노마루〔日の丸 : 일장기(日章旗)〕와 함께 변함 없이 지속될 전망이다.

정치를 움직이는 관료

　1995년은 일본 정치사상 가장 격변의 해였다. 이 1년 동안 무려 4번이나 정권이 교체된 것이다. 미야자와〔宮澤〕 내각에서 호소카와〔細川〕 내각, 하타〔羽田〕 내각, 무라야마〔村山〕 내각으로 이어지는 숨가쁜 릴레이식 바톤 터치였다. 한 해 동안에 정치가들은 생과 사를 가리는 치열한 전쟁판을 벌여놓고 암투 속에서 헤쳐 모여를 4번씩이나 반복하고 있는데도 일본 국민들은 도무지 관심을 보이지 않았다.

　선거일에 투표는 하러 가되 선거용지에 후보 이름을 쓰지 않고 '백표(白票)' 상태로 투표함에 넣는 유권자가 최근 급증하고 있다. 선택할 후보자나 정당이 없음에 대한 분노의 의사를 표시한 '항의표'인 것이다.

　왜 그런가 하고 누구에게 물어봐도 대답은 한 가지, "누가 되어도 일본은 마찬가지"란다. 바꾸어 말하면, 정치가들이야 늘상 그렇고 그런 사람들이니 누가 총리가 되고 어느 당이 여당이 되든 정치가들이 무슨 짓을 하든 간에 관료조직이 그대로 존재하는 한 일본 사회는 탈없이 잘 굴러가게 되어 있다는 것이니, 일본 국민들의 관료들에 대한 신뢰가 얼마만큼 깊은가를 잘 알 수 있게 하는 대목이다.

　미국은 대통령이 바뀌고 정치판도가 바뀌면 관료도 바뀌고 정책도 변하지만, 일본은 관료도 정책도 끄떡없으니 누가 되어도 마찬가지인 셈이다. 그만큼 정치가들은 힘이 없으며 대신들과 관료들을 장악하고 있다는 총리도 파벌형성과 권좌유지에만 혈안이 되어 있을 뿐 관료들에 대한 권력과 권한이 없어보인다. 그래서 종종 미국으로부터도 "일본이란 나라는 협상 상대가 없다. 관료들은 요지부동이고 정치가들은 관료들이 써준 원고를 대독할 뿐이다"라고 비판받고 있다.

미국 대통령이 "일본 정치가들의 YES는 NO"라고 말한 것이 문제가 된 적도 있다. 《NO라고 말할 수 있는 일본》이라는 책이 베스트셀러가 된 것은 이러한 일본인들의 내재된 열등감의 표출인 것이다.

호소카와 총리가 1993년 미국행을 했을 때 미국에서는 'NO라고 말할 수 있는 총리요, 젊고 힘 있는 지도자'로 소개되고 평가되었지만 그 역시 NO라고 얘기를 못했으며, 전후 일본 최고 지도자의 한 사람이었던 나카소네 총리 역시 마찬가지였다.

이것은 두말할 것도 없이 일본의 의사결정은 '합의'가 아니면 통용이 되지 않으며, 합의 외의 어떠한 개인적인 권력행사도 할 수 없는 시스템이라는 것을 입증하고 있는 것이다.

다시 말하면 일본의 관료는 그만큼 강력한 것이다. 그들은 의식적으로 정치가에 대항하는 사고를 가지고 있다. 그들이 없었으면 고도성장도 없었을 것이고 석유위기도 극복하지 못했을 것이며 오늘의 산업구조, 경제의 번영은 불가능하다는 것이다.

전후 대장성이 미국의 전폭적인 지원 아래 계획경제를 성공시켜 경제대국의 기틀을 확립할 때도, 통산성이 두 차례에 걸친 세계 석유위기를 산업구조 개혁의 계기로 삼아 위기를 모르는 일본시대를 열어올 때도, 미국이나 EC와 무역전쟁이 벌어졌을 때도 정치인들은 관료들이 써준 대사를 열심히 읊어대는 일 외에 별로 한 일이 없었다는 것이다. 그래서 최근 정치가들이 외치는 규제완화와 행정개혁에 별로 관심이 없다. 규제완화 5개년 계획이라는 것을 수립해서 말썽 많고 부작용이 많았던 92개나 되는 특수법인을 폐지하는 등 개혁하겠다고 법석이었지만, 퇴직 후 자기들이 가기로 되어 있는 일자리가 없어지는 것이 불만인 관료들에 의해 통폐합으로의 일보 양보는 있으되 폐지는 어림없다는 입장이다.

정치가들은 관료를 제압하기 위한 묘책찾기에 혈안이 되어 있으나 그때마다 관료들의 친절한 교육에 고개를 떨군다.

전문적인 지식과 통계, 과학적인 근거, 막강한 조직집단 앞에서 정치인들은 무력하기 그지없어 보인다.

자기 조직의 우두머리인 대신을 정치가 집단과의 중개역할을 하는 창구로 치부하고 있으니 일본 사회에 있어서의 관료의 존재를 알 만하지 않은가.

관료들의 힘의 원천 — 관료당·관료군

그렇다면 이렇듯 막강한 권한을 행사하는 일본 관료조직의 원동력은 무엇인가.

일본의 행정조직은 내각을 정점으로 1부(府 : 총리부) 12성(省) 31위원회(委員會)와 24청(廳)으로 구성되어 있다. 총리부에는 내각총리와 성(省), 그리고 총리부의 외국(外局)인 8청 및 국가공안위원회 의장에 정치인인 대신이 임명되고, 성의 외국인 청의 장관에는 일반 공무원이 임명되며, 이 중 대신을 장(長)으로 하는 성·청에는 정치임명직인 정무차관과 국가공무원 최고직인 사무차관이 1명씩 있다.

성·청의 조직은 관방(官房)과 국(局), 부과(部課) 등으로 구성되어 있는데 여기서 관방이란 국보다도 상위이며, 성내의 종합적인 기획조정 외에도 조직관리에 관한 인사·예산·정보관리·홍보·통계조사 등의 업무를 관장하는 성·청의 선임 부서로서, 사무차관은 거의 예외없이 관방장 출신이기 때문에 경력면에서도 단연 톱이다.

첫째로는 국가공무원법상 공무원의 임명권과 인사권은 대신에게 있으나 정치가인 대신은 관청의 인사에 관여치 않는 것이 불문율로 되어 있기 때문에 인사권은 사무차관이 전권을 행사하고 있다. 말하자면 성·청의 실질적 책임자이며 성·청 의사의 최고 결정권자인 것이다. 자연히 성·청의 내부조직은 그곳의 장인 대신보다는 사무차관을 정점으로 결속하게 되어있고 이것은 정치가와 관료집단이라는 이분적·이질적 조직관계를 형성하게 된다. 정치가를 자기 욕심만 채우려 하는 무지몽매한 훼방꾼으로 치부하는 관료들은, 자신들만이 국익과 국민을 위한 참된 봉사자이며 자신들이 없으면 나라가 망할 것이라는 공명심과 당찬 긍지로 뭉쳐 사무차관을 당수로, 관방장을 간사장으로 하는 '관료당(官僚黨)'을 형성하는 것이다.

대장성·통산성·후생성 등 각 성·청별로 관료들은 자신이 소속되어 있는 당에 충성을 다하며, 만약 당끼리의 이해문제나 조직문제가 발생하면 자기 당의 이해와 조직을 보호하기 위하여 혈투를 벌이게 되는데 바로 여기서 사무차관의 능력을 평가받게 된다.

유능한 사무차관은 정치인인 대신을 전위부대로 앞세우거나, 경우에 따라서는 자신이 직접 거물정치인이나 정계를 은퇴한 파벌의 총수에게 지원을 요청하기도 한다.

정치인들은 이를 거절하기가 매우 어렵다. 왜냐하면 자신의 선거구에 예산을 배정해주고 도로를 만들고 복지시설을 지어줌으로써 표를 긁어 모아주는 것이 바로 관료들이기 때문이다.

싫든 곱든 관료들에게 잘못 보여서 좋을 게 하나도 없다. 이들은 잘 훈련되어 있고 유능하며 개인이 아니라 조직으로 대항해오기 때문이다. 정보로도, 통계로도, 논리로도 이들과는 게임이 되지 않는다. 차라리 그럴 바엔 지배를 포기하고 관료편에 서는 쪽이 훨씬 현명하고 득이 크다. 그래서 관료들은 힘에 힘을 더해 가고 있는 것이다.

둘째는 명령을 하는 대신과 명령을 받아 수행하는 차관을 포함한 관료집단 간에는 책임이 분리되어 있는 데 반해 관료집단 내부끼리는 책임을 함께 진다고 하는 책임소재론을 들 수 있을 것이다.

일본의 대신들은 자신과 관련된 불상사가 아니면 책임을 지지 않는다. 조직 내부에서 불미스런 사건이 터졌다 하면 시장이나 장관에게 지휘책임을 물어 자리를 물러나게 하는 우리나라의 풍토와는 사뭇 다르다. 한강 다리가 무너졌다고 시장을 물러나게 하고, 국장의 독직 사건에 책임을 물어 장관을 경질시키는 등 우리나라의 높은 분들은 실로 엄청난 책임을 지고 있으며 그만큼 권한을 가지고는 있는 셈이나 반면 파리목숨만큼이나 명이 짧다.

여하튼 책임을 지지 않는 대신(大臣)과 책임을 지는 관료(官僚)라는 점에서 양자간에는 매우 큰 차이가 있다. 그것은 한 조직이 아니라는 것이다. 즉 대신은 외부인, 관료집단은 내부인, 대신은 불청객, 관료집단은 주인가족, 대신은 타향 출신, 관료집단은 동향 출신, 대신은 타교 출신, 관료집단은 동창생인 셈이며 '필요한 경우'에만 적극적으로 동조하거나 이용하고 그렇지 않으면 배타적이다.

즉 대신과 관료는 명령거부가 불가능한 소속형 조직관계라기보다는 해야 할 직무와 시간, 임금을 약속하고 일정기간 함께 근무하는 계약형 조직에 가까울 것이다.

계약형 조직이란 계약 당사자가 대등한 관계에 있으며 직무에 한정한 책임이 있을 뿐 일방의 지시가 사회의 법과 룰에 맞지 않을 경우 명령거부가 가능한 반면, 만약 계약을 위반했을 경우에는 해고가 가능한 것이지만 우습게도 일본 사회에서는 해고되는 것이 관료가 아니라 대신인 셈이니 참으로 별난 조직인 것이다.

일본 사회에서의 '외부'인과 '내부'인의 차이는 앞서도 서술한 바와 같이 매우 큰 것이어서 대신이 외부인으로 치부되는 한 권력의 역류현상은 기대할 수 없을 것이다. 반면 '내부'인인 관료들끼리는 전면적·무한적·유기적 관계를 통하여 더욱더 결속하고, 조직을 유지하기 위해 더 폐쇄적이고 보수화할 것이라는 것은 자명한 일이다.

셋째로 일본의 관료조직은 흡사 제2차 세계대전 당시 구일본군의 조직원리를 답습하고 있다는 것이다. 군대 중심 국가에서 패전 후 군이 소멸하고 민간 중심 국가로 변모했다고는 하나 일본 기성세대들의 군에 대한 향수가 관료조직을 군에 유사한 조직으로 만들지 않았는가 한다. 전후 50년이 흐른 현 시점에서 일본은 국가를 막강한 '관료군(官僚軍)'으로 재편 완료하고 총·칼 대신 '돈'을 무기로 하여 다시금 세계를 공략할 수 있는 국가로 성장하였다. 원래 군인이란 명령과 복종을 생명으로 하는 보수우익주의자요 내셔널리스트로서 계획의 비밀성과 외부인에 대한 폐쇄성, 자신들끼리의 연대감이 강하며 권위의식과 자기 조직 보호심리가 특화되어 있게 마련이다.

또 군의 가치 이념인 정의와 선이란 어디까지나 호사스런 용어일 뿐 실제로는 그 행위가 불의이든 악이든 관계치 않고 조직보호를 위해 모든 수단과 방법을 동원하는 소위 목표지상주의를 표방하고 있다. 세계에서 목표지상주의 집단으로 가장 잘 훈련되고 조직화되어 있는 군이 바로 일본의 관료군대인 것이다.

'문(文)'이 '무(武)'보다 강하다면 필시 이 조직은 구제국주의 시대의 군 조직보다 강한 것일지도 모른다.

현재의 일본 관료들을 보고 있노라면 이러한 군인 특성과 비교하여 어느 것 하나 다른 점이 없다는 느낌이다. 다만 조직을 지휘·통솔하는 지휘관이 직책상 가장 우두머리인 대신(大臣)이 아니라 두번째 서열의 차관이라는 점 외에는…

관관접대와 세금 도둑

1995년과 1996년, 이 두 해는 어쩌면 일본 사회에 있어 전통적 관료신화가 붕괴에 직면한 대파란의 해로 기억될지 모른다.

관료들의 자존심과 권위를 실추시킨 것은 둘째로 두고 우선 무엇보다도 정치가들에게 전면 공세의 빌미를 제공한 사건이 연달아 터진 것이다.

관관접대와 공금유용은 그 첫번째 사건이다.

지방자치단체의 공무원이 회의비·접대비·식량비를 사용하여 중앙 관료를 음식, 골프 등으로 대접하거나, 자기 지방에 대한 중앙정부의 보조금 또는 공공사업 유치를 위하여 중앙 관료들에게 선물을 주고 접대하는 등의 로비 행위를 일컬어 관(官)이 관(官)을 접대한다고 하여 관관접대(官官接待)라 한다. 그 중에서 식량비란 회의시 커피, 도시락 대금 정도의 의미지만 자치체 예산의 관·항·목·절 중 절의 하위인 세절(細節)에 놓여 있어 예산결산서에는 기재되지 않아도 되도록 되어 있기 때문에 관청 스스로가 자발적으로 공개하지 않으면 사용처도 금액도 알 수 없는 예산이다.

문제의 발단은 1989년 3월 오사카(大阪)부의 지사교제비 공개를 요구하는 시민 옴부즈만의 소송이었다. 공개거부를 선언한 오사카부의 조치에 대한 판결은, 시민들이 납부한 세금 사용에 대한 시민들의 알 권리를 우선하여 교제비 사용내역을 전면 공개토록 함으로써 시민들의 손을 들어 주었다.

이에 힘을 얻은 시민들은 다시 수도국, 재정국, 건설국 간부들의 공금 남용과 관련하여 각국의 식량비 지출내역을 공개해줄 것을 요구하기에 이르렀고 그 여파는 전국으로 확산되었다.

특히 관관접대에 대하여는 접대한 장소, 참석자의 소속과 명단, 접대내역, 접대비의 청구서와 영수증을 요구하였고, 이에 대하여는 부정한 사용뿐 아니라 관관접대비 자체에 대하여도 사용된 음식비용의 반환을 요구하는 소송을 제기하였다.

처음에는 오래된 '일본적 관행'임과 공개시 피공개자의 명예실추, 그리고 이어질 중앙 관료들의 보복, 즉 예산 불배정에 따른 불이익을 이유로 완강히 거부해오던 자치단체들도 국민적 여론과 매스컴을 등에 업고 거세게 몰아닥치는 태풍을 견디지 못해 만수(滿水)에 댐 무너지듯 와르르 무너져 내리기 시작한 것이다.

그리하여 관관접대에 참석한 중앙 관료의 개인 이름이 공개되고 어느 현 지사가 공금을 유용했다 하여 사임하기에 이르렀으며, 이를 겁낸 자치단체들은 보존기한 3년을 이유로 관련문서를 폐기하느라 법석을 떨 뿐 아니라 이를 은폐하기 위하여 소위 공문서 위조가 일상화되다시피 했다.

여론은 더욱 드세져서 지방 관료들을 공금남용, 세금도둑, 서류 위조범으로 몰아갔다. 이 사건들은 일본 국민들에게 실로 커다란 충격을 안겨주기에 충분하였다. 오만하고 도도한 관료들이긴 하나 성실하고 정직하며 신망스러웠던 그들이었기에 그저 그들이 하는 일, 가자는 길이라면 묵묵히 따라왔던 선량한 국민들이었으나 실제로는 납세자 모르게 행한 너무 치졸하고 비겁한 이들의 행위에 망연자실한 것이다.

회의 인원수 5명을 30명으로, 1,500엔짜리 도시락을 3,000엔으로 가족 식사비를 공금으로, 야간 근무를 허위 기재하고 수당착복, 가지도 않은 허위출장에 중복 출장수당, 재해 복구비를 지사공관 연못의 잉어 사료대로, 있지도 않은 간담회로 예산횡령, 청구서 허위작성 등. 또 부지사 출석 간담회에 출석자 4명이 정종·맥주 44병, 지사출석 간담회에 출석자 15명이 정종·맥주·위스키 100여 병, 의회기간중 답변서 작성을 위해 호텔에서 야근하며 주문식 호화식사에 한술 더 떠 가족까지 숙식휴양, 사적 용무시에도 공무출장용 택시 티켓 사용, 지자체 의원에 대한 의안설명 핑계로 의원 향응, 지역 국회의원 접대, 중앙 관료의 지방출장시 요정접대, 중앙에 출장하여 관료에게의 선물, 로비 접대, 기자 접대, 직원 회식비, 상사 송별회, 환영회 등에 공금사용, OB회에 보조금 지급, 타예산을 급량비로 불법 전용, 지자체 공무원과 정부 출장소 등에 철도·버스 등 공공교통기관 무료승차권을 지급함으로써 해당자가 수령한 교통비·출장비는 착복유용, 의원들에게 지하철·버스 이외에도 시립시설, 영화관 등 10여 개 이상의 무료 패스권 지급 등의 사례가 현실적으로 존재하고 있음이 확인된 것이다. 이것은 정도의 차이는 있어도 전국 3,300여 개 자치체가 거의 모두 동일할 것이 분명하다고 한 시민은 TV 인터뷰에서 얼굴을 붉혔다.

어떤 시내 택시 운전기사의 증언은 이러한 공무원들의 행태를 접하는 시민의 기분을 잘 나타내고 있다.

"정말 대단해요. 매일 5시 15분 퇴근시간이 되면 청사 현관 앞에 택시를 기다리는 직원들의 행렬이 늘어서지요. 택시에 태워가는 직원들을 번화가 술집 앞에 내려놓고 다시 청사 현관 앞에 가도 아직도 줄을 서 있는 거예요. 흡사 피스톤 수송이었지요. 술집에 가는 것도 귀가하는 것도 요금은 공무용 티켓이죠. 고객이니까 면전에서 나쁘다고 얘기하지는 않지만 시민의 한 사람으로서 복잡한 기분이었습니다.”

일이 이 지경에 이르자 각 자치단체는 관관접대의 원칙적 폐기와 업자와의 동석금지 등을 밝히고 제삼자에 의한 감시기관을 발족시키는 등 집안단속과 민심수습에 들어갔다. 관료들의 발목을 묶어놓은 것이다.

그런데 참 엉뚱한 현상이 일어났다. 관료들의 술집 출입이 중단되자 항상 사람들로 북적이던 번화가가 네온사인은 그대로이나 인적이 끊어지고 폐업 술집이 속출한 것이다.

도쿄의 술집거리로 유명한 아카사카(赤坂)는 최전성기 때 76채나 됐던 요정이 지금은 10채로 줄었고 그나마도 손님이 없어 폐업은 계속 더 늘어날 전망이란다.

택시운전 대행업자들은 기사와 차량을 감축하고 택시 기사들도 수입이 줄어 울상이다. 참다못해 상점 번영회에서는 공무원들의 발 좀 풀어달라고 관청에 진정서 아닌 진정서를 제출하는 실정이다.

일본의 술집들, 그리고 경제대국 일본의 번영은 실로 공무원의 야행(夜行) 덕이라고밖에 얘기할 수 없는 것인가.

이러한 국민들의 비판에 대해 4년간 20억 엔을 넘는 허위출장을 반복해온 어느 간부직원은 다음과 같이 변론한다.

"국가로부터 지방에 지방교부세, 보조금 등의 채널로 20조 엔이라는 거액의 자금이 배분되는 현 재정 운영제도에 근본적인 문제가 있다. 예산확보를 위해 중앙 관료들의 접대에 소모한 뒷거래 자금은 보조금, 공공사업유치 등의 형태로 40~50배 또는 그 이상이 되어 지역에 도움을 준다. 중앙 관료가 재원을 쥐고 있는 현실 속에서 우리들은 일을 추진하지 않을 수 없다. 중앙 관료뿐 아니라 중개역할을 하는 국회의원, 시의원에게도 이 자금은 쓰인다."

뒤집어 말하자면 중앙 관료에의 접대는 보조금을 더 배당받기 위한 일종의 믿을 만한 '투자'이며 이를 못하면 무능한 조직, 무능한 관리, 무능한 시장이 되고 마는 것이다.

미야와키(宮脇淳)의 홋카이도 대학 교수는 "예산 유용문제는 전후 50년이 경과한 관료 시스템의 제도피로(制度疲勞)의 상징"이라고 말한다. 중앙 집권과 보조금 행정이 부패의 근원이며, 자치체는 중앙 관료들이 선정한 메뉴를 싫든 좋든 그대로 받을 수밖에 없는 현실에서 지방 관료들은 중앙 관료들에게 매력적인 에너지를 불어넣기 위해 막대한 뒷거래 자금을 사용하며 또 이 자금을 조성하고 있는 것이다.

공무원들의 연말 보너스가 지급되는 12월 10일, 도쿄도는 관관접대 및 공금유용과 관련하여 사용된 8억 1,000만 엔을 현직 및 OB(퇴직공무원) 간부 약 2,500여 명으로부터 갹출할 것을 결정하여 과장급 이상 전 관리직 간부들에게 협조를 요청하였다.

부지사, 출납장이 500만 엔, 국장 300만 엔, 각국 총무부장 200만 엔, 본청 각 부장 100만 엔, 기타 10만~100만 엔이라는 반환금에 해당 간부들은 착잡해 하고 있다.

군마(群馬)현도 이자분을 포함하여 7억 5,000만 엔을 간부들로부터 갹출하여 반환할 것을 결정하였다. 나고야(名古屋)시에서는 세계 디자인 박람회의 시설·비품 등을 시 행정에는 무가치한 것임에도 주최자인 협회로부터 구입했다 하여 시장 등에게 약 10억 3,600만 엔의 손해배상을 시에 반환하도록 요구하는 시민소송에서 시민이 승소하는 등 이러한 자치체는 앞으로 더욱 늘어날 것이다.

내가 잘 아는 도쿄도청의 한 친구는 정종 한 잔을 단숨에 들이켜더니, "예년 이맘 때 같으면 은행 영업사원이 사무실을 방문해 '저금하세요' 하고 권유했는데 올해는 '돈 빌려 드립니다' 하고 앙증맞게 약을 올린다"고 얼굴을 붉혔다. 업보(業報)일 것이다.

관료사회의 지각 변동

　지방 관료들의 비리에 대한 비판이 한창 고조되고 있는 참에 설상가상으로 이번에는 중앙 관료들의 비리가 터져 국민들을 격앙시켰다. 1996년 8월 에이즈 은폐사건으로 수천 명의 에이즈 환자와 수백 명의 사망자를 내게 한 바로 그 후생성에서 불과 몇 개월도 채 지나지 않은 12월에 관료의 우두머리인 차관을 포함한 간부들의 수뢰사건이 발각된 것이다.

　사회복지시설 건설보조금을 둘러싼 독직사건이다.

　일본의 사회복지시설 건설보조금제도는 사회복지법인이 복지시설을 건설할 경우 정부가 1/2, 현이 1/4, 해당 지자체가 1/4의 보조금으로 건설비 전액을 지원해주고 있기 때문에 정부에 의해 선택만 된다면 시설은 공짜인 셈이고, 그외에도 운영자금 보조 및 저리융자 등의 지원뿐 아니라 수도권에서는 노인 이용자 수요가 많아 금방 정원 초과로 운영수익도 상당하여 일종의 특혜에 해당하는 사업으로 알려지고 있다. 그런데 한 업자가 이런 식으로 8개소의 복지시설을 건설하였으며 매년 50억 엔이 넘는 보조금을 받은 것이다.

　이와 관련하여 후생성 차관은 동업자로부터 현금 6,000만 엔 수뢰, 시가 300만 엔이 넘는 승용차 2대를 무상사용, 골프 회원권 수뢰뿐 아니라 여성 2명을 데리고 함께 온천 여행을 하는 등의 불미스러운 사건이 발각되어 결국 경시청에 체포되었다.

　경시청이 사무차관을 체포한 것은, 전후 혼란기인 1948년 화물차량 배차를 둘러싼 독직사건으로 운수성 사무차관을 체포한 이래 무려 48년 만에 처음 있는 일이다.

이번 후생성 차관의 수뢰방법은 꽤나 계획적이고 조직적이었다. 우선 자신이 가지고 있는 인사권을 활용하여 사회복지시설 건설을 구상하고 있는 각 지방의 자치단체에 심복들을 파견하여 정책 선택 권한을 갖게 하고 이들과 보조금 담당 간부들을 요정에 불러내어 업자를 소개한 다음 편의제공을 부탁한다.

참석한 간부들은 차관이 자기도 불러주었다고 희색 만면, 득의 만면하게 되고 업자로부터 계속되는 접대에 무감각해질 뿐 아니라 나중에는 자신이 직접 현금이나 접대를 요구하는 전형적인 요구형 수뢰로 발전한다.

업자는 이를 십분 이용하여 낮에는 관청의 이방 저방을 자유자재로 활보하고 저녁에는 중앙 관료들을 불러내어 지방 관료들을 동석시킴으로써 후생성과 두터운 파이프를 갖고 있음을 과시함과 동시에 관료들을 포섭하여 인맥을 형성, 확장하면서 지방의 복지사업을 독점하게 되는 것이다. 지방 관료들 입장에서야 중앙 관료들에게 거액 공금을 써가며 관관접대로 로비를 해도 보조금 배정을 받게 될 수 있을지 애타는 터라 돈 안 들이고 사업유치가 될 수 있다면 이 이상 잘된 일이 없는 것이다. 말 그대로 상부상조인 셈이다.

정부에 집중한 세금을 지방에 분배하는 중앙집권 시스템에 편승한 관료들에게 너무나 과대한 권한을 부여하고 있는 일본의 행정체계, 특권 관료의 형성, 무책임과 보신출세주의가 만들어낸 범죄, 특권이 비밀을 낳고 비밀이 부패를 낳고 있는 전형적인 케이스, 세금으로 보조금을 주고 그 보조금 중 일부를 챙기는 관료….

국민들과 매스컴이 이번 사건을 비판하면서 지적하고 있는 주요 제목들이다. 그런 관료가 자신이 편집한 《사회보장 행정입문》이라는 책에서 다음과 같이 기술하고 있다.

"제도를 받쳐주고, 이용하고, 재원을 제공하는 것은 국민. 돈은 하늘에서 떨어지는 것이 아니고 국민 모두가 땀흘려 번 돈을 세금으로 내고 있는 것이다."

그런데 후생성 차관이 체포된 바로 다음날, 이번에는 통산성에서 또 한 건의 사건이 발생하였다. 석유도매 사업자가 거액의 탈세혐의로 구속되어 취조과정에서 통산성 관료들에 대한 접대와 비리를 자백한 것이다. 석유업계를 관장하고 있는 차관을 포함한 관료들이 동업자로부터 골프 회원권을 비롯하여 가족동반 해외여행 등의 접대를 받았다는 것이다.

통산성의 '자기신고'에 의한 자체조사로는 동 업자와 면식이 있는 간부는 46명, 이 중 접대를 받은 간부는 41명이라고 밝히고 있으나 경시청에서 조사를 했더라면 그 규모는 곱절로 불어났을 것임이 틀림없다.

이날 모 주간지의 사설은 다음과 같은 제목을 달고 있다.

"오! 통산성이여, 너마저!!"

하루 전날 후생성 차관이 체포되는 등 관료 비판의 태풍 속에서 연이어 발생한 불상사로 수십 년간이나 나라살림을 맡아온 믿음직스러웠던 관료들에 대한 신뢰는 완전히 실추되고 말았다.

지금까지 '정치는 엉망이나 관료는 우수' 하다는 이른바 관료신화가 전설처럼 지속되어 왔으나 이러한 현실에서는 관료가 정치보다 조금도 나을 게 없다는 것이다.

일련의 사건들은 개인적 자질의 문제가 아니라 개인을 뒷받침하는 관료조직, 중앙집권적 행정운영의 폐쇄성, 의사결정의 불투명성, 상관의 지시를 NO라고 할 수 없는 종적 관계, 정치가와 관료의 유착 등이 문제로 지적되고 있다.

또 있다.

이러한 불상사 뒤에는 반드시 정치인이 연루되어 있다는 것이다. 그러나 그 때마다 정치인들은 적법한 정치헌금이라 하여 법망을 빠져나가고 만다. 통산성의 경우도 예외는 아니어서 하시모토 총리도 후생성 사건과 연루된 사회복지단체로부터 정치헌금을 받았으나 "헌금을 제공한 측이 편의 제공을 요구하는 등 헌금의 취지를 확실히 알았다면 수뢰라 하겠으나 몰랐다면 수뢰라 할 수 없다"는 논리로 대수롭지 않게 대꾸한다. 구속된 석유 도매업자로부터 자민당 거물 정치인에게 7억 엔이라는 거금이 정치헌금으로 흘러 들어갔다. 따져보면 관료들은 사탕 얻어먹고 정치인들은 갈비짝 얻어먹는 셈이다. 그러나 일본 국민들은 정치인들의 수뢰에 대하여는 매우 관대한 편이다. 아니 수십 년간이나 그렇게 길들여져서인지 아니면 정치인들의 행위 정도는 아예 무시해버리는 것인지, 하여튼 '그 사람들이야 다 그런 거지 뭐' 하는 정도로 대수롭지 않게 넘어간다. 정치인들은 상습범, 관료들은 초범이라서일까.

하긴 불량아들이 늘상 남의 물건 훔칠 때와 평소 착했던 애가 어쩌다가 그런 짓 할 때의 차이인지도 모르겠다. 착한 애는 나무라면 잘못을 인정하고 뉘우칠 줄 아는 법이니까.

　그래서 일본 지식인들은 얘기한다. 첫 타깃은 관료이나 최종 타깃
은 역시 '정치인'이라고….

관료사회를 어지럽히는 존재

관계와 업계, 정계와 업계, 정계와 관계의 사이를 중개하는 브로커의 존재는 어느 나라나 마찬가지겠지만 일본의 경우는 성향이 약간 다르다. 요즈음은 과거처럼 대기업에 의한 로비보다는 소위 미니 정상(政商)으로 불리는 중소업자 대표에 의한 로비가 주류를 이루고 있다. 이를 일컬어 미니보스 시대라고 한다.

이들에게는 몇 가지의 공통점이 있다.

하급 직원들에게 접근하여 대신이나 국장과 절친한 관계를 과시하는 등 권력자의 이름을 들먹이기 때문에 소문이 빨리 퍼질 뿐 아니라 탈세사건, 도산, 어음부도 소동 등을 곧잘 일으켜 꼬리가 잡히기 쉽다. 여기에다 입까지 가벼워 체포되면 로비 관련자나 사건 전말을 쉽게 불어버린다. 더군다나 대기업과 같은 정치적 백그라운드도 없어 한번 붙잡히면 살아 나올 확률이 적고 관련자 동반자살이 불가피해진다. 업자간의 정상적인 경쟁 속에서는 계속 성장이 어렵기 때문에 늘상 관료들의 힘을 이용하고 잔심부름을 자청한다. 상황에 따라서는 비리폭로를 무기로 관료를 위협하거나 발목을 잡는다.

관료측에서도 뼈대가 굵고 거만한 대기업보다는 고분고분하고 말 잘듣는 미니 정상의 접근을 바란다.

이들은 사교성이 강하고 발이 넓은 관료가 인맥을 쉽게 형성하고 이권에 개입하는 경향이 많은 점을 이용하여 접근한다. 정책 관료, 기획 관료들보다는 덜 신중하여 접근하기가 쉽고, 실제로 일도 화끈

하게 도와주기 때문이다.

그런데 미니 정상과 관료 사이를 중개하는 관료가 존재하고 있다. 이러한 관료들을 일본에서는 총회꾼이라 일컫는다. 마치 주주총회에서 주식은 별로 가지고 있지 않으면서도 총회의 분위기를 좌지우지하는 훼방꾼이라 하여 붙여진 이름이다.

총회꾼들은 미니 정상들과 유착하여 자기 소관의 일은 물론, 자기 소관이 아닌 일까지도 자신의 인맥을 활용하여 압력을 넣거나 요정 등으로 불러내어 업자를 소개하고 도와주도록 부탁하거나 하면서 이에 따른 수고비나 기타 접대를 받는다. 정작 허가업무를 담당하는 실무자보다도 총회꾼들이 받는 대접이 더 크며 업자들을 자기 수족처럼 부리고 있으나 실제로는 업자들에게 발목이 잡혀 빠져나오지 못하는 경우가 많다.

체포된 후생성 차관이 자기 측근들에게 "피곤하다, 빨리 관직을 그만두고 싶다"고 넋두리를 자주 한 것은 이 경우에 속하는 것인지도 모른다.

성(省)의 최고 실력자인 차관이 총회꾼이라면 그 조직은 불행의 늪에 서 있는 거나 마찬가지다. 이번 후생성의 HIV 사건과 독직사건은 이를 증명해주고 있다.

또 있다.

업자인 미니 정상과 관료인 총회꾼의 중간쯤 되는 브로커의 존재다. 이들은 관계(官界)에서 퇴직한 후 낙하산 인사로 정부소속 공사나 공익법인 또는 개인기업의 간부로 재취업한 전직 관료들로서, 관청 재임중의 조직과 인맥을 십분 활용하여 업자와 관료사이를 연결하는 파이프 역할을 한다. 소위 OB관료들인 것이다.

건설성 등 중앙관청으로부터 전국 대형 건설회사 100개사에 임원으로 임명되어 있는 인원은 517명, 100개사의 회사 임원 총 2,995명 중 외부로부터 기용된 임원이 1,121명이고 그 중 517명이 정부 관료 출신이니 건설업계와 관료의 유착은 피할 수 없다. 물론 타성·청을 망라하면 그 숫자는 몇 배로 늘어날 것이 틀림없다.

이들은 임명된 후 주로 공공사업 수주를 위한 관청과의 파이프 역할을 하거나 인·허가 등 회사의 이권과 관련한 로비역을 하며 관청의 일을 대행함으로써 주변 업계에 대해 파워를 확보하기도 한다.

OB관료들은 업자로부터의 접근도, 관료에게의 접근도 용이하므로 로비스트로서 제격인 셈이다. 그러나 그들의 역할에는 한계가 있는 듯하다. 오너가 아니기 때문에 재력에 한계가 있고, 관료들 역시 한두 번은 그간의 정과 의리를 생각해서 돕지만 서로 뻔히 속을 잘 아는 처지기 때문에 청을 들어주기도 거절하기도 거북스러울 경우가 많기 때문이다.

여기에 또 있다. 족의원(族議員)의 존재다.

자민당의 장기집권이 계속되는 속에서 특히 중요 정책결정시 자민당 정조회를 중심으로 특정 성·청 및 업계간의 두터운 파이프 역할을 함으로써 정책결정 과정에서 강력한 발언권을 가진다. 동시에 다른 한편으로는 이권획득의 기반을 구축하는 의원, 즉 특정 분야에 강한 의원을 족의원이라 부르고 있는데, 족의원이라고 인정받을 만큼 실력을 갖추기 위하여는 해당 성의 정무차관 — 분과위원장 — 중(참)의원 위원장을 역임해야 한다고 할 정도로 정계·관계·업계에

영향력을 행사할 수 있는 소위 거물 정치인인 것이다. 건설족의원,
운수족의원, 통산족의원 등으로 호칭되는 이 족의원들은 당의 정치
헌금 모집에 앞장서고, 이와 관련하여 각종 이권에 개입하기 때문에
말썽이 많고, 크고 작은 각종 비리사건과 연루되는 경우가 많다. 아
니 거의 대부분이라고 말해도 크게 틀리지 않을 것이다. 이들은 집권
여당이라는 프리미엄과 막강한 정치기반의 보호와 차단으로 웬만한
사건 따위에는 눈 하나 깜짝이지 않을 만큼 권세가 좋다.

　따라서 업계는 물론이고 관계로서도 출세를 위하여는 족의원의 존
재를 항상 의식하지 않으면 안 된다. 세계에서 가장 규모가 큰 정치
헌금을 주무르는 족의원과 자금모집을 둘러싼 정계·관계·업계의
유착은 이래서 불가피한 것이며, 족의원이 존재하는 한 일본 사회에
서의 정계·관계·업계 간의 비리척결은 공염불이 될 것이라고 지식
인들은 단언하고 있다.

관료들의 시련

매년 12월에 접어들면 가스미가세키(霞ヶ關)의 관청가는 어느 성(省)을 막론하고 각 지방으로부터 몰려드는 자치단체 관계자들로 북적거린다. 차년도 예산확보를 위한 로비전이 치열하게 전개되는 것이다.

그러나 연이은 수뢰사건을 계기로 중앙관청이 기강확립과 집안단속으로 빗장을 걸어 잠그자 매년 관료들에게 신년선물과 접대를 해왔던 지방 관료, 민간단체, 업자들이 곤혹스러워하고 있다. 관료와 업자의 유착이 국민들의 눈총을 사면서 으레 당연시되어 왔던 '일본식 관행'이 멈칫거리고 있는 것이다.

관계업자와의 골프나 여행은 물론 더치페이 회식도 안 된다. 직원회식은 소속 부장이나 국장의 허가를 받아야 한다. 의견교환이나 자문 목적의 연구회에도 출석하면 안 된다. 물론 일체의 선물도 받아서는 안 된다. 만약 부재중에 책상 위에 놓고 갔다면 인지한 순간 즉시 돌려주어야 한다.

달력도 수첩도 받지 말라. 커피 한 잔도 마시지 말라….

마치 유치원생을 타이르는 식이다.

관료들의 시련이 시작되고 있다.

지방은 공금유용으로, 중앙은 수뢰사건으로 국민들과 매스컴들로부터 '세금도둑'으로 몰려 있는 관료들.

그러나 이보다 더 큰 시련은 정치인들의 '관료 제압 선전포고'다.

정치인들은 '부정부패는 관료의 문제임과 동시에 정치의 책임'이라고 이구동성으로 열을 올리며 저항력을 상실한 관료들을 맹렬히 공략하고 있다. 그렇기 때문에 행정개혁이 필요하다는 논리다.

행정개혁이란 간단히 말해서 중앙 성·청을 통폐합하여 관료들의 수와 권한을 대폭 축소하겠다는 것으로서 1962년의 이케다〔池田〕 내각 때부터 정치인들이 줄곧 주장해 왔었으나 관료들의 조직적인 반발로 물거품이 되어 왔었다. 이번의 경우도 관료들은 이례적 사건에 대한 대책을 행정개혁의 주목적으로 하는 것은 앞뒤가 전도된 것이라며 반발하고 있다.

그러나 상황이 여의치 않은 것만은 확실하다. 그간 관료들은 무지하고 몽매한 정치인들을 어르고 달래며 잘 '다스려' 왔다. 관료들에게 있어 정치인들은 장애적 존재라기보다는 때때로 쓸 만하고 필요하기도 했던 존재, 있으면 귀찮고 없으면 서운한 그런 존재였을 것이다. 국민들에 대하여는 관료의 성실한 대변자이기도 했으며, 야당에 대하여는 관료들의 전위부대요 용맹한 투사로서 진지를 사수해 주었다. 관료들의 지원요청이 있으면 서로 먼저 나서서 자신의 충성을 조금이라도 더 많이 과시하고자 하였다.

정치인들의 역전을 희망하는 자성과 결의는 관료들의 두터운 벽을 넘지 못하고 번번이 좌절되어 왔다. 외관상으로 무엇 하나 모자랄 게 없는 정치인들이지만 관료들의 조직과 두뇌에는 당할 재간이 없었던 것이다.

무라야마〔村山〕 연립내각에서 과학기술청 장관을 역임했던 다나카〔田中〕 씨가 어떤 매스컴과 가진 인터뷰에서 밝힌 얘기는 이러한 상황을 잘 시사하고 있다.

"취임하자마자 관료들의 '교육'이 있었습니다. 어려운 전문용어가 있어 질문했더니 관료들은 장관인 나를 무시했어요. '아무 것도 모르는 1년생이니까 우선 듣기나 하시오'라는 거만한 태도를 노골적으로 보였습니다. 정말 화가 치밀었지요. 장관은 장식품이니까 전문적인 것은 모르는 편이 낫다는 식의 그런 느낌이 들었습니다. 그러면서도 관료들은 장관의 움직임을 철저히 체크하면서 모든 것을 장악하려고 했습니다."

다나카 장관은 일본 정계 역사상 최대의 거물 정치인이자 록히드 사건으로 유명한 고(故) 다나카 총리의 딸이다.

부친의 피를 받은 그녀 역시 만만치만은 않아서 취임 후 얼마 안 된 시점에서 과학기술청의 국장 중 최고 선임국장격인 관방장을 경질시켜 버렸다. 대신이나 장관이 인사권을 직접 휘두른 매우 이례적인 경우다. 그러나 쫓겨난 관방장은 출신처인 통산성에 돌아가 얼마 안 있어 중소기업청 장관으로 영전한 것이다.

대신의 인사권도 '관료들의 조직' 앞에서는 통용되지 않음을 내외에 재확인시킨 것이다.

그러한 일본의 정치인들이 요즈음 신바람이 나 있다.

누가 고양이 목에 방울을 달 것인가를 걱정하던 정치인들이 관료 두드리기에 열을 올리고 있다. '야옹' 하고 신음만 할 뿐 독감에 몸을 못 움직이는 고양이에게 지금이야말로 방울을 달 절호의 기회인 것이다.

"지금이 성·청 통폐합의 절호의 기회다. 이것은 정치가 관료를 제압하는 최초이자 최후의 기회가 될 것이다.”

정치인이라면 여·야 없이 주먹을 불끈 쥐고 목청을 돋우어 외쳐대는 ‘소리’다.

정치인들의 관료 제압은 성공할 것인가

술꾼 남편(정치인)이 돈줄을 찾아 이리저리 헤매고 있는 사이에 아내(관료들)는 자신이 소유하고 있는 슈퍼를 성실히 경영해왔다. 국민들의 입맛에 맞도록 상품을 기획하여 조달하고 출납장부를 잘 정리하고 수지타산을 맞춰 큰 이익을 올려 단층 슈퍼를 수십 층짜리 호화 백화점으로 세운 것이다. 가끔 밖에서 헤매고 있던 남편이 백화점을 찾아와 떼를 쓰면 구석진 곳의 판매 코너를 하나씩 할당해주곤 하였다.

그까짓 판매 코너 몇 개쯤으로는 백화점은 끄떡없다. 오히려 남편이 아내말에 이처럼 순종해주니 온 집안이 화평하다. 남편이 백화점 안에 있으니 청소도 해주고 물건도 날라다 주고 고객도 불러모으고 가끔 훼방꾼도 쫓아주고 하여 요긴한 데가 많다.

역시 남편은 남편인 게다. 술만 마시지 않으면 말이다.

그러는 사이에 불황이 닥쳤다. 거품경제가 막을 내리고 불경기에 접어들면서 백화점에도 한파가 덮친 것이다. 남편마저 아내 밥 먹고 산다는 사람들의 말에 이골이 났는지 백화점 경영이 부진한 것은 아내 책임이라며 자기가 경영하겠다고 나섰다.

설상가상으로 점주(店主)와 점원 몇 명이서 판매금을 횡령하고 고객의 소지품을 훔쳐 경찰에 체포되는 바람에 시민들도 매스컴도 법석들이다. 여기에 독감까지 걸려 아내는 몸져 누워버렸다. 철없는 남편은 아내를 돌보기보다 이 기회에 백화점 경영권을 빼앗으려 바싹 열을 올리고 있다. 아내의 독감이 낫기 전에….

수십 년간 국가를 성실히 경영해옴으로써 경제대국 일본을 건설할 수 있었던 관료들은 설상가상의 비리사건들과 맞물려 국민들과 정치인들로부터 과거에 경험해보지 못한 심한 이지메를 당하고 있다.

정치인들의 관료 제압은 성공할 것인가, 장래 일본의 행정개혁은 성공할 것인가, 성·청을 통폐합시켜 관료들의 권한을 축소시키고 국가예산 편성권을 정치인들이 주무를 수 있게 될 것인가, 과연 정치인들은 관료와의 전쟁에서 이길 수 있을 것인가.

일본의 정계·관계는 현재 전쟁터를 방불케 하는 숨막히는 암투가 진행되고 있다. 정치와 정치, 정치와 관, 관과 관 간에 '이권확보와 조직보호'를 위한 워게임(war game)인 것이다.

정치에서 여당인 자민당은 하시모토 내각이 단독정권을 확보했다고는 하나 다수의 거물 의원들이 불법헌금 문제에 연루되어 있고, 이는 야당도 마찬가지다. 국회의원 출마를 위한 지원자들의 헌금공세, 업계의 이권과 관련한 청탁, 지역구 관리, 당조직 관리를 위한 정치자금 모집 등 어느 하나 '돈'과 연결되지 않은 것이 없다. 금권정치의 천국 일본은 세계에서 가장 대담하고 혼탁한 정치풍토하에서도 그럭저럭 잘 굴러가고 있다. 이것은 바로 수문장 역의 관료들 덕택이요 공과라는 견해를 부정할 일본인은 아마도 없을 것이다.

관계가 비록 비리문제로 눈총을 사고 있으나 일본은 관료의 대국, 관료군대로 무장되어 있는 나라다.

소위 행정개혁이라는 것을 메이지 유신과 전후개혁에 이은 제3의 대개혁으로 일컬으며 투쟁의지를 다지고 있는 정치인들이지만 내면을 들여다 보면 꼭 그렇지만은 않다.

첫번째는 족의원의 존재이다. 이 족의원들은 기존 관료 조직과 밀접한 관계를 유지하고 있을 뿐 아니라 자신의 이해관계에 큰 영향을 미치게 될 것이 분명한 권한축소와 통폐합에 반발하고 있다. 통산족의원인 총리 자신이 관료들의 협조가 없으면 행정개혁의 실효성을 얻을 수 없으니 민간 중심의 행정개혁 위원회에 기존 관료들을 포함해야 한다고 말하고 있는 것도 이를 암시하고 있다.

두번째는 관료들의 조직방어 본능이다. 재임중 자신의 조직을 보호하지 못하게 된다면 역대 선배들과 뒤를 이어올 후배들로부터 '무능'이라는 영원한 불명예를 감수하지 않으면 안 된다. 어느 관료가 행정개혁을 두고 '죽느냐, 사느냐'의 문제라고 얘기한 것은 관료들의 내면을 잘 암시하고 있다.

"국가의 장래를 걱정하며, 천하 국가를 논하는 우수한 관료들은 아직도 많이 있습니다. 그러나 슬픈 것은 자기성의 이익에 관한 문제가 되면 그들은 조직방어를 우선한다는 것입니다."

다나카(田中) 장관의 인터뷰 마지막 부분에서 일본 관료들의 조직방어의 본질을 들여다볼 수 있다.

세번째는 '합의'를 중시하는 일본 특유의 의사결정 시스템하에서 당사자인 관료를 배제한 채 독단으로 대사를 결정한다는 것은 상상할 수 없다. 어떤 결론이든 간에 합의라는 형태를 취할 것이다. 앞부분에서도 언급했지만 일본인들은 의사결정 과정을 매우 중요시하여 많은 시간을 소비한다.

독단적인 결정권자에 대하여는 그것이 설혹 옳은 일이라 할지라도 리더로서 조직관리 능력과 자질부족이라는 평가를 감수해야 한다. 이는 또한 책임이라는 문제와 연계되어 썩 탐탁지 않다.

합의는 피할 수 없다. 모험까지 할 필요는 없다. 따라서 합의형식을 갖추는 데 시간이 필요한 것이지만 종횡의 여러 단계를 거치다 보면 시간이 흐르면서 당초의 의욕, 감정, 창의도 함께 흘러가버린다. 결국 남는 것은 '총론 개혁, 각론 현상유지'에 합의했다는 것뿐일 것이다.

네번째는 정계·관계·업계 간 유착의 혜택을 가장 많이 받은 하시모토 정권하에서는 행정개혁이란 무리라는 생각이다. 정치헌금이 모든 죄악의 불씨요 망국적인 것이니 자숙하자는 일부 정치인들에 대해 하시모토 씨는 다음과 같이 말하면서 반대를 분명히 했다.

"부모로부터 막대한 재산을 물려받은 것도 아니어서 정치활동 자금은 기부금으로 충당해왔다. 직무에 관계된다 하여 기부금을 받을 수 없도록 한다면 총리인 내 경우는 한푼의 정치헌금도 받을 수 없게 된다."

관료 독직사건은 행정개혁 추진에 박차를 가하는 순풍이겠으나 이 사건들의 뒤에는 여·야의 거물 정치인들이 정치헌금을 둘러싸고 거미줄처럼 얽히고 설켜 있는 상황에서 도대체 누가 행정개혁을 할 수 있겠는가. 그래서 일본인들 백이면 백 모두가 행정개혁의 성공을 바라고는 있지만 이 개혁이 진짜 성공할 것이라고 믿는 사람은 거의 없다.

아시아 각국과의 침략전쟁에 대한 사죄문제, 위안부문제, 교과서문제등등으로 국가간, 국민들간의 감정을 전후 최악의 상황으로 부추

겨온 것이 바로 정치인들이다. 만약 정치인들이 관료를 장악하게 된다면 일본에 있어서는 국내외적으로 큰 불행에 직면하게 될 것이라고 관료들은 입을 모은다.

마지막으로 일본의 정치구조상 총리에게 실권이 없다. 총리란 은막 속의 보스와 파벌의 대의에 좇아 행동하며, 내각을 대표하는 가오마담에 지나지 않는다. 그렇다면 실권을 가진 자는 누구인가. 바로 관료들인 것이다.

이와 같은 여러 가지 내면적 요인들을 잘 나타내주고 있는 기사가 모 주간지에 실려 있다.

"대장성의 관료는 주장한다. 하시모토의 행정개혁은 반드시 실패한다. 금회의 행정개혁은 통산성 주도이다. 행정개혁위원회의 초안을 보면 대장성을 재정·세제 부분만의 재정성으로 격하시키도록 되어 있는 것에 비해, 통산성은 대장성의 금융부분과 우정성 등을 흡수하여 경제 산업성으로 확대되도록 되어 있다. 총리는 통산성의 힘을 빌려 대장성을 박살내려 하고 있으나 만약 그렇게 된다면 일본의 은행들은 속속 도산하고 말 것이다."

방자한 언사인 듯하나 설명에는 일리가 있다. 총리 관저의 관방대신은 상공족의원의 보스이고 통산대신은 그의 왼팔, 초안을 만들어낸 총리 수석 비서관은 통산성 출신에다 하시모토 총리의 통산대신 시절부터의 충복이기 때문이다.

이에 대해 통산성 관료가 "대장성이 역습을 하려 하고 있다"고 털어 놓았다. 그 역습이 이즈미이(泉井)사건(탈세혐의로 구속된 석유 도매업자 사건)이다. 대장성이 국세국을 움직여 통산성의 인맥에 연결되는 인물을 탈세용의자로 적발한 것이다. 결국 통산성 차관을 비롯한 간부가 징계 처분을 받았다. 그는 계속해서 얘기한다.

"이는 만약 통산성이 이 이상 더 대장성과 대결하려 한다면 제2의 오카미쓰(독직사건으로 체포된 후생성 차관)가 나온다는 위협신호다. 총리가 최근 재정위기를 언급한 것은 왠지 대장성 쪽에 다시금 놀아나고 있는 것이 아닌지 걱정이다."

대장성과 통산성 간에 자기 조직방어를 위한 암투가 얼마나 치열하게 전개되고 있는가를 실감나게 느끼게 해주고 있다. 게다가 무게중심을 못 잡고 관료들 사이에서 방황하고 있는 일본국 행정수반인 총리에 대한 실체를 엿볼 수 있게 하는 대목이기도 하다.

일본의 행정개혁은 절대로 정치인들의 목소리만큼 요란스럽지는 않을 것이며, 그들의 관료 제압의 기치는 꿈이자 희망사항으로 간직될 것이다. 관료들은 태풍이 지나가기만을 기다리고 있는 것이다.

제6부

일본이 변하고 있다

번져가는 일본인들의 우월의식
선진국은 환영, 후진국은 무시
'죠센징'에 대한 전 국민적인 이지메
일본은 절대 사과하지 않는다
싸울 수밖에 없지 않은가
아이들에게 어떻게 일본이 나쁘다고 가르치나
자학사관은 이제 그만
일본인의 정신적 지주 야스쿠니 신사
일본이 변하고 있다

번져가는 일본인들의 우월의식

　일본인들은 상당한 우월의식을 갖고 있다. 이는 지식층일수록, 지배계층일수록 심하며 상대가 후진국이거나 동양인에 대하여는 더욱 그렇다.

　왜 일본은 반성하려 하지 않는가? 왜 잘못된 역사인식을 그토록 고집하는가? 왜 일본인들은 자국민에 대하여는 관대하면서 유달리 동양인들에 대하여는 가혹한 판단과 차별을 서슴지 않는가? 왜 자신들의 기준과 격식에 맞지 않으면 무시하고, 자신들의 사고와 틀에 맞추도록 강요하는가?

　이것은 바로 일본인들의 야마토 정신(大和魂 : 우리나라의 화랑정신과 유사), 천황이라는 살아 있는 인간신(現人神)의 존재와 함께 하는 신의 나라 즉 신국(神國) 환상, 최후의 순간에는 가미카제(神風)가 국가와 민족을 위기로부터 구해준다는 세 가지 가공의 환상에 입각한 특수 민족, 특수 국가라는 우월의식이 존재하기 때문이며, 이러한 우월의식이 저자세를 용납하지 않고 있기 때문이다.

　일본인들끼리는 조그마한 잘못에 대하여도 상대의 마음이 풀어질 때까지 성심 성의껏 사과하면서도 일본이 아닌 타국, 일본인이 아닌 외국인에 대하여 사과하는 것에 매우 인색한 것은, '안' 과 '밖' 을 구분하는 일본인들의 내셔널리즘 이외에도 특별히 두드러진 민족적 자존심을 갖고 있기 때문이다. 침략전쟁과 식민지 지배에 대한 교만한 언동을 우리는 잘 기억하고 있다.

겉으로는 사과하고 속으로는 오만으로 가득 차 있으며, 적어도 일본인들 대부분은 국가와 민족에 대한 대단한 긍지를 눈치 채지 못하게 가르치고 배우며 겉으로 표시 안 나는 내면적인 우월감을 가지고 있다.

잘만 했으면 대동아지역은 말할 것도 없고 세계를 손아귀에 넣을 수 있었을지도 모를 만큼 당차고 뛰어난 기질을 가진 잘 뭉치는 민족인 것 같다.

다시 말해서 일본인들은 역사적으로도 국가적으로 독일민족과 함께 세계에서 가장 우수한 민족이라는 우월감이 항상 잠재되어 있다는 것이다. 내가 이러한 생각을 하게 된 것은 유학생활을 포함하여 일본에서의 생활이 거의 5년에 가까운 시점에서였다. 무디다고 해야 할지 무관심하다고 해야 할지는 모르겠으나 이전까지의 나의 일본에 대한 솔직한 인식은, 섬나라로부터 탈피하여 대동아 공영권이라는 미명 아래 원대한 대륙땅 경영의 꿈을 부풀렸던 일왕을 포함한 지배계층의 대망과 야욕 — 어쩌면 이것은 일본이란 나라의 영원하고도 숙명적인 잠재 야욕일 수 있음을 경계하지 않을 수 없다 — 에 비하여 국민들은 애당초 정직하고 소박하고 검소한 민족이며, 우월감 같은 것은 생각할 겨를조차 없이 먹고 살기에 바빴던 부지런한 국민이라는 것이다.

그러나 이젠 먹고 살 만큼 부유하게 되어서인지, 경제를 포함한 모든 분야에서 세계 정상에 서게 되어서인지는 모르나 어느 사이엔가 이러한 민족적 우월감은 알게 모르게 전염병처럼 번져 이제는 일반 서민들조차도 특히 동양인에 대한 인종차별, 특히 아시아 국가에 대한 국가차별 의식이 내재되어 있는 것이다. 나는 이렇듯 확산되고 있는 일본인들의 차별의식에 대하여 경계하고 우려하지 않을 수 없는 엄연한 현실을 몹시 불행하게 생각한다.

어쩌면 이는 일본의 제2의 '불행의 시작'일는지도 모른다는 생각이 든다. 이를 부정하는 사람들도 많을 것이다. 분명 내가 알고 있고 사귀고 있는 사람들 중엔 이와 반대의 사고를 가진 사람들도 많이 있다. 나에게는 솔직하고 진지한 일본 친구들이 누구보다도 많이 있으며, 또 친척보다도 더 극진하게 나를 아끼고 보살펴주는 좋은 사람들과 우정을 나누고 있다. 그들의 친절과 신세를 평생 잊지 않고 살아갈 것이다.

그러므로 이들이 살고 있는 일본을 싫어하지 않았고, 일본이 과거 역사에 대한 사죄를 독일과 같이 분명히 밝혀 세계 평화에 이바지하는 건전한 국가로 성장해주기를 진심으로 바라왔던 터이기에 주저없이 얘기할 수 있고 충고할 수 있다고 생각한다.

선진국은 환영, 후진국은 무시

그렇기 때문에 그렇지 않노라고 부정하는 이들에게 되묻고 싶다. 외국인이라는 이유로 주택 임대를 해주지 않아 이 복덕방 저 복덕방을 전전하는 외국인들의 심정을 이해하려 해본 적이 있는가. 신분이 공무원에다 국가가 재정보증까지 해주는데도 일본인의 보증이 없으면 소용 없단다.

서울시 도쿄사무소의 소장이 보증을 한다 해도, 대사관의 간부가 보증을 해준다 해도 일본인이 아니면 안 된단다.

그 일본인이란 직업, 직위와 관계없다. 그저 아무나 보통의 일본인이면 된다. 이 평범한 일본인의 보증은 타국가의 재정보증보다, 타국가의 신원보증보다, 현지 파견국가나 자치단체 기관장의 신원보증보다 훨씬 우월하다. 아니 비교의 상대가 아니라 절대적인 것이다.

이러한 불평등한, 부당한 차별대우에 처하면 얼마나 상심되고 참담한 기분에 빠지게 되는가는 직접 경험해보지 않으면 모를지 모른다. 그런데 이러한 차별이 민간인뿐 아니라 관청에서도 엄연히 존재하고 있다.

서울특별시와 도쿄도는 1988년도부터 우호도시 협정이 맺어져 있어 매년 여러 분야에서 교류를 해오고 있으며 상호 주재관을 파견하여 상대도시에서 직접 근무케 하는 주재관 제도가 있는데, 이 주재관의 주택 임대보증에 대하여 도쿄도는 끝내 기피하였다. 별수 없이 오래 전부터 개인적으로 친분이 있던 사람에게 부탁하여 보증을 받을 수는 있었으나 이 때의 배신감 같은 야속함과 절망감은 상당 기간 뇌리를 떠나지 않았다.

자나깨나 외쳐대는 국제화는 그저 허울 좋은 선전에 불과하지 않은가. 음식점에서의 외국인들에 대한 점원들의 돌변하는 태도, 전철이나 사람들이 많이 모이는 곳에서의 외국인들에 대한 거만한 눈초리, 미국인이 티셔츠와 청바지 차림의 방문에는 그들의 문화라고 이해해주면서 동양인이 그런 복장을 하면 예의범절도 모른다고 불쾌해하는 편파적 처우, 자신들의 관점에서 사물을 생각하고 자기류의 사고와 행동의 틀 속에 끌어들이려 하는 조직의 생태, 약속을 어기거나 약간의 실수 또는 두드러진 행동에 대해 '일본인이라면' 그렇지 않다라든가, 강도나 소매치기에 대한 보도가 나오면 아마도 범인은 동양계 외국인일 거라고 추측해버리는 자기 보호적이고 자기 우위적 인 태도, 일본인이라면 사고도 같고 습관·예절도 같으며 식성도 같고 정신도 감각도 같다고 하는 습관을 법률처럼 느끼고 지키는 사람들…. 그래서 자기들끼리도 "이 사람, 일본인인데 이상해"라는 말을 자주 주고받는다.

다시 말해서 일본인은 다른 나라 사람들과는 틀리다는 우회적·우위적 사고에 다를 바 없는 것이다.

일본인들의 외국인에 대한 관점은 상대가 선진국인가 후진국인가에 따라 판이하게 다르다. 나의 주관적인 관찰에 의하면 선진국도 미국인인가, 영국인인가, 독일인인가, 프랑스인인가에 따라 약간 다른 것 같다. 미국은 현실적으로 일본보다 우위이고 영국과 독일은 과거 군사동맹적 관계였던 점에서 호의적으로 동렬에 두며, 프랑스는 사

회주의 국가라는 점, 핵 실험을 계속하는 국가라는 점 그리고 당치도
않게 높은 프라이드를 갖고 있다는 점 등이 마음에 들지 않아서인지
미·영·독 및 자신들보다 훨씬 점수를 주지 않고 있다.

한편, 상대가 후진국일 경우도 중동계, 아프리카계, 중남미계, 아시
아계에 따라 약간씩 다르긴 하나 보편적으로 불법체류자, 범죄자, 빈
곤, 무식 등의 인식을 가지고 있다.

그 중에서 아시아계는 일본과의 역사적 배경을 바탕으로 약간 특
이한 인식을 가지고 있으며 이것은 일본인들의 현실적인 이익과 민
족적 자존심이라는 관점에서 매우 복잡한 양상을 보이고 있다. 현실
적 이익이란 세계정치, 국가경제 차원에서의 실리와 명분의 추구를
뜻하는 것으로서 아시아 리더 국가로서 세계정치 무대에서의 활약을
위한 포석의 불가피성과 수출전략, 노동시장, 공장진출의 교두보 확
보의 불가피성이다. 민족적 자존심이란 침략전쟁과 관련한 역사적
감정, 상대국들의 집요한 사죄 요구, 이에 대하여 자국민들의 정서를
어떻게 무마하고 유도해가야 할 것인가 등에 관한 것이다. 대체적으
로 반발이 심한 나라순으로 거부감이 강하며 우리나라가 그 첫번째
임은 두말할 필요도 없다.

'죠센징'에 대한 전 국민적인 이지메

일본인들의 '우월의식'이 자기 만족에 그치지 않고 역으로 외국인 또는 타국에 대한 '차별의식'으로 연계되느냐 하는 것은 너무 성급한 판단이겠지만, 이것을 한국인에 국한시켜 관찰해보면 무언가 모르게 씁쓸한 기분에 사로잡히곤 한다. 한국이란 남한과 북한으로 분단되어 있어서 일본에서는 남쪽을 한국이라 하고 북쪽을 북조선 또는 조선민주주의 인민공화국이라고 호칭하고 있는데 한국에 대한 차별은 현저히 개선된 반면, 북한에 대하여는 아직도 곳곳에서 차별이 행해지고 있다. 그러나 남한이나 북한이나 같은 민족이고 언젠가 멀지 않은 장래에 통일되면 명실공히 한 국가, 한민족이 될 터이므로 일본인들의 한국인에 대한 차별의식을 한국인이냐 북한인이냐를 구분하여 생각할 수 없는 것이 우리 입장이기 때문에 함께 짚어보고자 한다.

나의 일본 친구들 중에는 일본인들의 한국인에 대한 차별의식, 차별대우에 대해 매우 분개하고 있는 사람들이 몇 명 있다. 종종 이들과 함께 자리를 하게 되면 이런저런 얘기가 나오는데 내가 깜짝 놀란 사실은 이러한 차별의식을 갖고 있는 일본인들이 의외로 많다는 것이다. 실제로 나 자신은 일본에 거주하고 있는 동안 한국인이라 하여 조금이라도 차별이나 멸시를 받았다고 느낀 적이란 손으로 꼽을 정도다. 그것도 내가 너무 과민한 탓이겠거니, 이런 사람도 있고 저런 사람도 있으려니, 또는 내가 일본인들의 사회적 룰이나 정서에 맞지 않는 행동을 했겠거니 하여 스스로를 나무라며 자성하곤 하였다. 그러나 이 친구들을 만난 후부터는 일본인의 차별의식이라는 썩 달갑지 않은 부분에 대하여 관심을 갖게끔 된 것이다.

차별의식의 대표적 언어가 '죠센징〔朝鮮人〕' 또는 '센징'으로서 우리 귀에도 낯설지 않은 이 호칭은 과거 일제강점기 당시에 한국인들을 경멸하여 사용했던 것인데 아직도 이 호칭 속에는 그러한 차별적 이미지가 남아 있다고 보여진다. 그래서 의식적으로 이 말을 사용하지 않기 위해서 '저쪽 사람들' 또는 '그쪽 사람들'이라는 식으로 표현하는 사람들이 많다. 일본인들끼리도 무언가 모자라거나 잘못하는 사람에게 '죠센징' 같다, '죠센징 닮았다'는 말을 쓰는 경우가 있다고 하며, 그 경우 이 말을 듣는 당사자로서는 큰 모욕을 당했다고 생각한다는 것이다.

이러한 차별적인 용어는 '죠센징' 외에도 '한또징〔半島人〕', '촘(쵸오센징의 첫음과 끝음)', '촘 바크'(죠센징 가방, 즉 북한 학교 학생들이 어깨에 메고 다니는 가방을 말하며 불량아들의 가방 메는 폼의 대표적인 언어로 사용되고 있음), '바카촘 카메라'(기능이 매우 단순한 카메라로서 촘 앞에 바보라는 의미의 바카가 첨가된 말) 등이 있으며, 죠센징 주제에 잘난 척한다라든가 싫으면 돌아가라(지문 날인시 날인을 거부하는 재일 한국인, 북한인에 대한 일본 경찰의 폭언)는 등의 차별언어가 실제로 존재하고 있다.

이러한 차별언어에 대하여 문제를 삼으면 '죠센징'이란 보통명사이고 차별언어가 아니며 차별의도도 갖고 있지 않다, 그 증거로 자기에게는 한국인, 조선인 친구가 많이 있다고 하는 것이다.

그래도 여러 가지 정황을 들이대며 문제를 삼으면 대충 머리 숙여 사과를 한다. 시끄러워지는 것보다 사과하는 편이 무난하다는 생각이나 일본인들의 이와 같은 사과 속에는 진심이 없다. 그 후 다시 거론하기라도 하면, 사과했으면 됐지 또 무슨 문제냐는 식이다.

1983년 일본에서 유명한 백화점인 다이에백화점 사장인 나카우치〔中內〕 씨가 《빅맨》이라는 잡지와의 인터뷰에서 "고베〔神戸〕는 제3국인, 즉 주로 대만인, 한국인에 의해 지배되어 있다"고 발언하여 물의를 일으킨 사례를 들 수 있을 것이다. '제3국인' 이란 말은 전후에 법적으로 무권리, 무자격 상태에 처해 있는 재일 한국인, 재일 조선인들을 거추장스러운 존재로 취급하여 제3국인이 고베를 지배하고 있는데 정작 고베인들은 왜 가만히 있느냐는 식으로 민족감정을 부추기는, 새롭게 만들어낸 차별용어인 것이며, 나카우치 사장은 상황을 전혀 모르는 새로운 세대에게까지 차별을 당연시하는 풍조를 조장시킨 점을 인정하여 사죄 광고를 게재함으로써 종결되었다.

여기까지 이르는 데 무려 1년이 걸린 것이다.

일본인들의 차별과 관련하여 우리나라에서도 널리 알려져 있는 김희로(1928년생)사건도 한 예다.

1968년 일본 시미즈〔清水〕시 카바레에서 폭력단 2명을 살해하고 총과 다이너마이트를 가지고 여관에 들어가 손님을 인질로 하고 민족차별을 항의하다 체포, 무기형을 선고받고 현재도 복역중이다. 그는 그 때 일본인들의 민족차별에 대한 사과 외에도 특히 시미즈시 경찰서의 형사와 경찰서측의 사죄를 요구했던 것이다.

그 밖에도 예를 들면 얼마든지 있다.

일본 내의 북한 학교 학생들은 치마저고리를 입고 다니기 때문에 '죠센징'이라는 것을 모르는 사람들은 드물다. 이 학생들은 전철 내나 길거리에서 또는 한적한 곳에서 저고리를 찢기고 폭행을 당하거나 노려보는 식의 멸시적 눈총을 받고 있으며, 심지어는 옆을 지나치면서 귀에 가까이 대고 '바카야로(바보자식)'라든가, '너희 나라로 돌아가라'는 등의 욕지거리를 들어야 하는 등 수난의 대상이 되고 있다. 이 사건은 매스컴에도 빈번하게 보도되고 있는데, 이 학생들이 한국 학생이 아닌 북한 학생들이란 것을 알고 있는 사람들은 의외로 적다. 즉 치마저고리를 입는 학생들을 '죠센징'(한국, 북한을 총칭하여)이라고 알고 있는 것이다. 그래서 이러한 폭행사건이 신문에 보도되거나 하면 내게 사과 또는 동정을 표하는 일본인들이 많았으며, 그때마다 그 학생들은 한국 학생이 아니라 북한 학생들이라는 설명을 하곤 하였지만 왠지 모르게 나는 참담함을 느끼곤 하였다. 그 학생들에겐 전혀 죄가 없으며, 우리 아들딸들과 같은 한핏줄, 한민족이라는 동족애였을 것이다. 또 이러한 이지메로 그 학생들과 그들의 부모형제들이 받을 충격과 고통, 분노를 생각하면 정말 남의 일 같지 않았기 때문이다.

치마저고리라는 것은 한국의 고유의상이기 때문에 치마저고리가 차별의 대상이 되고 있다는 것은 정말 유쾌하지 않은 일이기도 하다. 특히 조선 학교 근처에 있는 일본 학생들은 분위기상으로도 차별의식이 배어 있는 게 아니냐는 생각이 들었다.

왜냐하면 자기 동생의 또는 자기 학교 학생의 치마저고리를 찢고 이지메를 했다 하여 조선 학교 학생들이 일본 학교 학생들을 폭행하거나 하는 일들이 자주 발생하고 있으며, 주로 일본 학생들은 조선학교 학생들을 피하도록 부모나 선생으로부터 늘상 주의를 받고 있다는 것이다. 이 부분의 양쪽 감정은 선배에서 후배로 이어지면서 계속될 전망이며 해결의 실마리도 쉽지 않다는 생각이다.

일본 고등학교 교사인 스즈키〔鈴木〕 씨는 자신의 편저인 《조선인 차별과 말》(1986, 明石書店)에 1981년 자신이 근무하는 학교의 고교 3년생들을 대상으로 한 '일본과 조선의 관계'라는 제목의 앙케이트 조사 결과를 게재하였다. 그 중 몇 가지를 소개하면 우선 '촘'이라는 말을 사용한 적이 있느냐는 질문에는 '있다'가 72%, '없다'가 18%, '촘'이라는 말을 쓴 사람에게 이 말을 어떻게 생각하느냐는 질문에는 상대를 멸시한 의미가 34%, 죠센징의 약어로서 호칭한 것으로 멸시한 의미가 아니다가 38%였다. 차별어로 생각하면서 사용하는 것도 문제이나 스즈키 씨는 차별어가 아니라고 생각하면서 사용하고 있다고 대답한 학생들이 더욱 심각하다고 지적하였다.

'촘'은 역사적으로 과거부터 차별어인 말로 조선인들에게 있어서는 피해의식을 자극하는 용어임에도 불구하고 의미도 모른 채 남용함은 상대를 더욱더 자극할 우려가 있다는 것이다.

자유롭게 생각하는 대로 쓰라는 질문에 대한 답변도 가지각색이다. 대략 공통적인 답변을 골라 적어보면 여자반에서는 다음과 같다.

"힘이 세다, 고집이 세다, 차별을 받고 있는 사람들, 불쌍하지만 무서운 느낌, 눈매가 무섭다, 일본에 희생된 사람들, 한 사람으로는 아무것도 할 수 없는 인간집단, 한자를 많이 쓰는 나라, 무섭다, 일본인과 닮았다, 특히 전쟁중 일본인이 점령하였고, 지금도 차별을 받고 있기 때문에 실례가 될지 모르나 불쌍하다는 생각이 든다, 미안한 생각이 든다, 일본인과 대항의식이 있음을 느낀다, 죠센징과 중국인은 눈이 가느다란 사람들이 많아 왠지 무서운 느낌이 든다, 무섭지만 얘기해보면 상냥하다, 일본의 어두운 과거, 원한의 응어리 인종….”

한편 남자반에서는 다음과 같이 답변하였다.

“좋은 사람도 있고 나쁜 사람도 있듯 각양각색이다, 태어날 때부터 타고난 슬픈 운명, 무섭다, 금방 험악해진다, 김치를 좋아한다, 덩치가 크다, 골치 아프다, 한글, 치마저고리, 일본인을 미워한다, 한방에 날려버리고 싶다, 날카롭다, 무서운 이미지, 다른 인간이라는 차별감을 가지고 보고 있다, 치사·영리한 성격, 고등학생이 되면 갑자기 키가 커진다, 일본인의 과거 행위….”

이상의 앙케이트 조사 결과는 북한 학생들이 다니고 있는 조선 학교 근처에 위치한 일본 고등학교 학생들을 대상으로 한 것이기 때문에 구태여 얘기하자면 한국 학생들 또는 한국인들에 대한 이미지와는 다소 거리가 있는 얘기일 수도 있다. 조선 학교 학생들은 학교의 방침, 정확히는 북한 노동당의 방침에 따라 치마저고리를 주체사상의 상징으로서 의무화하고 있을 뿐 아니라, 학생들 자신들이 일본 학생들에 대한 피해의식이 강하여 항상 주위를 의식하면서 생활하고 있기 때문에 한국 학생들에 비해 경직되어 있다는 느낌이다.

그렇다고 한국 학교 학생들이라 하여 일본 학교 학생들과 사이가 좋으냐 하면 그렇지는 않다.

매우 드물긴 하나 편싸움을 한다든지 노려보거나 하면서 상호 경계심을 갖고 있는 것은 틀림없다. 다른 점은 한국 학생들의 경우 조선 학교 학생들이 갖고 있는 차별의식과 피해의식이 아니라 일본 학생들에게 전혀 뒤질 것이 없다는 자신감에 충만되어 있다는 것이다. 그것은 아마도 일본에 주재하고 있는 한국 학생들의 부모들이 사회적으로 중산층 이상의 가정이라는 데서 연유된 것이라고 보여진다. 실제로 재일교포(북한동포 포함)의 경우 일본 사회에서 공직을 포함하여 취업 선택의 폭이 매우 적기 때문에 학교 졸업 후 부모와 함께 일하거나 자유업에 종사하는 것이 대부분이다. 따라서 근래에는 아예 일본인 학교에 입학을 시키거나 한국으로 유학을 보내는 사례가 늘고 있다.

내가 알고 지내는 김병승(金炳勝, 29세)이라는 청년은 중학교까지 조총련계 학교를 다니다가 고등학교와 대학은 일본 학교, 대학원은 한국(고려대 무역학과)에서 다녔으며 현재는 재일한국 무역회사에 취직해 있다.

또 한 명은 고분희(24세)라는 미혼여성인데 고등학교까지 조총련계의 조선 학교를 다녔으며 졸업 후에는 역시 재일한국 무용단에 취업해 있다. 분희 양은 고등학교까지 두 번에 걸쳐 평양을 다녀왔으며 금년에는 처음으로 서울에 가서 한국 전통무용을 배우겠다고 기염이다. 이렇듯 학교 재학시절에는 민단이니 조총련이니 하여 서로 약간의 거부의식을 갖는 이들이지만 학교를 졸업하고 사회로 진출해서부터는 이념보다는 현실을 택하는 경향이다. 그것은 과거 조총련계 동포였던 많은 사람들이 민단으로 전향하거나 이중등록함으로써 어느 쪽으로부터도 불이익을 받지 않으려는 경향에서도 엿볼 수 있다. 다시 말해서 조총련계의 일부 골수간부들을 제외하고는 남북 재일동포 상호간의 이념의 장벽이란 크게 문제되지 않으며, 따라서 남북통일이 될 경우 국내에서 겪을 것으로 예상되는 남북이념 갈등에 비하면 이곳 일본의 재일동포들은 쉽게 융화될 수 있으리라는 전망이다.

이러한 관점에서 본다면 외국, 특히 일본에서의 조선인들에 대한 차별, 한국인들에 대한 무시는 정도의 차이는 있으되 같은 맥락에서 관찰되어야 한다고 생각되는 것이며, 따라서 일본 고등학교 학생들의 앙케이트 조사 결과에서 시사하는 바가 매우 많다고 생각된다. 그것은 일본 학생들이 보편적으로 과거 일본의 침략역사에 대한 반성이 의외로 적은 반면, 한국인, 조선인들이 외면적으로나 감성적으로 무섭다는 인식, 즉 공포감과 멸시감이 마음속에 동시에 깊이 자리하고 있음이다.

이 앙케이트를 조사할 당시 고등학교 3학년생들은 지금은 30대 초반이 되어 있음도 간과할 수 없는 사실일 것이다.

또한 차별하지 말라, 차별어를 사용하지 말라고 한다 해서 차별의식이 없어지는 것이 아니라 오히려 이러한 것이 차별의식을 조장하고 확산시키는 결과가 되며, 인권단체가 캠페인을 벌이고, 차별 피해를 본 재일 한국인이 소송을 제기하는 등 사회적으로 문제가 클로즈업될수록 이것이 에스컬레이트된다고 하는 데 있을 것이다.

그렇다면 어떻게 해야 할 것인가, 이를 근본적으로 해결하는 방법은 두 가지뿐이다.

역사의 재인식을 통한 전후 청산과 일본의 폐쇄문화 해체를 통한 새 문화의 창조가 그것이다. 만약 일본이 전후 청산을 깨끗이 했더라면 한국인, 중국인에 대한 차별의식은 전환되었을 것이다.

전후 청산을 얼버무리는 바람에 50년의 기나긴 세월에도 불구하고 앙금은 채 가시지 않고 있는 것이며 자라나는 어린이들에게도 대물림을 하고 있는 게 아닌가. 언제까지 사과를 해야 끝나느냐고 되레 화를 내는 자들도 있으나 그런 자들이야말로 대물림을 하고 있기 때문에 그 대답은 스스로 잘 알 수 있을 것이다. 전후 청산을 실현시킬 수 있는 방법은 매년 반복되는 총리를 포함한 정치인들의 번드레한 수식적 사과도, 일왕의 '통석지념(痛惜之念)'도 아니고 보상금은 더욱더 아니며, 그것은 오로지 교육으로써만이 해결될 수 있다고 확신한다.

사죄하라, 반성하라고 구걸해본들 의식의 근본이 바뀌지 않는 한 진정한 이해란 성립될 수 없다. 보육원에서부터 대학에 이르기까지 한국의 역사와 문화 그리고 전통을 객관적 입장에서 교육함으로써 새 문화가 창조되도록 하여야 한다. 자기 국민들에게 우월한 일본을 교육하는 것만큼이나 인접국 특히 한국에 대한 문화교육이 이루어져서 자라나는 어린이, 청소년들이 한국에 대해 관심과 애정을 갖도록 해주어야 한다. 일본인들이 스스로 주장하고 있는 바와 같이 정말로 우월한 민족이라면 이를 실현시킬 수 있을 것이고, 이를 실현시킬 때라야만 우월한 민족으로서 존경받을 수 있게 될 것이다.

일본은 절대 사과하지 않는다

어린 나이에 강제로 전쟁터에 끌려가 갖은 수모를 당한 위안부를 마치 성에 굶주린 전쟁터의 군인들을 상대로 돈을 벌러 자원하여 나선 창녀 정도로 치부하는 일본인을 도대체 어떻게 이해해야 할지 모른다.

위안부와 관련하여 얼마 전 모 TV 좌담에 나온 어느 인사는 "위안부를 강제로 끌고 갔다느니 하는 자는 일본인이 아니거나 일본이 잘되는 것을 시기하는 자이거나, 한창 위안부문제로 정부에 사죄를 요구하고 있는 일본인들은 개인적 영웅심에서 소위 잘난 체하고 있는 사람들"이라고 극언하는 것을 나는 가족들과 함께 온몸을 부르르 떨면서 들었다.

이 날 방송은 두 사람이 나와 위안부와 침략전쟁에 대한 역사관 등에 대하여 두 사람 다 서로 질세라 대단한 열변을 토하면서 "위안부는 자발적 돈벌이요, 침략은 자위행위로서 일본이 피해자"임을 역설하였다. 반대 토론자도 없이 딱 두 사람만으로 척척 호흡을 맞춰 진행토록 프로그램을 기획한 것은 다분히 의도적이고, 일본인들의 잠재되어 있던 피해의식을 공세적으로 전환시키기 위한 계획된 의식교육 프로그램이라는 생각을 지울 수 없었다.

말하자면 대일본제국이 언제까지 주변국들에 당하고만 있어서야 되겠느냐는 것이니, 이 교만한 토론자들의 궤변에 대하여 일본 국민들은 후련해 했을지, 미친 사람들이라고 생각했을지는 잘 모른다. 그러나 분명한 것은 이 궤변자들이 현재 일본 사회를 대표하는 지식계 층이라는 것이다.

전후 세대, 특히 물질적 풍요를 구가하고 있는 현재의 일본의 젊은 이들은 역사 따위에는 도무지 관심이 없다. 학교에서도 가르치지 않기 때문에 아는 것이라고는 할아버지, 아버지들로부터 '재미있게' 전해들은 참전 무용담이 고작이다. 죽을 고비를 몇 번씩이나 넘기고 살아남은 전쟁터, 일왕에 대한 충성심, 가미카제 특공대, 할복자살, 기습, 굶주림, 질병, 공포, 고향에 대한 향수, 가족생각, 편지….

사과는커녕 오히려 왜 사과를 해야 하는지, 언제까지 이래야 하는지에 대해 분노하며, 반성하는 자를 자존심도 모르는 천박한 일본인으로 치부하는 기성세대들에 의해 대물림하고 있는 반감적인 역사교육으로 인하여 순수한 청소년들은 사과를 요구하는 아시아 제국들의 비난의 함성이 이해될 리 만무하다.

이것은 대단히 중요한 문제로서 아시아의 미래에 결코 유익하지 않을 것임은 말할 필요도 없다. 침략전쟁에 대한 책임을 후세들에게 대물림해서는 안 된다고 외치는 일본의 기성세대들은 책임은 고사하고 되레 반감의식을 대물림하고 있기 때문에 '가깝고도 먼 나라'는 후대에까지 이어질 전망이다.

피해국의 국민들은 지난 50년간의 긴 세월 속에서 일본으로부터 단 한번도 시원스러운 사과 한 마디 들어보지 못한 채 오늘날까지 이르렀으니 가해자도 분노하고 피해자도 분노하는 당치도 않은 현실이 어이가 없을 뿐이다.

지금까지는 전쟁에 대한 사과문제가 나오면 국민들의 자존심을 상하지 않는 선에서 피해 당사국들을 어느 정도 만족시킬 수 있는 수식어를 찾느라 부산을 떨었던 일본의 지도자들이었다.

그나마도 다행이었다고나 할까.

그런데 최근 들어 상황이 달라졌다. 일본의 지도자들이 아예 사과를 거부하고 나선 것이다. 침략전쟁을 '침략적 행위'로 표현하고자 애를 쓴 허울 좋은 부전(不戰) 결의는 중국과 북한의 군사력 증강을 구실로 말장난으로 끝나고 말았다. 일본이 나의 눈에 괴상한 나라, 괴팍한 나라로 비쳐지는 것도 무리는 아닌 것이다.

여기에서 말하는 '잘난 일본인'이란 사과할 줄 모르는 일본인이 아니라 사과할 마음이 없는 일본인들이요, 사과를 거부하는 일본인들을 일컫는 말이다.

이러한 경향은 앞으로 더욱 가속화될 전망이며 지식층이, 지배계층이 전부 이렇게 무장된다면 일본은 또다시 과거의 미련을 추구하게 될 것이다.

서두에서 '일본국의 불행의 시작'이라고 한 것은 이를 말하는 것이며 이것은 어쩌면 세계 불행의 시작일지도 모른다.

싸울 수밖에 없지 않은가

독도문제와 관련하여 대표적인 일본 정계의 움직임 한 토막을 역사를 위해서도 정리해보고자 한다. 1996년 2월경 일본 여당 3당 대표단이 우리나라를 방문하기로 되어 있던 시점에서 이케다〔池田〕 외상의 "독도는 일본 영토"라는 한 마디에 한국 내의 여론이 격렬하여 일본 대표단에게 "오지 말라"고 통보되었다. 예정대로라면 야마사키〔山崎〕 자민당 정조회장을 단장으로 하는 여당 3당 대표 방한단이 정부 대표들과 회담을 하고 있을 이 날(1996. 5. 7.), 가토〔加藤 : 자민당 간사장〕·야마사키와 고이즈미〔小泉〕 전 우정상(郵政相) 등 이른바 YKK는 도쿄도내 호텔에서 무라야마〔村山〕 총리 및 이가라시〔五十嵐〕 관방 장관과 2시간 가량 회동을 하였다.

이 때 정권 차원의 토론을 바탕으로 하여 기술된 메모에는 "日朝국교정상화를 무라야마 내각의 실적으로 한다"는 한 항목이 삽입되었다. 무라야마 정권은 다음달 식량난의 북한에 쌀을 원조하기로 결정하였고, 우리측은 '한국과 협조 없는 대북 접근'을 경고하였다.

1996년 2월 21일 초당파의 한일 의원 연맹의 임원회에서는 독도 영유권 문제와 관련하여 한국측이 격로한 '이케다 발언은 망언'이라는 성명에 대해 모두들 흥분해 있었다.

"대체적으로 한국의 반일교육에 문제가 있다"는 말도 나왔다. 의원 연맹 멤버 중 한 사람은, "김 대통령은 애시당초부터 야당이었으니까요, 이전까지의 한국인들은 앞에서는 험악하게 대결하면서 물밑에서

는 마마(まあまあ : 뭐 원래 그런 거 아닙니까) 하는 방식이 통했으
나 지금은 한일간의 파이프가 거의 없어졌다"고 얘기한다.

연립정권이 성립된 이후 '자민당=한국', '사회당=북한'이라는 구
도가 결정적으로 붕괴되었고 자민당은 과거의 '경험법칙'이 통하지
않는다고 고민하고 있다.

1995년 11월 무라야마 총리의 한일합병조약을 둘러싼 국회답변이
나 에토[江藤] 총무처 장관의 오프 더 레코드 발언에서도 양국은 뒤
틀렸다. 자민당은 에토 장관 경질에 반대하였고, 무라야마 총리는
'엄중주의'에 그쳤다. 그러나 3일 후인 13일에 결국 장관의 사표를
수리하였다. 한국의 압력에 굴복한 사임 패턴의 반복이다.

이러한 사건들은 도대체 일본 정권의 중추의사는 어디에, 누구에
게 있는가 하는 의구심을 제기하고 있다. 일본은 양보하는 나라로 한
국 사람들은 얕보고 있을 것이다.

시나[椎名] 참의원 의원(참의원 포럼 대표)은 말한다.

"문제가 발생하고 나서야 모두들 상의해가면서 대처해 나간다고
하는 체제로는 어른스런 외교를 할 수가 없다. 독도 문제도 지혜를
움직일 여지는 아직 있다. 그 지혜가 나오지 않으면 '할 말은 한다'
는 말이 나온다. 그렇게 되면 싸울 수밖에 없지 않은가."

시나 씨는 1965년 당시 외상이던 부친인 에쓰자부로[悦三郎] 씨
와 나눈 대화를 선명히 기억하고 있다. 당시 14년간 우여곡절을 거
듭해온 한일 국교정상화 교섭은 어업과 독도 영유권 문제를 둘러싸
고 급기야 결렬직전이었다.

"큰 걱정이군요."

"나는 조금도 걱정하지 않아. (외교관들)모두가 나와 함께 하고 있
으니…."

이 내용은 1996년 3월 2일자 아사히〔朝日〕신문의 1면 박스 기사
에 게재된 내용이다.

1996년 2월 독도 영유권 문제와 관련하여 독도는 일본 영토라고
한 이케다 외상의 발언을 둘러싸고 한국 전역이 흥분으로 뒤끓고 있
을 즈음, 일본의 매스컴들도 뒤질세라 한국의 반응과 일본 각계각층
의 주장을 보도하고 있었다. 그 당시 일본의 TV에 비쳐진 한국의 반
응이란 주로 일장기를 태우고 흥분하는 군중, 시민규탄대회, 독도의
무장, 경비원들의 비상 출동, 대통령을 비롯한 정치인들과 지식인들
의 분노, 시민들에 대한 인터뷰 등 그야말로 한국 전역이 분노와 흥
분의 파도로 뒤덮여 있는 모습들이었으며, 그것도 하이라이트만을
선별하여 편집하였으니 일본 국민들이 섬뜩하게 느꼈던 것도 무리는
아니었을 것이다.

그런데 독도와 관련한 일본의 매스컴 보도에서 몇 가지의 공통점
을 발견할 수 있었다. 하나는 한일합방 이전에 독도는 어느 나라에
속하고 있었는가에 대한 설명이 부족한 것이고, 두번째, 독도를 일본
에 편입시킨 시대적 배경에 대한 설명이 없으며, 세번째, 국제사법재
판소에서 진위를 가리자는 일본측의 요구에 한국이 불응한다는 것이
며, 네번째, 한국이 독도 영유권에 관한 합리적 협상보다는 한국 국
민들의 역사적 감정을 부추겨서 일본에 압력을 가하고 있다는 것, 다
섯번째로 그러나 일본은 어른스러운 외교로 침착하게 대응하여야 한
다는 것이었다.

정치적으로나 경제적으로나 군사적으로 세계 초강대국인 일본에 대하여 우리나라가 현실적으로 선택할 수 있는 길이란 매우 제한적이라고 생각한다. 정치, 경제, 사회 모든 분야가 일본과 밀접한 관계를 가지고 있는 게 우리나라의 실정이고 정치인들도 이 때문에 앞에서는 큰소리 치고 뒤에서는 수습하기에 바쁘다. 인구 4, 5천만 대 1억 2천만, 우리나라 1년간의 국가예산은 도쿄도청의 1년 예산에 불과하며, 1인당 국민소득도 1만 달러 대 4만 달러의 격차이니 게임이 되지 않는다는 것은 자명한 사실이다.

만약 일본이 재무장을 하게 된다면 많은 일본 문제 전문가들도 일본의 보수 우익세력을 중심으로 과거 군국주의 일본이 동아시아의 새로운 경제·군사 대국으로 치달을 것임을 아무도 부인하지 않는다. 사실이 그렇다면 이것은 우리에게 있어서는 다시금 쓰라린 역사의 회귀를 감수해야 할 운명이 될 수도 있는 것이다. 그리고 그러한 불행의 출발점은 독도가 될 것이라는 생각을 완전히 지울 수 없다.

불행은 존재하기 마련이며 강한 국가만이 승자가 된다, 약한 국가는 오직 서러울 뿐이다. 불행의 예방을 상대방에게 기댈 수는 없다. 강력한 국력, 남북통일, 민족단합 그리고 외교력의 확보는 우리 시대에 부여된 소명인 것이다.

시나 참의원 의원이, "… 지혜가 나오지 않으면 '할 말은 한다'는 말이 나온다. 그렇게 되면 싸울 수밖에 없지 않은가"라고 한 말은 외교관들의 능숙한 수완을 기대하며 평화적 해결을 강조한 말이긴 하나 우리들에게 복잡하고 무거운 경각심을 심어준 대목이라 하겠다.

아이들에게 어떻게 일본이 나쁘다고 가르치나

"어린이들의 눈빛이 반짝거리는 수업을 이상으로 가르쳐왔으나, 일본이 나쁜 짓을 했다고 가르치면 어린이들도, 나 자신도 어둠 속으로 빠져든다. 어린이들의 일상생활은 어느 의미에서는 파워게임인 현실 그 자체다. 나 스스로 전쟁에 대해서는 아무 것도 모른 채 반전 평화가 당연하다고 생각해왔다. 그러나 어린이들은 더욱더 리얼리스트다."

요코하마(橫濱)시의 어느 초등학교 교사(35세)의 말이다.

도쿄도의 어느 초등학교 교사(36세)도 다음과 같이 말한다.

"지금까지 일본이 아시아 제국에 무슨 짓을 했는가에 대하여 꽤 시간을 들여 가르쳐 왔다. '내가 한국인이라면 용서 못한다', 이런 감상을 갖는 제자를 자랑으로 생각해 왔다. 그러나 지금부터는 다른 내용의 수업을 하고자 생각한다."

이 두 사람은 모두 '교과서 문제'로 외교 쟁점이 되어 아시아뿐 아니라 세계를 시끄럽게 했던 1980년대 전반에 대학생이었다. 마르크스도 읽고 저널리스트의 제자로서 임진왜란도, 조선총독부도, 난징 사건도 잘 알고 있으며 교사가 되면 반드시 이러한 것들을 가르쳐야겠다고 생각했던 사람들이다. 그러한 두 사람이 변하고 있는 것이다.

왜, 그렇게 되어가고 있을까?

자학사관은 이제 그만

1995년 발족된 '자유주의 사관 연구회' 대표인 도쿄대 교육학부 교수 후지오카(藤岡, 52세) 씨는 말한다.

"자학사관(自虐史觀)을 극복하고 메이지 시대의 밝은 면을 가르쳐 어린이들이 자기나라의 역사에 대해 자긍심을 갖도록 교육하자. 아무리 평화에 대해 교육을 해도 전쟁은 없어지지 않는다. 페르시아만 전쟁을 보라. 인류는 전쟁을 막을 수 없다. 일본의 일국평화주의(一國平和主義)는 환상에 불과하다. 과거의 전쟁은 일본의 침략전쟁이라 할 수 없다. 위안부 문제도 그러하다. 아직 확정된 사실이 아닐 뿐더러 교육적 의미로서도 확실하지 않다. 군대의 방침으로 위안소를 설치한 것이 어디 일본뿐인가. 교과서에서 위안부에 대한 언급 자체를 삭제하는 국민운동을 일으키자."

1996년 8월 야마가타(山形)시에서 '자유주의 사관 연구회 제1회 전국대회'가 열렸다. 참석자 약 110여 명 중에는 전쟁에 참가했던 군인도 있고 군사문제 연구가들도 있으며 학교 교사들도 있다.

이들은 '대답하라. 호헌파(護憲派)!! 공개 질문장'이라는 제명의 자작 책자를 참석자들에게 돌리기도 했다. 핵무기 보유와 해외 파병을 금지하고 전쟁을 포기한다고 명기되어 있는 현행 헌법은 뜯어고쳐야 한다는 것이다. 저녁 만찬장에서는 옛날 군가(軍歌)도 등장했다.

"자학사관은 이제 그만, 밝은 일본을 위하여"를 외쳐대며…

일본인의 정신적 지주 야스쿠니 신사

1996년 8월 15일 패전 51주년. 제2차 세계대전 전범 등의 위패를 안치한 도쿄 지요다(千代田)구의 야스쿠니 신사에 일본 각료 6명과 국회의원 183명이 참배를 했다.

이에 앞서 7월말에는 하시모토(橋本) 총리가 이 신사에의 참배를 재개하였다. 각료나 정치인들의 신사 참배는 과거부터 살금살금 눈치 살펴가며 이루어져 온 일로 크게 새삼스러울 것까지는 없는 일이 됐다. 그런데 이 해의 신사 참배는 다르다. 달라도 많이 다르다. 참배 자들의 태도가 당당해진 것이다.

이 날 모 신문사의 특파원은 야스쿠니 신사의 전경을 다음과 같이 적고 있다.

"금방 선전포고라도 해댈 것 같은 전율이 느껴지는 분위기 속에서 야스쿠니 신사는 들끓고 있었다. 여기 야스쿠니 신사의 내부를 들여다보자. 불에 타 허연 연기를 내뿜으며 미군 함정을 향해 돌진하는 가미카제 특공대. 천황 폐하 만세를 외치며 일본도로 자신의 배를 갈라 자결하는 비통의 극을 치닫는 장면, 죽음의 출정에 앞서 최후의 유서를 쓰는 비장한 모습을 담은 전쟁화가 전시되고 군가, 나팔소리와 천황의 패전 선언 육성 녹음이 울려 퍼진다.

갖가지 섬뜩한 구호가 적힌 깃발들이 신사를 메우고, 제2차 세계대전 당시의 군복을 착용한 황국신민(皇國臣民)의 노병(老兵)들도 득의 양양하게 활보하고 있다.

'영령에 보답하는 회', '일본을 지키는 국민회의', '일본 민족 각성회', '입헌 양정회' 등 각 단체가 목청을 돋우며 구제국시대의 망령을 되살리고 있다.

'일본은 각성하라. 외국의 내정 간섭에 단호히 대처하고 당당한 일본을 만들어라. 일본은 가해자가 아니라 피해자다. 침략이란 당초부터 없었다. 전범이란 존재하지 않는다. 후세들에게 영광된 일본의 역사를 물려주자. 일본은 자학사관의 최면술에서 깨어나라…'

가히 출정식을 방불케 하는 열광의 분위기 속에서 추모행사는 무르익어 가고 있다. 이 날 참배한 각료들은 개인 자격이 아니라 국무대신으로서 참배했음을 분명히 밝혔으며, 영령들이 안치된 이 곳 야스쿠니 신사가 일본 국민들의 정신적 지주의 원점임을 역설하는 데 주저하지 않았다."

전후 51년이 지난 시점에서 이제 야스쿠니 신사는 전범 위패 안치소에서 일본인들의 정신적 지주의 원점으로 탈바꿈하고 있다. 과거의 눈치 보며 하던 선택적 참배에서, 이제는 참배하지 않는 자가 비판의 대상이 되어가고 있는 것이다.

일본이 변하고 있다

일본이 변하고 있다. 일본인이 변하고 있다.

원폭실험 비판에 대한 국제적인 무드를 타고 미국 내에서 원폭 사진전을 개최하여 미국민들에게서조차 원폭 투하가 온당치 못했다는 동정과 여론을 형성시켜 나가고 있으며 세월이 흐를수록 이의 동조는 늘어갈 것 같다.

가해자에서 피해자로의 변신을 꾀하고 있는 것이다.

주변국들의 역사 인식에 대한 비판은 이제 식상해 있어 할 테면 해 보라는 식이다. 과거 일본 군국주의에 대해 망언을 한 각료는 영웅시되고 한국과 중국에서 문제를 삼으면 사직은 계산된 수순이다.

국회에서 "침략전쟁에 대해 결코 사죄할 의사가 없음을 분명히 밝힌다"고 호언하고 의기 양양하게 단상을 내려섰던 자가 현재 일본의 내각총리 대신이다.

일왕의 생일을 국경일로 하고 일왕의 연호를 서력 대신으로 사용하고 있는 나라 일본, 피해국의 입장에서는 침략전쟁에 대한 사죄를 원초적으로 불가능하게 하는 요인 중의 하나가 일왕의 존재라고 보지만 일본 국민들에게 있어서는 인간신과 같은 존재인 일왕.

대가 바뀌어도 일왕의 입은 바뀌지 않는 것 같다. 정치인들은 감히 일왕의 발언수위 이상을 넘어설 수 없다. 그것은 불충이요, 매국과 같은 행위에 해당될 것이다. 만약 일왕이 역사문제의 청산에 앞장선다면, 시시콜콜한 수식어 따위에 신경 쓰지 않고 진심으로 사죄한다

면 아시아 제국과의 국민적 감정과 역사의 굴레는 의외로 쉽게 거두
어질 것으로 확신하지만 이것은 이쪽의 희망사항일 뿐 그 가능성은
제로에 가깝다. 왜냐하면 그것은 일왕 자신이 신이 아니라 보통 인간
이 되어버리고 말기 때문이다.

국방비를 국가예산의 1%를 마지노선으로 했던 자위정책은 이미
옛날이 된 지 오래다.

해외파병을 금지한 헌법 조문을 묘하게 해석하여 세계평화에 공헌
하기 위한 평화유지군(PKO)이라는 너울 아래 각국의 전쟁터에 군대
를 파병하며 관여하고 있다. 처음에는 무기를 휴대하지 않은 파병이
었으나 자국군의 자위 명목으로 국민적 여론을 환기시켜 이젠 무기
를 휴대하고 있다.

여기에 한 길음 더 나아가 중국과 러시아의 군사적 위협 및 남북
한간의 전쟁 대비를 염두에 두고 헌법 자체를 현재의 자위적 개념에
서 공세적 개념으로 아예 개정할 전망이다. 방위청을 국방성으로 바
꾸어야 된다는 주장도 만만치 않다. 일본의 국방비는 약 800억 달러,
환산하면 우리나라의 1년 총예산과 거의 맞먹는 액수에 이른다.

일본의 군사력은 외관상으로는 미국, 소련, 중국의 다음이다. 그러
나 여기에 첨단 기술의 잠재력을 더한다면 미국 다음 가는 가공할
만한 수준이라는 것은 전 세계가 다 인정하고 있는 사실이다.

걸프 전쟁에서 날아가는 미사일을 격추시켜 위용을 떨친 패트리엇
미사일도, 이라크의 레이더망을 피하여 단 1기의 피해도 없이 이라
크군을 초전에 파멸시킨 스텔스기도, 우주 개발에 발사되는 인공위
성도 첨단 부분의 소프트웨어는 일본의 기술이며, 원자폭탄도 마음

만 먹으면 단 1개월 이내에 세계 톱 수준의 제조가 충분하다.

1996년도에 일본의 순수 기술로 생산된 차세대지원 전투기 FSX는 미국과 일본의 기술 역전의 출발점이라고 알려져 있다. 레이더에 포착되지 않는 소리 없는 잠수함도 멀지 않아 대두될 조짐이다. 1983년 대한항공이 소련 전투기에 의해 격추될 당시 조종사간의 대화를 감청하여 전 세계 군사전문가들을 깜짝 놀라게 한 것도 일본이며, 북한 영변의 핵시설을 맨 처음 발견한 것도 일본이다. 패전 50년이 지난 시점에서 이제 일본은 세계를 손바닥 위에 올려놓고 들여다보고 있는 것이다. 그리고 이것은 FX 영화나 추리소설이 아니라 바로 오늘의 현실인 것이다.

경제대국에 이어 정치·군사 대국으로 치닫는 일본.

일본인들은 서두르지 않는다. 서서히 신중하게 국민들이 변해 주기를 인내하며 기다린다. 국제사회가 일본에 동조해줄 때까지 기다린다. 그러나 이 기다림은 막연한 기다림이 아니다.

이들은 부산히 움직인다. 계획적이고 치밀하게 조직적으로 국민들을, 세계를 움직여간다. 그리고 이것은 실현될 것이다. 지금의 일본인들의 변화가 이를 예언하고 있다.

변하고 있는 日本
잘난 日本人

1997년 4월 10일 초판 1쇄 발행
1997년 5월 10일 초판 2쇄 발행
지은이　문 승 국
펴낸이　허 만 일
펴낸곳　화산문화
등 록　1994년 12월 19일 제2-1880호
주 소　서울시 성동구 마장동 791-1 동화빌딩 901호
전 화　299-2466~8 / 팩스 299-2469
인 쇄　삼영칼라

ISBN　89-86277-14-X-03810　　　값 7,000원
ⓒ 문승국, 1997

♣ 이 책의 내용 중 일부 또는 전부를 무단 전재하거나
　복사하는 것을 금합니다.
♣ 잘못된 책은 바꾸어 드립니다.